Diogenes Taschenbuch 23270

Doris Dörrie

# *Was machen wir jetzt?*

*Roman*

Diogenes

Die Erstausgabe
erschien 1999 im Diogenes Verlag
Umschlagillustration:
Jack Vettriano, ›The Singing Butler‹,
1998 (Ausschnitt)
Mit freundlicher Genehmigung
der Portland Gallery,
London

*Die Meinung der Hauptfigur, Fred Kaufmann,
über buddhistische Retreats und den Buddhismus
gibt nicht die Meinung der Autorin wieder.
Ich fühle mich im besonderen Rigpa, Sogyal Rinpoche,
Plum Village und Thich Nhat Hanh
zu großem Dank verpflichtet.
D. D.*

*Für* MMO

Veröffentlicht als Diogenes Taschenbuch, 2001

www.diogenes.ch
60/06/44/10
ISBN 13: 978 3 257 23270 7
ISBN 10: 3 257 23270 5

*Row, row, row your boat*
*Gently down the stream*
*Merrily, merrily, merrily*
*Life is but a dream.*

Amerikanisches Kinderlied

# 1

Ich bin im Begriff, meine Familie zu verlieren. Meine Ehe ist auf dem Hund, und meine Tochter Franka hat sich in einen Kerl verknallt, der sie nach Indien entführen will.

Ruf mal an, sagt meine Frau leise. Sie steht mit untergeschlagenen Armen mitten auf der Straße. Ich sehe die Gänsehaut auf ihren nackten Oberarmen.

Ein kalter, regnerischer Juliabend. Wenigstens wird das Wetter in Frankreich besser sein. Wenigstens das.

Ruft beide mal an, wiederholt Claudia, eine Spur lauter. Sie lächelt erst mir zu, dann Franka. Franka legt ihren Kopf auf das Autodach und sieht ihre Mutter stumm und ausdruckslos an. Zweimal bewegt sie ihre Kieferknochen, um ihren Kaugummi von einer Ecke in die andere zu schieben. Ihr tiefschwarz gefärbtes Haar fällt ihr ins Gesicht und verdeckt die gepiercte Augenbraue. Ihre Haut ist weiß und glatt wie Papier. Franka geht nie in die Sonne.

Sie klappt ihre blauen Augen ein paarmal auf und zu. Die Augen hat sie von mir. Als sie klein war, habe ich ihr vorgesungen: Deine blauen Augen machen mich so sentimental; wenn ich dich anschau, wird mir alles andre egal! Da hat sie immer gekichert wie ein kleiner Lachsack.

Jetzt ist ein Lächeln von ihr so selten wie ein heißer Sommer in Deutschland. Ausdruckslos betrachtet sie uns wie ein Eisbär, der einem mit seiner Mimik auch nichts über seine Gefühle verrät. Schlägt er gleich zu und zerfetzt einen, oder stupst er einen vertrauensselig mit der Nase in die Seite? Zum Abschied haut sie mit der Hand aufs Autodach und läßt sich auf die Rückbank fallen. Ich hatte angenommen, sie würde vorne neben mir sitzen, aber das ist ihr schon zu nah. Ich seufze.

Klar rufe ich an, sage ich zu Claudia.

Hast du das Ladekabel fürs Handy? Claudias Stimme wackelt, und ich nehme sie prompt in den Arm, weil sie jetzt wahrscheinlich anfangen wird zu heulen.

Sie fühlt sich klein an. Kleiner als sonst. Ich versuche irgend etwas zu spüren, einen leichten Abschiedsschmerz oder ein liebevolles Gefühl, irgend etwas, aber da ist nichts, gar nichts. Statt meiner Frau könnte ich genausogut einen Kleidersack im Arm halten. Ich habe meine Liebe zu ihr verlegt wie einen Schlüssel und kann mich partout nicht dran erinnern, wo ich ihn zuletzt gesehen habe. Allerdings suche ich auch nicht wirklich. Das ist das eigentliche Problem. Ich weiß nicht mehr, was ich will.

Ungeschickt klopfe ich Claudia auf die Schulter, sie löst sich von mir. Ihr Lippenstift ist verschmiert. Den habe ich jetzt am Hemdkragen. Ich habe nur drei Hemden dabei, und noch vor der Abfahrt ist eins bereits ruiniert. Warum schminkt sie sich die Lippen, wenn sie doch nur eben kurz runtergekommen ist, um uns zu verabschieden? Darüber könnte ich lange nachdenken, wenn ich nicht inzwischen wüßte, daß es auf Fragen wie diese keine vernünftigen Antworten gibt. Claudia lächelt gekünstelt und entfernt sich rückwärts in Richtung Haustür. Sie ist barfuß. Keine

Schuhe, aber Lippenstift. Wir haben es fast geschafft. Keine Tränen. Ich bin erleichtert.

Ich hebe die Hand und steige nun selbst ein, lasse den Motor an, parke aus und sehe im Rückspiegel, wie Claudia sich entfernt und immer kleiner wird, eine winzige regungslose Puppe in einem rotgemusterten Kleid allein auf der leeren Straße. Sie winkt. Ich weiß nicht, ob ich jemals zurückkommen will.

Ich fahre auf der Schweren-Reiter-Straße stadtauswärts. Franka hat bereits ihren Discman angeworfen, wie das Surren eines Insektenschwarms dringen die Töne von der Rückbank an mein Ohr, ich mache meinerseits das Radio an, sie spielen ein Dylan-Lied: *Don't Think Twice, It's Alright.* Nichts ist *alright*, Mr. Dylan, auch wenn ich schon lange nicht mehr drüber nachdenken mag.

Meine Tochter hat sich in einen Lama verliebt. Nicht in *ein* Lama, sondern in *einen* Lama. So ähnlich wie den Dalai-Lama stelle ich ihn mir vor, den Lama meiner Tochter: kahlköpfig, in einem roten Umhang. Vierundzwanzig soll er sein. Acht Jahre älter als Franka. Ich werde meine Tochter zu ihm in ein buddhistisches Kloster nach Südfrankreich bringen und dort auf sie aufpassen, um zu verhindern, daß sie uns mit ihm davonläuft und wir irgendwann eine Postkarte aus dem Himalaja bekommen.

Dadfred, kannst du mal diesen Scheißsender wegdrehen, sagt Franka. Sie nimmt die Kopfhörer nicht ab. Ich mache das Radio ein bißchen leiser und suche ihre Augen im Rückspiegel. Sie hält den Kopf gesenkt. Fast nie mehr sehen wir uns in die Augen.

Ich sehe dieses große seltsame Wesen mit den pechschwarzen Haaren auf dem Rücksitz und versuche es mit dem Baby, das es einmal war, in Deckung zu bringen, aber es gelingt mir nicht. Das eine hat mit dem anderen nicht das geringste zu tun. Vielleicht nur die Tatsache, daß mir der Säugling damals manchmal ebenso fremd war wie die Sechzehnjährige jetzt.

Wie oft sind wir mit ihr als Baby nachts um den Mittleren Ring gefahren, wenn sie durch nichts zu beruhigen war, außer durchs Autofahren. All diese Geisterfahrten durch eine leere Stadt, wo es mir manchmal schien, als seien die einzigen Autofahrer, die außer uns noch unterwegs waren, ebenfalls verzweifelte Eltern mit ihren Säuglingen. Aber wenn sie dann endlich einschlief, oh, wenn sie dann endlich schlief, was für ein Glück! Was für ein schier unermeßliches Glück. Ich hatte alles, eine Frau, ein Kind, ein Auto und freie Fahrt in eine wunderbare Zukunft.

Wir hörten die Talking Heads und Tom Waits und Van Morrison, und manchmal drehte Claudia einen Joint, legte ihren Kopf in meinen Schoß, und ich fuhr und fuhr, anhalten durfte ich ja nicht, auf gar keinen Fall, da war der Friede innerhalb von Sekunden vorbei. An jeder roten Ampel die Angst, Franka könne aufwachen, sie bewegt sich, sie macht die Augen auf, Hilfe, o Gott, lieber Gott, laß sie bitte, bitte noch ein bißchen schlafen. Und weiter fuhren wir, immer im Kreis um die Stadt herum. Gesprochen haben wir, glaube ich, kaum. Damals brauchten wir nicht zu sprechen.

Im blauen Morgengrauen standen wir dann auf dem Parkplatz des Euroindustrieparks, während Claudia stillte und an uns vorbei die ersten müden, mißgelaunten Frauen ihre Einkaufswagen in die Supermärkte schoben. Ich holte Frühstück bei McDonald's, wir hielten ein sattes, ausgeschlafenes, gutgelauntes Baby auf dem Schoß, tranken becherweise Kaffee und aßen McMuffins, warme Brötchen mit einem Ei und einer Scheibe Schinken darin, die sich wie weiche kleine Kissen in den Magen legten.

Der ganze weitere Tag bei der Arbeit im »Siebten Himmel«, unserem vegetarischen Imbiß, erhielt auf geheimnisvolle Weise etwas Besonderes durch unsere nächtliche Unternehmung. Obwohl hundemüde und zittrig vor Erschöpfung, hatte ich das Gefühl von Weite in unserer kleinen Küche, und während ich die Frühlingsrollen und Spinataufläufe in die Mikrowelle schob, sah ich die leere, nächtliche Straße vor mir und war mir sicher, niemals in die Gefangenschaft des Alltags zu geraten wie alle anderen.

Ich biege ab auf die Autobahn Lindau. Die graue, endlose Autobahn erstreckt sich vor uns. Ich trete aufs Gas, wie alle andern dahinjagenden Autofahrer in der Illusion, daß Geschwindigkeit mich von der Schwerkraft befreien kann, die mich jeden Tag ein wenig mehr zu Boden zieht.

Dadfred, kannst du nicht diese Schrottmusik ausmachen, stöhnt Franka vom Rücksitz. Ich mache die Musik aus, Franka hat offensichtlich auch ihren Discman ausgemacht, denn es ist still im Auto. Ich sehe ihre geschlossenen Augen im Rückspiegel, die glatte Babyhaut ihrer Stirn, hinter der ich ein düsteres Labyrinth von wütenden Gedanken, Schmerz und Haß vermute, aber wer weiß? Vielleicht ist es ein kleiner, gepflegter Garten mit Tulpen, Narzissen und geharkten Wegen, der Claudia und mich beschämen würde, weil wir ihn uns im Kopf unserer Tochter niemals vorstellen könnten.

Was zum Teufel denkt Franka? Wenn sie überhaupt denkt. Manchmal schaue ich sie an und habe das Gefühl, daß hinter ihrer Stirn nichts als bunte Fruitloops hin und her schwappen. Ist ihr überhaupt klar, daß wir jetzt nur deshalb zusammen ins Kloster unterwegs sind, weil sie sich vor rund sechs Monaten beharrlich geweigert hat, auch nur einen Funken nachzudenken?

## 2

Ich saß im dunklen Wohnzimmer vor dem flackernden Fernseher, als Franka eines Abends im März hereinkam und sich wortlos auf die Couch fallen ließ. Ich nahm sie nur aus dem Augenwinkel wahr, sie grüßte mich nicht, worüber ich mich ärgerte. Konnte dieses Kind nicht ganz normal guten Abend sagen? Mußte selbst der einfachste menschliche Kontakt mit einem Teenager unmöglich sein?

Guten Abend, sagte ich laut, heftete den Blick auf die Mattscheibe und nahm mir verbissen vor, mir von meiner Tochter nicht die Laune verderben zu lassen. Es lief *Akte X*, das weiß ich noch, eine grausige Geschichte von einem Serienmörder, der seinen Opfern das Fettgewebe heraussaugt, weil er es für seinen eigenen Monsterkörper braucht. Sergeant Scully war kühl und beherrscht wie immer, und ich dachte gerade darüber nach, wie sehr sie mich im wirklichen Leben interessieren würde und ob sie zu den Frauen gehört, die laut »o Gott, o Gott« schreien, oder eher zu denen, die »ja, ja, ja« flüstern, als Franka ganz leise sagte: Ich bin schwanger.

Abrupt schaltete ich den Ton ab. Gemeinsam starrten wir im Dunkeln auf die kleinen bewegten Menschen in dem viereckigen, erleuchteten Kasten. Dann sagte ich: O Gott.

Und mehr fiel mir dazu nicht ein. Stumm saßen wir da und bewegten uns nicht, und wahrscheinlich säßen wir heute noch so da, wenn Claudia nicht von ihrer Meditationsstunde zurückgekommen wäre. Wir beugten uns beide leicht nach vorn und lauschten dem Schlüssel im Schloß, wir hörten beide die kleine Glocke an Claudias Schlüsselbund, die sie braucht, um festzustellen, ob ihr Schlüssel wirklich auf dem Grund ihrer riesigen Tasche liegt, die sie ständig mit sich herumschleppt.

Sie kam ins Zimmer. Ihre blonden Haare leuchteten wie ein Heiligenschein. Sie würde uns beide retten, so wie sie uns immer rettete.

Was macht ihr denn hier im Dunkeln? sagte Claudia und lachte. Im Fernseher verweste eine Leiche vor unseren und Sergeant Scullys Augen.

Franka, sagte Claudia streng, als hätte Franka ihren Kakao nicht ausgetrunken, die Schultasche nicht gepackt, ihr Zimmer nicht aufgeräumt, wann genau?

Im Dezember, murmelte Franka.

Vor drei Monaten? fragte Claudia entsetzt. Wann genau? Franka, erinner dich! Wann genau?

Ich sah der stummen Agentin Scully zu, wie sie einen Verdächtigen gerade in die Mangel nahm und ihn wahrscheinlich ganz genau dasselbe fragte: Wann? Wann genau? Erinnern Sie sich!

Franka erinnerte sich. Auf der Klassenfahrt nach Prag, drei Tage vor ihrer Rückkehr, mußte es wohl passiert sein. Claudia und ich waren während dieser Zeit in London und versuchten unsere Ehe zu retten. Ich hatte mir für ein Heidengeld neue Schuhe gekauft, auf die ich jetzt angestrengt starrte und in deren Lochmuster ich nach einer Antwort suchte.

Wer? fragte Claudia streng, und ich war überzeugt, Franka würde keine Namen nennen, aber leise sagte sie: Til.

O Gott, sagte jetzt Claudia. Das Riesenbaby. Dabei habe ich dir noch selbst Kondome gekauft.

Ich starrte eisern weiter auf meine neuen Schuhe. Drei Tage vor Frankas Rückkehr aus Prag hatte ich mir zum ersten Mal in meinem Leben Schuhe für achthundert Mark bei Church's auf der Bondstreet in London gekauft und mich mit meinen fünfundvierzig Jahren endgültig erwachsen gefühlt. Wahrscheinlich war just in diesem Moment meine Tochter geschwängert worden. Genau in dem Moment natürlich. Deine Kinder erwischen dich immer, wenn du gerade mal ein Nickerchen machst. Immer.

# 3

Unsere Reise nach London fing unglücklich an. Manchmal weiß man schon in der ersten Minute, daß eigentlich nichts mehr zu retten ist. Aber das kann man nicht auf sich sitzen lassen, man wird das Ruder schon noch herumwerfen. Es ging schon so los, daß Claudia im Taxi zum Flughafen feststellte, daß sie ihre Stöckelschuhe vergessen hatte – die zum blauen Kleid – und ich an der Art, wie sie es sagte, ablesen konnte, daß es in ihrem Kopf bereits das Bild von Claudia im blauen Kleid mit den blauen Schuhen in London gab, das perfekte Bild – und jetzt fehlten die Schuhe.

Wir gehen einfach Schuhe kaufen, schlug ich vor, und aus ihrem dünnlippigen Lächeln schloß ich, daß mein Vorschlag naiv war. Außerdem wollen Frauen keine Lösungen ihrer Probleme vorgeschlagen bekommen, sie wollen über das Problem *reden*.

Sie wandte sich ab und sah übel gelaunt aus dem Fenster. Versuchsweise nahm ich ihre Hand in meine, aber da sie nicht reagierte, ließ ich sie wieder los. Es war mir auch ehrlich gesagt lieber so, ich bin kein großer Freund des Händchenhaltens. Entweder ist meine Hand schwitzig, und ich bin mir dessen unangenehm bewußt, oder die des anderen ist feucht, oder ich warte nervös drauf, daß eine von beiden feucht wird, und meistens ist es dann meine.

Aber Claudia liebt es, sich an meine Hand zu klammern. Stundenlang, wenn es nach ihr ginge, tagelang. Es macht mich ungeduldig, nervös, manchmal möchte ich ihr meine Hand entreißen und davonlaufen. Wenn ich sie dann endlich wiederhabe, meine Hand, ist die Haut der Innenfläche wellig und aufgeweicht, als hätte ich Stunden in der Badewanne zugebracht.

Wenn sie es ablehnt, meine Hand zu ergreifen, weiß ich, daß wir ein Problem haben. Nur welches, das weiß ich nicht. Das soll ich erraten, und nach fast siebzehn Jahren mag ich nicht mehr raten.

Sie lächelte angestrengt gut gelaunt in meine Richtung, und ich lächelte zurück. Eigentlich hätten wir in diesem Moment umdrehen sollen, den Mut haben sollen, uns einzugestehen, daß unsere Wochenendreise nach London uns auch nicht retten würde, daß wir nur panisch in Bewegung geraten waren, weil uns unser Stillstand schmerzlich bewußt war.

Statt dessen bereute ich, nicht die Businessclass gebucht zu haben, denn damit hätte ich Claudia überraschen können, und wir hätten es uns, seit wir unsere politisch korrekte kleine vegetarische Imbißkette gegen das Label *»coffee & bagel«* einer amerikanischen Großfirma eingetauscht hatten, wirklich leisten können. Aber ob Claudia sich wirklich über einen etwas größeren Sitz und geringfügig besseres Essen gefreut hätte? Sie konnte schrecklich bockbeinig sein, und ihre politische Überzeugung hätte uns fast in den Ruin getrieben.

Nach einem kurzfristigen Boom, als plötzlich jeder Geschäftsmann Yogakurse belegte und Sojamilch trank, konnte bald niemand mehr Tofuburger und Mangoldgemüse sehen, und alle Versuche, die Kunden mit esoterischen Kochkünsten quer durch die ganze Welt zurückzugewinnen, angefangen bei Rezepten nach den fünf Tibetern bis zu chinesischem Elementekochen, funktionierten nicht mehr. Am Ende blieben wir auf den blassen, magersüchtigen, aber gesundheitsbewußten Sekretärinnen sitzen, die mit uns älter wurden und niemals ihren Tofuburger würden missen wollen – aber von ihnen allein konnten wir nicht leben. Nach und nach mußten wir unsere Filialen zumachen, und am Ende sah selbst Claudia ein, daß wir uns nach einem neuen Beruf hätten umsehen müssen, wäre nicht der Bagel auf uns zugekommen wie ein großes Ufo mit einem Loch in der Mitte. Ein ursprünglich jüdisches Gebäck kam zu uns nach München, um uns zu retten.

Wir waren das erste Bagel-Restaurant in ganz Deutschland. Den Teig bekamen wir anfangs noch aus den USA geliefert, fertig geformte Bagel, die wir nur in den Ofen zu schieben brauchten, auch der Kaffee kam in riesigen Säcken mit genauen Vorschriften, wieviel pro Tasse und Größe zu verwenden sei. Die Speisekarten druckten wir mit Absicht nur auf englisch, und prompt meldeten sich scharenweise amerikanische Studentinnen, die ganz erpicht darauf waren, die Bagel unters deutsche Volk zu bringen.

Die Bagel gingen weg wie warme Semmeln, und innerhalb kürzester Zeit konnten wir wieder Filialen aufmachen, nach einem halben Jahr zwei, nach einem vier, nach eineinhalb Jahren sechs.

Businessclass wäre also drin gewesen, aber ich war

immer noch nicht gewöhnt, so zu denken, und im Gegensatz zu früher schämte ich mich dessen und kam mir spießig und hoffnungslos altmodisch vor. Früher war doch mal Geld spießig gewesen, dachte ich. Von dem Augenblick an ist man alt, in dem man das Wörtchen »früher« benutzt. Hier also, in einer Lufthansa-Maschine nach London, war ich alt geworden.

Wir quetschten uns in die engen Sitze, mir war heiß, ungeduldig wartete ich auf das Anrollen der Maschine. Ich schlug die Süddeutsche Zeitung auf und versuchte mich auf die Kriege in dieser Welt zu konzentrieren, als der Kapitän sich meldete und sich räuspernd dafür entschuldigte, daß wir leider alle wieder aussteigen müßten, denn die Bordtreppe, über die wir eingestiegen waren, habe sich verklemmt und lasse sich nicht mehr einziehen. Claudia sog die Luft ein. Mir sank das Herz. Diese Reise war meine Idee gewesen.

Langsam schoben wir uns wieder aus dem Flugzeug die eingeklemmte Treppe hinunter in den Bus. Claudia lächelte mir unverbindlich zu, ein Lächeln, wie sie es sonst für die Gäste bereithielt, wenn sie ihre Bestellungen aufgaben. Ein weiterer Vorteil unseres Bagelparadieses: Keiner von uns beiden mußte mehr hinter der Theke stehen. Claudia schien das allerdings zu vermissen, denn sie machte Tag für Tag Kontrollrundgänge durch alle sechs Filialen und blieb oft in einem der Läden hängen. Sie bediente eine Weile selbst, bevor es ihr peinlich wurde und sie wieder an eines dieser gesund aussehenden und immer freundlichen amerikanischen Mädchen abgab und nach Hause kam.

Ohne ihre Arbeit war sie jedoch unglücklich und ruhelos wie ein Hund, dem das Herrchen gestorben ist. Sie wußte nicht, wohin mit sich, obwohl sie endlich all die Zeit hatte, die sie sich immer gewünscht hatte. Sie nahm Spanischunterricht, schleppte mich sogar mit dorthin – was sie besser nicht getan hätte, denn ich verliebte mich in unsere fünfundzwanzigjährige Lehrerin Marisol –, sie ging in die Stadt, sie traf sich mit Freundinnen, aber nichts schien sie wirklich auszufüllen, bis sie eines Tages mit einem dünnen roten Büchlein mit dem Titel *Wie man Glück und Leiden in den Pfad zur Erleuchtung umwandelt – wie du glücklich sein kannst, wenn du es nicht bist* unter dem Arm nach Hause kam, das sie von nun an mit verbissenem Eifer studierte. Sie las nur noch dieses eine Buch, und wenn sie am Ende angelangt war, fing sie wieder von vorne an.

Ein gewisser Lama Tubten Rinpoche hatte es geschrieben, und auf der Rückseite des Buches war er abgebildet, wie er in roter Mönchskutte und mit glattrasiertem Schädel auf einem Felsen saß, in der Hand eine gelbe Dose, die eine Bierdose sein konnte, aber das ließ sich selbst mit Lupe nicht genau feststellen. Ich habe mir diesen Typen tatsächlich mit der Lupe angesehen, weil er mir meine Frau wegzunehmen drohte. Ihr gesamtes Leben drehte sich nur noch um ihn und seine Lehren vom Glück. Während sie schlief und leise vor sich hin schnarchte, saß ich auf der Bettkante und hielt die Lupe über einen tibetischen Lama, um festzustellen, welche Biermarke er mochte. Eine Bierdose hätte ihn mir gleich sehr viel sympathischer gemacht.

Alle Lebewesen wünschen sich Glück und möchten Leiden vermeiden, hieß es in dem Buch. Dagegen war nichts einzuwenden. Aber weil die Menschen ständig ihrer Begierde nachgeben, finden sie kein Glück. Das fand ich schon bedenklicher, und in der Tat gab Claudia kaum noch ihrer Begierde nach, und deshalb hatte ich keine Begierde mehr. Ich brauchte ein Zeichen von ihr, nur ein winziges Zeichen, sonst war ich zu schüchtern, so blöd das klingt. In der Regel reichte es schon, wenn sie nicht sofort ein Buch aufschlug, wenn sie ins Bett kam. Oder mich nur ein klein wenig anlächelte. Oder mich nicht mit einem kleinen Vogelkuß verabschiedete, sondern ihre Wange kurz an meine drückte. Das reichte. Ohne diese Zeichen fand ich keinen Weg zu ihr. Die Zeichen wurden jedoch immer weniger, und irgendwann gab sie mir überhaupt keine mehr. Das war das Ende unseres Liebeslebens. Und das alles wegen eines Gebäcks mit Loch in der Mitte, denn letzten Endes hatte unser Erfolg mit den Bagels aus Claudia eine tibetisch vor sich hin singende Frau mit einem roten Bändchen um den Hals gemacht, die fast jeden Abend in ein Meditationszentrum rannte und sich, bevor sie ins Bett ging, hundertachtmal zu Boden warf.

Ich versuchte, darüber ebenso hinwegzusehen wie über die gepiercte Augenbraue meiner Tochter, und in der Zwischenzeit holte ich mir im Bad ab und zu einen runter. Ich kann nicht sagen, daß ich wirklich litt, aber ich verspürte eine leichte, anhaltende Trauer, so als sei ein mir liebes Haustier gestorben.

Wie eine Herde Schafe schoben wir uns langsam aus dem Bus auf das Flughafengebäude zu. Vor mir löste sich ein kleiner, korpulenter Mann mit Glatze aus der Herde und strebte entschlossen auf eine zweite Tür zu. Ich packte Claudia an der Hand, und wir folgten diesem kleinen Mann, der einen schütteren Heiligenschein aus hellblonden Haaren rund um die Glatze trug.

Wer so ausscherte und auf eigene Faust verbotene Türen öffnete, konnte kein Deutscher sein, dachte ich. Auch ich hätte kaum den Versuch unternommen, eine andere Tür zu öffnen. Das war sicherlich verboten, auch wenn es nicht dranstand, und bestimmt war sie abgeschlossen. Aber der kleine Mann öffnete ganz selbstverständlich diese Tür, und wenige Minuten später befanden wir uns wieder in der Abflughalle, wo wir von der Fluggesellschaft einen Verzehrbon bekamen. Der kleine Mann lächelte uns zu und sagte mit leicht holländischem Akzent: Dann gehen wir mal in die zweite Runde, was?

Wir standen gemeinsam für unser Getränk und unser Sandwich an, der kleine Holländer hielt eine eisgekühlte Piccoloflasche an seine Backe und erzählte in perfektem Deutsch, man habe ihm erst am Nachmittag einen Weisheitszahn gezogen. Und während wir noch müde Scherze über Zahnärzte machten, fiel mein Blick auf den fleischigen Hals des kleinen Mannes, um den der gleiche rote Wollfaden geknüpft war wie um den Hals meiner Frau.

Ich hatte nie genau nach der Bedeutung dieses Fadens gefragt. Ein Glücksbringer, verliehen von einem tibetischen Lama, das war alles, was ich wußte. Claudia bemerkte ihn im selben Moment wie ich. Lächelnd nahm sie ihren Schal ab, der Holländer sah ihren Wollfaden, und Sekunden später tauschten die beiden bereits Namen von tibetischen Lamas aus wie andere Urlaubsorte.

Ich mußte an mich halten, um nicht laut zu schreien. Scheinbar gelangweilt wandte ich mich ab, konnte aber der Unterhaltung der beiden sehr genau folgen.

Es gibt ein Kloster von Tubten Rinpoche in Südfrankreich, sagte der kleine Holländer, der sich Claudia als Theo vorstellte, da wollte ich immer schon mal hin. Ein Retreat, das wäre mein Traum...

Ein Wort nur, aber ich spürte, wie Claudia es aufsog wie eine Biene den Honigtropfen. *Retreat.* Damals hatte ich keine Ahnung, was das heißen sollte. Rückzug. Camp. Klassenreise. Kurse für unglückliche Menschen in schöner Landschaft. »Wie man glücklich sein kann, wenn man es nicht ist...«

Oh ja, das würde ich zu gern auch mal machen, erwiderte Claudia sehnsüchtig, ein Retreat...

Ich kann Ihnen die Adresse geben, sagte Theo. Ich schreibe sie Ihnen gleich, wenn ich zu Hause bin.

Er zückte seinen Terminkalender, und Claudia ließ ihre blonden Haare fast auf seine Hände fallen, während sie ihm unsere Faxnummer diktierte.

Meine Frau wollte ins Kloster. Ich hatte versagt. Ich konnte sie nicht mehr glücklich machen. Am liebsten hätte ich einen cholerischen Anfall bekommen und mich wie ein Kind auf den Marmorfußboden des Flughafens geworfen. Vielleicht hätte ich sie damals einfach packen und ihr eine Szene machen sollen, und vielleicht, vielleicht hätte ihr das sogar gefallen.

Aber ich bin ein gut dressierter moderner Mann, ich tue so etwas nicht. Statt dessen fing ich etwas mit einer fünfundzwanzigjährigen Spanierin an.

Aus der Ferne beobachtete ich Claudia, wie sie auf Theo einredete, dessen Glatze jetzt zart errötet war. Seine dünnen blonden Haare standen aufgeregt in die Höhe. Claudias Hände flogen durch die Luft, ihre Haare schwangen hin und her, sie lächelte, daß man ihre Zähne blitzen sehen konnte, ihr ganzer Körper war in Bewegung. Sie wirkte jung und lebendig. So war sie mit mir nie mehr.

Als wir endlich, Stunden später, in London gelandet waren, wehte warm die Nachtluft ins Taxi. Claudia legte ihren Kopf an meine Schulter, und alles schien einen Moment lang gut.

Das quittengelbe Licht der Autobahn zeigte uns den Weg, es roch nach feuchten Bettlaken und Meer, und mein Herz war gleich ein paar Pfund leichter. Wir machten das zu selten. Wir fuhren viel zu selten einfach weg. Franka war jetzt alt genug, wir brauchten nicht mehr auf einen Schülerausflug zu warten, um uns eine kleine Reise zu gönnen. Ich drückte Claudia an mich. Sie wurde weich in meinem Arm, und ich konnte ihre Haare riechen. Sie lachte fröhlich, vielleicht lag's an dem kleinen Holländer. Eifersucht knabberte an mir wie eine Maus am Käse.

Auf den Straßen Londons war der Teufel los. Massen von jungen Menschen standen vor den bereits geschlossenen Pubs, betrunkene Männer in Anzügen und mit gelösten Schlipsen stolperten lachend über die Straße, junge Mädchen in Bergstiefeln und kurzen Röcken lehnten kichernd an den Hauswänden. Polizeiwagen rasten kreischend an uns vorbei. Die Luft war jetzt am Abend noch so warm wie sonst nur in Spanien oder Italien.

An einem eiskalten Juliabend vor mehr als fünfundzwanzig Jahren hatte ich mit einer kleinen Französin am Piccadilly zusammen mit Hunderten von Jugendlichen auf den Treppen gesessen und geschlottert vor Kälte. Ganz genau konnte ich mich noch an das Grün ihres Pullovers und ihre kleinen, tennisballharten Brüste erinnern und an das klebrige Katergefühl nach zu viel Guinness.

Ich wäre gern mit Claudia aus dem Taxi gestiegen und hätte mich unter die schwitzenden, vor Lust und Sehnsucht pulsierenden Menschen gemischt, um ganz genau wie sie herumzustehen und nichts zu tun und vielleicht ein ganz kleines bißchen so zu sein wie früher. Statt dessen sagte ich: Wir gehen am besten schlafen, was?, weil ich fürchtete, mit meinen seltsamen Wünschen an Claudia abzuprallen wie ein Squashball an der Wand. Und eigentlich hoffte ich, Claudia würde nun ihrerseits vorschlagen auszusteigen, aber sie nickte nur stumm.

In der Minibar lagen neben Erdnüssen und Schokolade eine Wegwerfkamera und eine Floppydisk. Claudia setzte sich auf das hohe Bett und zog die Beine unter den Po. Ich fühle mich wie die Prinzessin auf der Erbse, sagte sie und grinste.

Da war es. Ein Zeichen. Endlich ein Zeichen! Und obwohl ich eigentlich gar keine Lust hatte, zog ich mir sofort die verschwitzten Jeans aus und ließ mich neben sie aufs Bett fallen. Die Matratze wackelte wie Pudding. Ihr Lächeln erstarb.

Ein Trampolinbett, seufzte sie.

Tut mir leid.

Du weißt doch, daß ich nicht schlafen kann, wenn das ganze Bett wackelt, wenn du dich umdrehst.

Ja.

Du hättest zwei Betten bestellen sollen.

Wir können an der Rezeption fragen, ob sie nicht…

Ich will jetzt nicht noch mal umziehen, widersprach sie.

Ich verspreche auch, mich nicht zu bewegen.

Ich streckte die Hand nach ihr aus und strich ihr über den Rücken. Sie rührte sich nicht, und damit war schon alles gelaufen. Eine falsche Bewegung, ein falscher Satz, ein falsches Bett, und alles war vorbei. Ich versuchte es trotzdem und kraulte ihr leicht den Nacken. Sie ließ es kurz zu, dann stand sie auf und ging ins Badezimmer.

Ich griff nach der Fernbedienung und sah MTV. Schwarze junge Männer und Frauen erzählten mir Geschichten, die ich nicht verstand, sie bewegten sich aufreizend, und ich war nicht gemeint.

Als Claudia aus dem Badezimmer kam, hatte sie sich abgeschminkt. Ohne Schminke sah sie deutlich jünger aus. Es verblüfft mich jedesmal. Wissen Frauen das nicht? Über der Schulter trug sie ein Handtuch. Sie holte ein Paar alte abgeschnittene Tennissocken aus ihrer Reisetasche und zog sie sich über die Handgelenke, legte das Handtuch vor das Bett auf die Erde, stellte sich davor und hob die aneinandergelegten Hände erst zum Scheitel, dann zur Kehle und vor die Brust, warf sich auf die Knie, rutschte auf den Handgelenken auf dem Handtuch der Länge nach auf den Bauch, hob die Hände hinter den Kopf, richtete sich wieder auf und begann von vorn. Die einhundertacht Niederwerfungen. Ich war nicht sicher, ob sie die für ihre Oberschenkelmuskulatur oder ihren spirituellen Fortschritt machte. Ich nehme Zuflucht, hatte sie mir erklärt. Zuflucht? Zuflucht zu was? Das verriet sie mir nicht.

Franka nannte es buddhistische Gymnastik, aber während sie sich früher naserümpfend von ihrer sich niederwerfenden Mutter abgewandt hatte, machte sie, seit sie sich in ihren Lama verliebt hatte, brav mit. Seite an Seite warfen sich meine Frau und meine Tochter Abend für Abend auf meinen alten Kelim, den ich zu Studentenzeiten aus der Türkei mitgebracht hatte, als ich noch Mercedesse in den Iran fuhr.

Im Rhythmus zu Claudias Niederwerfungen sang im Fernsehen ein junges Mädchen, das aussah wie zwölf, in schlottrigen Hosen und einem lila T-Shirt von ihrer Liebe, die schal geworden sei, während ein blonder Typ gelangweilt an ihrem Ohrläppchen knabberte.

Die kleine Französin damals war gar nicht so klein gewesen, sondern zwei Jahre älter als ich, einundzwanzig. Dominique hieß sie, jetzt fiel es mir wieder ein. Sie war anstrengend, weil sie nie wußte, ob sie Hunger hatte oder nicht, aber ständig übers Essen redete. Wenn ich mit ihr ins Bett wollte, bekam sie Hunger. Also zogen wir uns wieder an. Standen wir dann aber vor einer Fish-and-chips-Bude, konnte sie sich nicht entscheiden und aß am Ende gar nichts. Sie habe kein Gefühl für ihren Bauch, erklärte sie mir, sie habe eine sehr dominante Mutter. Die Mutter traf ich nie, aber sie interessierte mich bald mehr als ihre eßgestörte Tochter. Abwesende Frauen haben mich immer mehr interessiert als die anwesenden.

Dominiques grüner Pullover fühlte sich meist ein

bißchen klamm an, weil es, wie es sich für London gehört, nur regnete. Wir klammerten uns in unserem eiskalten Bett einer dunklen Londoner Pension schlotternd aneinander, und erst als wir abfuhren, entdeckten wir, daß es elektrische Heizdecken unter den Laken gab. Dominique war launisch und kompliziert, und eigentlich dachte ich die ganze Zeit nur darüber nach, wie ich, ohne sie zu verprellen, meinen Schwanz in sie stecken konnte, denn dann war mir warm, dann fühlte ich mich lebendig und brauchte nicht über mein Leben nachzudenken.

Ich war Student an der Filmhochschule in München, von Angst geschüttelt, niemals ein großer Regisseur zu werden, niemals einen guten Film zu machen. Und weil ich so große Angst hatte und noch dazu schüchtern und mit Komplexen behaftet war, benahm ich mich arrogant und kalt, was zu meiner Verwirrung bei den Frauen gut ankam. Mit Frauen konnte man keine Kunst schaffen, dazu mußte man allein sein, großartig einsam, das war mir völlig klar, aber große Lust hatte ich dazu nicht, denn allein wußte ich nicht mehr, was tun.

Pflichtbewußt ließ ich jedoch den grünen Pullover und seinen französischen Inhalt manchmal in der kalten Londoner Pension zurück, fuhr mit dem Zug aufs Land und drehte mit einer Super8-Kamera verwackelte Kühe im Nebel und einsame Verkehrsschilder, menschenleere, regennasse Straßen und Regentropfen auf Schaufensterscheiben. Während ich durch den Sucher sah, ahnte ich, daß mein Blick durch die Kamera auf die Welt kein besonderer war, daß ich nichts besaß, was mich von anderen unterschied. Ich hatte keine Vision, wie sie das damals an der

Filmhochschule nannten, und so ganz habe ich mich von dieser Erkenntnis nie erholt.

Als ich vor fast achtzehn Jahren die Tür zu dem kleinen vegetarischen Imbiß »Der Siebte Himmel« aufstieß, weil ich unerklärlicherweise Hunger auf eine vegetarische Frühlingsrolle hatte, war ich sechsundzwanzig Jahre alt und filmte schon lange keine Kühe im Nebel mehr. Ich versuchte erfolglos meine Drehbücher an den Mann zu bringen und machte, um Geld zu verdienen, Studioregie bei Talk-Shows. Dafür verachtete ich mich und deshalb gleich die ganze Welt. Orson Welles, Louis Malle, Steven Spielberg, Truffaut, Godard, sie alle hatten in meinem Alter bereits Meisterwerke gedreht. Haßerfüllt sah ich zu, wie meine ehemaligen Kommilitonen ihren ersten, zweiten, dritten Kinofilm in die Kinos brachten und ihre Weltanschauung in Interviews zum besten geben durften. Ich sah mir ihre Filme an, und je besser ich sie fand, um so mehr deprimierten sie mich. Ich blutete innerlich aus allen Knopflöchern, weil ich kein Kollege mehr war, nie mehr sein würde. Als Berufsbezeichnung schrieb ich immer noch ›Fred Kaufmann – Regisseur‹ auf Formulare, aber ich wußte, es war gelogen. Ich war Verlierer in einem Spiel, bei dem ich nicht mal hatte mitspielen dürfen. Das fand ich so ungerecht, daß ich ständig schlecht gelaunt war.

Claudia dagegen war jung, frisch und kompetent, sie roch nach gutem Essen, auch wenn es immer nur vegetarisches war, und ich sah sie das erste Mal an einem 26. Mai, ganz genauso wie Travis Bickle seine weiße Fee in *Taxi Driver.* Auch ich wollte – wie Travis – gerettet werden.

Claudia trug eine lange, weiße Schürze, lächelte mich aus meerjungfraugrünen Augen frei und optimistisch an und fragte, ob sie mir helfen könne. Ja, wollte ich rufen. Hilfe, ich ertrinke! Sie reichte mir die Hand, ich ergriff sie und ließ mich an Land ziehen, und als sie dann meine Hand nicht mehr loslassen wollte, war es mir auch wieder nicht recht.

Aber anfangs war ich begeistert. Claudia wollte niemand anders sein, als sie war. Das imponierte mir.

Was machst du? fragte sie mich ganz spät erst, und ich erzählte ihr von meinen großen, teuren Filmprojekten, die alle sehr bald zustande kommen würden, sehr, sehr bald, in allernächster Zukunft. Sie lächelte sanft, und dann fragte sie nie wieder. Ein paar Monate später gab ich die Studioregie erleichtert auf und fing an, in ihrem Imbiß zu arbeiten.

Ein Jahr später übernahm ich das Management, und fünf Jahre später hatte »Der Siebte Himmel« fünf Filialen in München und eine in Augsburg. Ich war geworden, was mein Nachname Kaufmann versprach, und ich verabscheute mich dafür, denn meine Träume waren doch so anders gewesen.

Hundert, sagte Claudia stöhnend und zog sich die Tennissocken von den Handgelenken. Ihr T-Shirt war schweißgetränkt, ihre Haare hingen ihr naß in die Stirn. Sie sah sexy aus. Ich hätte die Wegwerfkamera aus der Minibar holen und sie fotografieren sollen, aber ich tat es natürlich nicht. Über die spontane Exaltiertheit von Jungverliebten waren wir längst hinaus.

Und, bist du der Erleuchtung nähergekommen? fragte ich sie, die Fernbedienung immer noch in der Hand. Während ihrer Niederwerfungen hatte ich mich durch jede Menge Nachrichten, Werbung, Krimis und Musikvideos gezappt, die mir jetzt flau im Magen lagen.

Nein, sagte sie, aber ich habe etwas für den Weltfrieden getan. Sie ließ sich schwer atmend neben mich aufs Bett fallen, die Matratze federte so stark, daß ich förmlich in die Luft katapultiert wurde. Als ich wieder landete, streckte sie die Hand nach meiner aus. Ich wechselte die Fernbedienung in die andere. Du glaubst, ich bin nicht mehr ganz dicht, stimmt's?

Ich schwieg.

Ich weiß, daß du das glaubst.

Wir könnten, wenn das Wetter morgen gut ist, in den Hydepark gehen und uns für fünfzig Pence in einen Liegestuhl legen, bot ich an.

Ich merke nur, daß die Niederwerfungen mir guttun, und ich kann dir nicht genau erklären, warum. Ich tue es nicht nur für mich allein, sondern ...

... für den Weltfrieden, unterbrach ich sie.

Die Theorie, daß du erst einmal Frieden mit dir selbst schließen mußt, um allgemeinen Frieden zu erreichen, ist doch ganz logisch, sagte sie.

Mit mir auch?

Was?

Frieden.

Sie zog sich ihr Hemd über den Kopf und sah mich mit nacktem Oberkörper prüfend an. Ich wagte nicht, meinen Blick auf ihre Brüste zu senken, denn jetzt hatten wir ja eine ernsthafte Diskussion, da war Busengucken verboten. Ich bin zum Weinen gut erzogen.

Dir könnte es nicht schaden, ein bißchen friedlicher mit uns allen zu werden, sagte sie nüchtern.

Und blaue Stöckelschuhe müssen wir morgen kaufen, sagte ich.

Sie küßte mich auf die Nasenspitze. Ihre Lippen waren kühl.

Unsere Ehe ist ziemlich auf dem Hund, flüsterte sie.

Ich habe dir blaue Stöckelschuhe versprochen.

Wenn ich mich nicht jeden Tag hundertmal auf die Erde werfen würde, müßte ich dich verlassen.

Ich hatte nicht den Mut zu fragen, warum.

Sie fuhr fort, mich zu küssen, und da sie unerwartet anfing zu züngeln, war mir klar, daß sie Sex wollte. Statt mich zu freuen, bekam ich einen Schreck, und nichts rührte sich. Zwanzig Minuten zuvor hätte alles funktioniert, aber das hatte sie sabotiert. Wir litten unter konstantem schlechtem Timing, was wir aber beide mit schlafwandlerischer Sicherheit beherrschten. Durch ihr selten genug geäußertes Verlangen fühlte ich mich erpreßt, *weil es so selten war.* Wie ein Kind, das man ermahnt, die richtige Hand zu geben, und das dann bockig die Hand hinterm Rücken versteckt. Da war nichts zu machen. Ich hatte versucht, es ihr zu erklären, sie angefleht, es nicht persönlich zu nehmen, aber war es nicht persönlich gemeint? Ich phantasierte von Sex mit fremden Weibern, die keine Gesichter hatten und mich nicht persönlich nahmen.

Sie nahm mir die Fernbedienung weg und führte meine Hand zwischen ihre Schenkel. Dort war es heiß und feucht, was zu erwarten gewesen war, aber sie hätte meine Hand genausogut auf eine Pizza legen können, der Effekt wäre derselbe gewesen. Ich überlegte tatsächlich, ob ich eine Pizza und meine Frau nur über den Tastsinn würde auseinanderhalten können, und versank darüber in klaftertiefe Traurigkeit.

Ihr Körper bog sich mir entgegen, und ich spürte ihr Verlangen wie eine Welle auf mich zukommen, gleich würde sie sich an meinem Unvermögen brechen, in Enttäuschung aufbranden und sich dann zurückziehen. Ich schloß die Augen und stellte mir, so schnell ich konnte, weißhäutige Japanerinnen vor, die sich Gewürzgurken in ihre rasierten Mösen schoben, große schwarze Frauen, die von Schäferhunden vergewaltigt wurden, ich war angewidert von meiner schwach entwickelten pornographischen Phantasie, und sie half auch nicht die Bohne. Mit geschlossenen Augen spürte ich, wie Claudia innehielt. Sie drehte sich auf die Seite, so daß meine Hand zwischen ihren Schenkeln herausrutschte, und seufzte.

Wir wußten beide nicht weiter.

Am nächsten Morgen taten wir gut gelaunt, was uns noch trauriger machte, aber von außen betrachtet waren wir ein zärtliches, munteres und relativ gut aussehendes Paar. Claudia hatte eine natürliche Eleganz, und ich sah nur deshalb ganz passabel aus, weil sie meine modische Erziehung vor siebzehn Jahren kurz entschlossen in die Hand genommen hatte. Sie wußte, wie viele Knöpfe man bei einem Oberhemd offenlassen mußte, um cool, aber nicht wie ein verhinderter Zuhälter auszusehen. Sie befahl mir, teure schwarze Unterhosen von Calvin Klein zu kaufen und meine Erdmann-Lederjacke nur noch im Notfall anzuziehen. Durch Claudia ging ich mit der Zeit und war ihr immer dann dankbar dafür, wenn ich auf der Straße einen Mann in meinem Alter sah, der immer noch Lederjacke, Al-Fatah-Tuch und Röhrenjeans trug.

Es war natürlich auch Claudia, die an diesem Morgen entschlossen die Tür zu dem kleinen, feinen Schuhladen Church's auf der Bondstreet aufstieß und mich abwartend ansah, bis ich genau die handgefertigten Schuhe anprobierte und dann auch kaufte, an denen ich bisher geglaubt hatte Reaktionäre erkennen zu können.

Dünne indische Schuhverkäufer, in weißen Oberhemden und schwarzen Hosen, hockten auf winzigen Schemeln. In ihrem weichen Englisch erläuterten sie mit Engelsgeduld die Vor- und Nachteile der verschiedenen Modelle. Mit fast zärtlichen Bewegungen zogen sie den Kunden wie Freiern die Schuhe aus. Ich hatte Angst, meine Socken könnten stinken, und beruhigte mich damit, daß wir noch nicht weit gegangen waren, da Claudia auf halbem Weg zu Harvey Nichols beschlossen hatte, gar keine neuen blauen Schuhe zu wollen. Aber du, sagte sie, du brauchst wirklich neue Schuhe.

Neben mir saß ein Ehepaar in unserem Alter, obwohl ich gern geglaubt hätte, sie seien viel älter, mit ihrem etwa achtzehnjährigen Sohn. Der Vater trug einen grauen Flanellanzug, ein hellblaues Hemd und eben die klassischen Schuhe von Church's. Sie war blond gefärbt und ›gut erhalten‹, wenn es nicht gut geliftet war, was ja heutzutage näherliegt. Sie trug ein ärmelloses, weißes Kleid und weiße Schuhe mit

Goldschnalle, sie redete weder mit Mann oder Sohn, sondern ausschließlich mit ihrem Verkäufer, der eilfertig Karton um Karton anschleppte, aber bei jedem neuen Paar Schuhe, das ihr Sohn anprobierte, schüttelte sie mißbilligend den Kopf. Der Sohn war blaß und teigig, er trug ein blaues Hemd und Flanellhosen wie sein Vater, seine Bewegungen waren langsam und träge. Die ganze Familie wirkte wie in Aspik eingelegt. Keiner liebte mehr den anderen, aber alle hielten still.

Gern hätte ich das Bübchen an den Schultern geschüttelt und ihm ins Ohr geflüstert: Mensch, sei ein Mann, kauf dir ein paar coole Nikes von deinem Taschengeld, und dann lauf! Lauf schnell, und sieh dich nicht mehr um! Traurig blickte der Sohn auf seine teuren Schuhe und bewegte sich nicht.

›Mein‹ Inder zog energisch die Schnürsenkel fest, und ich ging ein paar Schritte in den erstaunlich bequemen 800-Mark-Schuhen auf und ab.

Mein ganzes Leben zog in einer Schuhparade an mir vorbei. Meine ersten: winzige, hellblaue Häkelpuschen, die meine Mutter heute noch in der obersten Wäscheschublade oben auf ihren riesigen fleischfarbenen Unterhosen aufhob; meine ersten Salamanderschuhe, zu denen es Lurchi, den gelbschwarzen Gummisalamander, gab und Sammelheftchen mit seinen Abenteuern. Eine aufregende Zeit des Schuhekaufens, denn in den neuen Schuhen mußte man die Füße in eine Maschine halten, und durch ein kleines Fenster konnte man die eigenen Füße als schwachgrüne Knöchelchen in den neuen Schuhen erkennen. Später wurden die Dinger verboten, weil sie Röntgenapparate waren und meine ganze Generation wahrscheinlich irgendwann Strahlenschäden an den Füßen aufweisen wird.

Aber wie alle liebte ich das Schuhröntgen und brachte manchmal meine Mutter dazu, nur aus diesem Grund mit mir in einen Schuhladen zu gehen und den Verkäufer zu bitten, doch einmal nachzusehen, ob die Schuhe des Jungen noch groß genug waren. Der Verkäufer nahm mich dann an der Hand, führte mich zu der Maschine, ich stellte fachmännisch meine Füße hinein, es gab einen dumpfen Ton, und schon sah ich meine geheimnisvollen grünen Knochen. Die Vorstellung, daß sich diese Knochen wirklich in meinem Körper befanden, war unheimlich, so als befände sich in mir ein anderer, ein grüner Knochenmann, den ich meist vergaß, aber manchmal fiel er mir unverhofft mitten im Spiel oder kurz vorm Einschlafen wieder ein und ließ mich erschaudern.

Als Teenager trug ich Hush Puppies, die mir etwas Verklemmtes gaben. Ich war mit meinen sexuellen Erfahrungen spät dran, die Mädchen fanden mich süß, und das war das Gegenteil von geil.

Als Filmhochschüler hatte ich schwarze Lederstiefeletten, die mir, wie ich meinte, etwas Dandyhaftes verliehen. Ich wollte so gern interessant sein. In der Zeit fuhr ich, passend zu meinen Schuhen, auch einen schwarzen Citroën DS (la déesse, die Göttin), den ich besser behandelte als alle Frauen. Später kamen dann Boxerstiefel mit hauchdünnen Sohlen, die mir etwas Schnelles geben sollten, keiner würde mich einholen können. Auf meiner ersten Amerikareise entdeckte ich echte Cowboystiefel, die mir fast zehn Jahre lang einen Gang verliehen, als sei ich gerade vom Pferd gestiegen, bis mir Claudia Turnschuhe verschrieb, weil nur noch Countryfans aus Rosenheim Cowboystiefel trügen. Also trug ich von da an Nikes, die ich jedes Jahr durch das jeweilig neuste Modell ersetzte. Sie waren bequem, aber nur unter Teenagern imagefördernd, einen Satz des Nike-Erfinders hatte ich irgendwo aufgeschnappt: »Ein guter Turnschuh ist wie eine Vagina – reinschlüpfen und sich wohl fühlen.«

Abgelatscht, stinkend und beleidigt standen nun meine Nikes bei Church's in der Bondstreet, und ich habe ein schlechtes Gewissen, als würde ich sie hintergehen. Als ich nur knappe acht Wochen später meine Frau betrog, war mir nicht so schwer ums Herz. Das ist natürlich Quatsch. Na ja, nicht ganz, wenn ich ehrlich bin. *Während* ich sie betrog, war es leicht. Danach wurde es schwer.

Mit jedem Paar neuer Schuhe hatte ein neues Leben für mich begonnen. Darüber hätte ich ein wenig länger nachdenken sollen an diesem Samstagvormittag in London. Ich zahlte, der Inder hielt die Tür auf und drückte mir die Tüte mit meinen alten Nikes in die Hand, und draußen waren wir, als wäre nichts geschehen. Mein neues Leben hatte bereits begonnen, weit weg in Prag, in einer Jugendherberge, nur wußte ich noch nichts davon.

# 4

Ich wurde losgeschickt, um einen Schwangerschaftstest zu besorgen, obwohl es eigentlich nichts mehr zu testen gab. Als mir der nette Apotheker vom Elisabethplatz lächelnd den Test durch die Nachtluke entgegenstreckte, erwartete ich fast, er würde mir gratulieren.

Mit klopfenden Herzen starrten Claudia und ich auf den kleinen Teststreifen, während Franka starr wie eine Eidechse auf einem heißen Stein in der Ecke saß. Der erste rosa Streifen erschien, und ich wollte schon ohnmächtig werden, als Claudia mich dran erinnerte, daß das nur der Teststreifen war und wir noch eine ganze Minute zu warten hätten.

Wir nahmen uns an den Händen, hielten uns fest, ganz fest, ausgerechnet in diesem Augenblick waren wir so eng verbunden wie schon lange nicht mehr. Vor sechzehn Jahren hatten wir ganz genau so in der winzigen Küche vom »Siebten Himmel« gehockt und auf den Teststreifen gestarrt wie das Kaninchen auf die Schlange. Wir hatten noch keine Ahnung, was wir tun würden. Aber als der zweite rosa Streifen auftauchte wie eine zarte Morgenröte am Horizont, lagen wir uns plötzlich lachend in den Armen und verstanden unsere spontane Freude gar nicht so recht. Von einer Sekunde auf die andere schien es logisch und richtig, ein Kind zu bekommen.

Und jetzt war alles falsch, völlig falsch. Als der zweite Streifen sich abzeichnete, wurde mir fast übel.

Wir setzten uns neben Franka, Claudia drehte an einer Haarsträhne, und mir fiel wieder nichts anderes ein, als auf meine neuen Schuhe zu starren, die ich zweimal in der Woche ordnungsgemäß putzte und deren Sohlen ich sogar mit der mitgelieferten Tinktur einrieb. Auch die Schuhspanner aus hellem Kirschholz benutzte ich regelmäßig. Mir gefiel das englische Wort für Schuhspanner: *shoe trees.* Es waren die ersten Schuhe meines Lebens, die in den Genuß von Schuhspannern kamen.

Wir werden dir helfen, sagte Claudia, natürlich werden wir dir helfen. Wir sind doch deine Freunde.

Franka sah kurz auf. Ihr seid nicht meine Freunde, sagte sie, ihr seid meine Eltern.

Und deine Freunde, wiederholte Claudia starrsinnig.

Nein, sagte Franka.

Fred, sagte Claudia streng, was machen wir jetzt? Wir werden ihr doch helfen?

Ich nickte, aber ich konnte nicht nachdenken, mein Gehirn war in den Stand-by-Modus heruntergefahren und dachte lieber über Schuhspanner nach.

Claudia band ihre langen blonden Haare energisch zu einem Knoten, griff zum Telefon und fragte Franka nach Tils Telefonnummer.

Nein, heulte Franka auf, bitte nicht!

Weiß er Bescheid?

Franka schüttelte den Kopf.

Dann wird es Zeit, daß du ihm Bescheid sagst.

Bitte nicht, sagte Franka leise und sah mich flehend an.

Das mußt du nicht allein ausbaden, dazu gehören immerhin noch zwei, sagte Claudia.

Ich will ihn nie, nie wiedersehen, heulte Franka auf.

Das tust du doch jeden Tag in der Schule, sagte Claudia kühl.

Dicke Tränen quollen aus Frankas Augen und liefen langsam über ihre Backen. Ich sah ihre tagtägliche Qual, in der Schule Til gegenüberzutreten, an den ich nur eine sehr vage Erinnerung hatte, ein riesengroßer massiger Junge mit rasiertem Schädel und gelber Brille in überweiten Hosen, die ihm trotz seiner Größe etwas von einem Kleinkind gaben. Nicht umsonst hießen diese Hosen ›Pampers‹, wie die Windeln. Aber in diesen Pampers verbarg das Riesenbaby offensichtlich einen ziemlich erwachsenen Schwanz.

Ich mochte mir meine Tochter nicht mit diesem Riesenbaby vorstellen, eigentlich mit überhaupt keinem Jungen, meine kleine Franka, meine kleine Maus, eben gerade war ich doch noch mit ihr auf dem Spielplatz gewesen!

Hier! Claudia hielt Franka den Telefonhörer unter die Nase, ich möchte, daß du ihn jetzt anrufst und hierherbestellst. Sonst tue ich es. Und mit seinen Eltern spreche ich auch.

Ich stöhnte. Franka weinte bitterlich, wie früher, wenn sie sich das Knie aufgeschlagen hatte.

So leicht kommt der mir nicht davon, sagte Claudia entschlossen, und bevor ich noch etwas einwenden konnte, gehorchte Franka zu meiner großen Überraschung, und eine Dreiviertelstunde später saßen wir zu viert in der Pizzeria Il Mulino.

## 5

Til bestellte eine Pizza *quattro stagioni* und wirkte zwar leicht bedrückt, weil er nicht wußte, was auf ihn zukam, aber so selbstsicher in seiner Teenagerarroganz, daß ich an mich halten mußte, um ihm nicht sofort eine reinzuhauen. Franka und ich verzichteten aufs Essen, Claudia bestellte, wie immer, einen Salat. (Frauen und Salat… In meinem nächsten Leben wünsche ich mir eine Frau, die nie Salat ißt.) Wir vermieden es, uns anzusehen.

Franka und Til saßen nebeneinander. Franka hatte versucht, das zu vermeiden, aber da weder Claudia noch ich Wert darauf legten, neben ihm zu sitzen, schoben wir uns schnell hintereinander in die Bank und überließen den beiden die Stühle.

Til grinste unsicher in die Runde und senkte dann seinen riesigen Kopf in sein Riesenspezi. Seine Handgelenke waren so dick wie meine Oberarme, seine Oberarme hatten den Umfang meiner Oberschenkel. Wie konnte man nur so ein Riesenkind auf die Welt bringen, fragte ich mich. Er war erst sechzehn, wie Franka, und wirkte wie ein Mutant.

Franka hatte den Kopf in die Hände gestützt und starrte mit zusammengekniffenen Augen auf das rotweiß karierte Tischtuch wie auf ein Drei-D-Bild.

Claudia zupfte nervös an dem roten Faden um ihren

Hals und sah mich von der Seite an. Erwartete sie, daß ich mit Til von Mann zu Mann sprach?

Große Müdigkeit überfiel mich, und ich konnte mir nicht erklären, wie es überhaupt dazu gekommen war, daß ich mit Frau und Tochter und einem wildfremden Jungen in dieser Pizzeria saß. Ich konnte beim besten Willen keinen Punkt in meinem Leben finden, an dem ich den Weg eingeschlagen hatte, der hierher geführt hatte. War es mein plötzlicher Hunger auf eine Frühlingsrolle vor fast achtzehn Jahren gewesen, der mich die Tür zum »Siebten Himmel« hatte öffnen lassen? Hatte die Frühlingsrolle zu einer schwangeren Teenagertochter geführt? Sind die Dinge so banal? Vielleicht war es nichts weiter als das. Banal. Normal. Völlig normal. Dieser Gedanke ließ mich ein wenig leichter atmen. Vielleicht war ja eine Frühlingsrolle an allem schuld.

Ein professionell gutgelaunter italienischer Kellner brachte den Salat und die Pizza und ließ ein paar italienische Vokabeln einfließen, wie alle italienischen Kellner auf der ganzen Welt, als gehöre das zum Service. Sie sprechen fließend die Landessprache, aber wenn sie als Kellner arbeiten, müssen sie anscheinend sagen: *una pizza quattro stagioni*, bittä und eine *insalata mista, prego*...

Franka machte den Mund auf und sagte in Richtung des Kellners: Du hast mich in Prag angebufft. Der Kellner sah lächelnd und gleichgültig über uns hinweg.

Angebufft. Wie ein Foul beim Basketball. Til führte die Gabel zum Mund, zögerte einen Moment, öffnete dann doch den Mund und verschlang das Stück Pizza. Er kaute langsam, wir alle sahen ihm dabei zu, dann sagte er, noch mit vollem Mund: Kann nicht sein.

Ist aber so, sagte Claudia scharf und sortierte mit gesenktem Kopf die schwarzen Oliven aus ihrem Salat.

Kann nicht sein, wiederholte Til. Er schüttelte langsam den Kopf, und jetzt sah er plötzlich aus wie Mitte Vierzig. Ich konnte sehen, wie sich sein Babyspeck in den Speck der mittleren Jahre verwandelt und ihn zu einem hochgradigen Herzinfarktkandidaten gemacht hatte; er rauchte und trug hellblaue Oberhemden und zu breite Krawatten, hatte Frau, drei Kinder und einen Verwaltungsjob in der oberen Etage. Vielleicht war er auch Politiker bei den Christdemokraten, eine andere Partei kam für ihn mit seinem Stiernacken und seiner Glatze, die er in dreißig Jahren unfreiwillig wieder tragen würde, nicht in Frage, da hatte ich meine festgefügten Vorurteile.

Einen Wimpernschlag nur war dieser Mann entfernt von dem Riesenbaby, das gerade mal gelernt hatte, sich allein anzuziehen und mit Messer und Gabel einigermaßen umzugehen. Es hatte seine kleinen und großen Teenagersorgen wie alle anderen auch, vielleicht litt es sogar unter seiner absurden Größe. Einige Sekunden lang entwickelte ich fast Mitgefühl mit dem Riesenbaby, aber dann fiel mir ein, daß meine Tochter, mein hübsches Kind, mein kleines Mädchen, sich dieses Monster ja schließlich ausgesucht haben mußte, und dafür hätte ich ihn, seltsamerweise nicht sie, prügeln mögen.

Ist aber so, wiederholte ich stupide wie ein Schaf Claudias Worte und kam mir schwach und ganz und gar unmännlich vor. Til hob den Kopf und sah mich mit wasserblau schwimmenden Augen aufsässig an. *Ich* habe aufgepaßt, sagte er zu mir, nur zu mir – gewissermaßen von Mann zu Mann.

Was soll das heißen, zischte Claudia wie eine Viper, du hast aufgepaßt?

Na, rausgezogen halt, sagte Til, klaubte die Peperoni von seiner Pizza und bugsierte sie mit der Gabel vorsichtig in eine Ecke des Tellers.

Ich fühlte, wie ich schamrot wurde und mein Atem wie glühendheißer Drachenatem aus meinen Nasenlöchern strömte. Franka kratzte mit der Gabel ein Muster in die Tischdecke. Ich konnte ihr Gesicht nicht sehen, aber auf ihrer Stirn sammelten sich Schweißperlen, als hätte sie hohes Fieber.

Du Idiot, fauchte Claudia, weißt du denn nicht, daß das nur was für Katholiken und Idioten ist?

Ne, sagte Til wahrheitsgemäß.

Noch nie was von Kondomen gehört?

Til schnitt die Kruste von seiner Pizza ab und aß unbeirrt weiter. Fassungslos über seine völlige Ungerührtheit sahen wir ihm dabei zu.

Und was soll jetzt passieren? fragte Claudia. Kannst du mir das mal sagen? Was soll jetzt, bitte schön, passieren?

Til hob unmerklich die Schultern und sah niemanden dabei an. Franka schob mit einer heftigen Bewegung ihren Stuhl zurück und lief aufs Klo.

Du verdammter Idiot, sagte Claudia leise zu Til, und jetzt hatte ich fast Angst um das Riesenbaby, denn an Claudias Stimme erkannte ich, daß nicht viel fehlte, und sie würde über ihn herfallen, ihm die Augen auskratzen, ihn besinnungslos prügeln, sich an ihm festbeißen. Du... du... du schiebst einfach mal so dein Ding rein, und dann ziehst du es wieder raus und denkst dir nichts weiter dabei, ja?

Warum ist niemand auf diesem Planeten zu blöd zum Vögeln? Leuten wie dir müßte es verboten werden. Du müßtest ein Schild um den Hals tragen: Zu blöd zum Vögeln. Finger weg. Oder am besten gleich kastrieren.

Claudia, sagte ich leise.

Verteidigst du diesen Idioten auch noch?

Sie fuhr zu mir herum.

Sie hat ja unbedingt gewollt, murmelte Til und schnitt weiter an seiner Pizza herum, und da rutschte mir unvermutet die Hand aus. Ich sah ihr zu, wie sie über den Tisch schoß und auf Tils dicker Backe landete, so daß sein Kopf zurückfiel und ihm die blöde gelbe Brille verrutschte. Mit einer Bewegung langte ich über den Tisch, packte ihn am T-Shirt und schlug gleich noch einmal zu, haute ihn auf seinen großen roten Glatzkopf, aber da kam auch schon unser Kellner, der jetzt gar nicht mehr italienisch sprach, und Claudia zog an meinem Hemd, der Kellner krallte sich an meinem Arm fest, Til hielt sich die Backe, ein zweiter Kellner eilte herbei, und ich wurde aus dem Lokal gezerrt wie ein bissiger Hund. Keuchend stand ich allein in der kalten Luft, dampfend vor Wut, was mich fast zum Lachen brachte. Aber da kamen auch schon Claudia und Franka und Til aus dem Lokal, und kaum sah ich ihn, stürzte ich mich erneut auf ihn, prallte gegen seine Schrankbrust, prügelte blind auf ihn ein, und als er anfing, sich zu wehren, und mir einen Schwinger gegen die Brust verpaßte, daß mir fast die Luft wegblieb, war ich fast glücklich, weil es sich jetzt endgültig so anfühlte, als könne durch eine anständige Prügelei das ganze Problem aus der Welt geschafft werden. Eine anständige Prügelei, und danach ist alles wieder gut.

Schwach hörte ich Claudia etwas rufen, aber es war nicht weiter von Belang, denn hier ging es darum, daß etwas *getan* wurde nach all dem sinnlosen Gequatsche. Genau in diesem Moment sah ich die riesige Faust des Riesenbabys auf mich zukommen, wie in einem Comic strip wurde sie direkt vor meinem Gesicht größer und größer, bis ein schwarzer Schmerz mich in Watte hüllte und ich nichts mehr wahrnahm.

Als ich wieder zu mir kam, lag ich auf einer Parkbank, mich blendete das Licht der Straßenlaterne über mir, meine Frau saß an meinem Fußende, meine Tochter hielt meinen Kopf in ihrem Schoß, es war friedlich und ruhig. Von ferne surrte leise der Verkehr, ich lächelte, denn bis auf einen dumpfen Schmerz im Kiefer war plötzlich alles gut.

Du bist schrecklich, sagte Claudia, hinten an meinen Füßen, was hast du damit erreichen wollen?

Oh, Dadfred, sagte Franka, das war ja fast wie im Kino.

Bescheuert. Total bescheuert, sagte Claudia.

Ich fühlte mich wie ein Held und konnte nicht aufhören zu lächeln. Einen Moment wie diesen mit Frau und Tochter hatte ich, soweit ich mich erinnern konnte, das letzte Mal erlebt, als Franka drei Jahre alt war und wir zusammen in Italien in der Nacht von San Lorenzo auf einer Strandliege lagen und die Sternschnuppen zählten, ein Moment des Glücks und Einverständnisses mit dem gesamten Weg von der Frühlingsrolle vor siebzehn Jahren bis hierher. Ich nahm Frankas Hand in die eine und Claudias in die andere und drückte sie.

Alles wird gut, sagte ich. Keine von beiden antwortete, und mir schwante, wie lächerlich ich war.

# 6

Wir fahren durch die Schweiz in rabenschwarzer Nacht. Der weiße Mittelstreifen flitzt seit Stunden an uns vorbei und beginnt mich zu hypnotisieren. Nur wenige Autos sind mit uns unterwegs. Ich bin müde und drohe mich in Zeit und Raum zu verlieren, weiß nicht mehr recht, wo ich bin, irgendwo in der Mitte meines Lebens denke ich immer noch, aber die Mitte ist es eigentlich schon lange nicht mehr.

Auf dem Rücksitz schläft meine Tochter, ich fahre sie zu ihrem Freund, dem Lama. Das klingt so idiotisch, daß ich mitten in der schwarzen Nacht höhnisch auflache wie eine Hyäne, ein fremdes Lachen, das ich nicht als meines erkenne.

Franka will fliehen, und ich soll es verhindern. Aber ich bin ebenfalls auf der Flucht, auf der Flucht vor meiner beginnenden Glatze, dem unvermeidlichen Niedergang meines Körpers, auf der Flucht vor dem Ende der Liebe zu meiner Frau, dem Ende meiner Ehe.

Ich renne, so schnell ich kann.

Ich bin der Mann auf dem galoppierenden Pferd, der von einem Passanten gefragt wird: Wohin reitest du so schnell? und der antwortet: Frag nicht mich, frag das Pferd. Frag meinen treuen Toyota Corolla. Nichts ist unmöglich –

Toyota. Ich fliehe vor der Erkenntnis, daß mir jeden Tag mehr unmöglich wird. Pferdchen, beweg dich, es kann mir gar nicht schnell genug gehen.

Du bist ein Getriebener, sagt Claudia zu mir, aber wo willst du eigentlich hin?

Keine Ahnung, nur da, wo ich bin, will ich nicht sein.

Das war schon mein ganzes Leben so. Solange ich denken kann. Jeden Tag meiner Kindheit in Celle habe ich mich weggewünscht, von dem rauhen roten Teppich im Wohnzimmer, auf dem ich auf dem Bauch lag, oder vom Salz-und-Pfeffer-gemusterten Sofa oder aus dem kleinen feuchten Garten hinterm Haus, weg, bloß weg, aber wohin? Keine Ahnung. Ich rührte mich nicht und wünschte mich fort.

Mein ganzes Leben habe ich herumgelegen und mich weggeträumt. Selbst aus den Betten, in denen ich mit Frauen lag. All die Betten, in denen ich mit Claudia gelegen habe. Fluchtorte. Hinein und gleichzeitig weg. Ihr betonharter Futon in ihrem winzigen Apartment; später unser Ikea-Doppelbett in der Destouchestraße in Schwabing, in dem Franka die ersten Monate ihres Lebens verbrachte; dasselbe Bett zog mit uns um in die Gentzstraße; die schmale Liege im Büro vom »Siebten Himmel«, auf die ich mich immer öfter flüchtete, weil ich mich immer mehr in unsere Kleinfamilie eingesperrt fühlte, als wäre es Sing-Sing; all die Betten in Hotelzimmern in Amerika, Frankreich, Italien, England, Orte, an denen ich gewesen bin und mich gleichzeitig in Gedanken anderswo aufgehalten habe.

Wo war ich wirklich?

Dort, wo mein Körper müde herumlag, oder dort, wo

mein Geist hungrig umhergeschweift ist? Auf jeden Fall waren mein Körper und mein Geist nur selten gleichzeitig an ein und demselben Ort, wobei die Frage ist, welcher von beiden Orten der wirklichere war.

Woher weiß man eigentlich, ob man wach ist oder schläft, hat Franka mich einmal gefragt. Da war sie etwa vier.

Wenn du dich in den Arm kneifst und das merkst, dann bist du wach, habe ich wie aus der Pistole geschossen geantwortet, weil ich Angst bekam, sie könne sich ebenso wie ich auf der Flucht vor der Wirklichkeit befinden.

Aber ich kann doch auch träumen, daß ich mich kneife und es weh tut, hat Franka messerscharf erwidert und mich mit ihren riesigen blauen Augen erwartungsvoll angesehen. Ich habe gebetet, daß sie die Angst in meinem Blick nicht entdeckte. Wie stolz ich gleichzeitig auf sie war! Auf ihre Phantasie, ihre Offenheit, Neugier und Klugheit. Wie gern ich mit ihr angab!

In der Pubertät schlief ihr Intellekt ein. Sie dachte nur noch mit ihrem Unterleib. Das ist wohl die normale Entwicklung. Schimpansen, die jahrelang trainiert werden und die tollsten Kunststücke beherrschen, vergessen mit einem Schlag alles, wenn sie in die Pubertät kommen. Franka vergaß ihre ganze Weisheit und kämmte sich nur noch die Haare.

Sie wurde mir fremd. Außerirdische kamen und besetzten ihren Körper und ihr Gehirn. Sie war nicht mehr meine kleine Philosophin mit dem Elfenkörper. Ich war enttäuscht, denn sie war nicht mehr einzigartig, sie war geworden wie alle anderen. Ich war wieder allein, nicht hier, nicht dort. Franka hatte mich wie ein Anker in der Gegenwart festgehalten, jetzt schwebte ich wieder sinn- und ziellos wie ein Luftballon durch mein Leben und wußte nicht, ob ich wach war oder schlief.

## 7

Von Tulpen keine Spur. Es war kalt und grau in Amsterdam. Franka und Claudia stiegen vor dem Krankenhaus aus, und Claudia nahm Franka an der Hand, als führe sie sie am ersten Schultag in die Schule. Franka ging gehorsam mit. Was blieb ihr auch anderes übrig? Hatte sie sich jemals selbst geäußert? Sich selbst entschieden? Oder hatten wir ihr die Entscheidung abgenommen, weil wir uns gar nicht vorstellen konnten, daß sie mit sechzehn Jahren vielleicht davon träumte, Mutter zu werden?

Sie hatte so viel Zeit ins Land gehen lassen, weit über den dritten Monat hinaus, daß es in Deutschland bereits unmöglich geworden war, einen legalen Schwangerschaftsabbruch vornehmen zu lassen. Schwangerschaftsabbruch. Allein das Wort ließ mich schaudern.

Ich tat nichts, schwieg und wartete.

Wie immer, würde Claudia sagen. Aber was hätte ich auch tun können? Ich kannte keine Gynäkologen, die man um Rat fragen konnte, ich hätte bei all den Telefonaten mit holländischen Abtreibungskliniken nur hilflos herumgestottert. Ich war eine Niete in dieser ganzen Situation, das war mir klar, und den beiden Frauen ebenso. Sie wandten sich nicht mehr an mich, sie fragten, als ich vor der Klinik hielt, noch nicht einmal, ob ich mit hineinkommen würde, sie nahmen meine Dienste als Fahrer in Anspruch, mehr erwarteten sie nicht von mir.

Ich konnte offensichtlich nichts dazu beitragen, daß die Situation gelöst wurde. Aber was hieß das? Lösen? Wegmachen? Ungeschehen machen? Damit alles so bleiben konnte, wie es war? Damit wir nicht alle miteinander gezwungen wurden, unser Leben zu ändern? Damit bloß nichts geschah in unserem Leben?

Mitten in einer unserer wortlosen, schlaflosen Nächte in dieser Zeit hatte Claudia unvermutet den Mund aufgemacht, und folgende Wörter waren herausgefallen wie Kieselsteine: Ich wollte, es wäre meins.

Nichts weiter. Nur dieser eine Satz: Ich wollte, es wäre meins. Ich spürte in diesen fünf Wörtern ihre Kraftanstrengung, ihre Tochter nicht dazu zu mißbrauchen, sich selbst ein Baby zu verschaffen. Das Baby, das ich ihr verweigert hatte.

Nein, ich hatte nicht noch einmal dieses Theater gewollt, das ewige Geplärr, diese dauernde Müdigkeit, die Ängste. Nein, einmal hatte mir vollkommen gereicht.

Immer wieder hatte Claudia vorsichtig angefragt, und jedesmal wieder fragte ich sie zurück: Hast du wirklich Lust, wieder jede Nacht aufzustehen, stinkende Windeln auszuhalten, ausgekotzte Milch, das Geheul? Willst du wieder nächtelang um den Mittleren Ring fahren, dir den Hintern auf Spielplätzen abfrieren, mit Bauklötzen spielen, drei Jahre lang das Einmaleins üben, hundertsiebzehn Erkältungen über dich ergehen lassen, all die Tränen aushalten? Willst du das wirklich???

Sie antwortete nie darauf, aber sie informierte mich zuverlässig über ihre fruchtbaren Tage, und ich öffnete dann die Nachttischschublade und holte die Kondome heraus. Dazu sagte sie nichts. Ich dachte, so sei es in Ordnung, und seit sie vierzig geworden war, fragte sie nicht mehr, und ich nahm an, das Thema sei endgültig erledigt.

Ich wollte, es wäre meins.

Nein, ich nicht. Ich hätte gern meine kleine Franka mit fünf wieder, aber kein anderes Baby. Ganz bestimmt nicht.

Ich sah ihnen aus dem Auto heraus zu, wie sie in dem modernen Klinikbau verschwanden, beide leicht vornübergebeugt, Franka in ihrer dicken Daunenjacke, die sie immer aussehen ließ wie ein Michelin-Männchen, Claudia ernst und eilig in ihrem eleganten beigen Wintermantel von Armani. Sie würde unser Leben wieder in Ordnung bringen. Sie brachte alles immer wieder in Ordnung. Sie war so effizient. Ich verabscheute das oft an ihr, und gleichzeitig war es der Grund, warum ich mich zu ihr geflüchtet hatte: Bring mein Leben in Ordnung. Das hatte sie getan. Ich war kein enttäuschter unbegabter Künstler mehr, sondern ein erfolgreicher Geschäftsmann. Fred Kaufmann, der Kaufmann wurde, weil er zu allem anderen zu blöd war.

Und wieder würde Claudia unser Leben in Ordnung bringen, während ich hilflos im Auto um den Block fuhr, und vor mich hin rauchte.

Ich sah Franka mit gespreizten Beinen auf dem gynäkologischen Stuhl liegen, eine Krankenschwester ihr Äther vor die Nase halten, eine andere mit stählernen Instrumenten hantieren, meinem kleinen Mädchen taten sie das an, meiner kleinen Maus.

Ich heulte auf, fuhr das Auto auf den Bürgersteig vor der Klinik, sprang heraus und fing an zu laufen, die Straße hinunter, weg, einfach nur weg. Ich rannte und rannte. Abtreibung. Wie scheußlich allein schon das Wort klang. Schwangerschaftsunterbrechung. Abort.

Von der Französin hatte ich Claudia nie erzählt. Sie ging morgens zum Arzt, kam nachmittags wieder. Sah nur ein bißchen blaß aus. Wir sprachen kein Wort darüber. Zwei Tage später war sie einfach verschwunden. Hatte alle ihre Sachen mitgenommen. Weg war sie. Ich betrank mich stumm bis zur Besinnungslosigkeit. Hab sie nie mehr wiedergesehen.

Ich rannte an den Grachten entlang, lief weiter und weiter, rannte, rannte, bis meine Lungen so stachen, daß ich hustend und keuchend stehenbleiben und mich an einem schmiedeeisernen Gitter festhalten mußte. Bunte Blitze tanzten vor meinen Augen, ich hustete mir die Lunge aus dem Leib. Eine junge, sehr schmale schwarze Frau mit einem dunkelblauen Turban saß auf einer Parkbank und sah mir zu.

Ich schleppte mich zu der Bank, setzte mich neben sie, wortlos streckte sie mir ein Tempotaschentuch entgegen. Ich bedankte mich auf englisch und wischte mir den Schweiß von der Stirn. Sie betrachtete mich ruhig. Als der Schmerz nachließ, kamen die Tränen. Ich ließ sie laufen, es war mir egal. Resolut nahm sie meine Hand, drehte sie um, fuhr mit ihrem schwarzen Finger meine Handlinien nach und sagte: *Ask me a question.*

Eine Frage? Welche? Ich hatte Tausende. Wie wird Franka es überstehen? Wie werden wir es als Familie überstehen? Werden Claudia und ich es überstehen? Werden mir die Haare ausfallen? Wird mein Auto gerade von der Amsterdamer Polizei abgeschleppt? An welcher Krankheit werde ich sterben? Werde ich noch einmal glücklich sein? Es fiel mir unangenehm auf, daß die meisten Fragen um mich kreisten.

Ich schwieg. Sie hielt meine Hand und wartete geduldig. Ein Eichhörnchen hüpfte vor uns von einem Baum und musterte uns aus sicherem Abstand. Die Frau neben mir nahm eine Nuß aus der Tasche und warf sie dem Eichhörnchen vor die Füße. Das Eichhörnchen nahm die Nuß und hielt sie anmutig zwischen seinen Vorderpfoten, sah uns noch einmal kritisch an und hüpfte davon.

Ich schluchzte und wischte mir mit der Hand über das nasse Gesicht. Ich konnte mich nicht erinnern, wann ich das letzte Mal geweint hatte. Die Frau hielt meine Hand und ließ mich heulen. Sie fing an, ein Lied zu summen.

*Row, row, row your boat,* sang sie, *gently down the stream, merrily, merrily, merrily, life is but a dream.* Alles nur ein Traum. Vorsichtig wandte ich den Kopf und sah sie an. Sie grinste.

Werden mir die Haare ausfallen? fragte ich auf englisch.

Sie lachte. *Of course.*

Wird meine Tochter jemals wieder glücklich sein?

Sie schüttelte den Kopf. Mein Herz stotterte wie ein Motor kurz vorm Kolbenfresser. Fragen über andere kann ich nicht beantworten, sagte sie. Steht nicht in deiner Hand.

Mein Herz sprang wieder an. Ich nickte. Das ergab Sinn. Bin ich eine Niete? fragte ich leise auf deutsch.

*In english,* befahl sie.

Mir fiel keine Übersetzung für Niete ein. Ich knüllte das Tempo zusammen und zielte auf den Papierkorb. Traf natürlich nicht.

*Good shot,* sagte sie ironisch. Sie nahm meine Hand und hielt sie sich dicht vor die Augen.

*Am I an asshole?* fragte ich sie, und sie grinste so breit, daß ich mich am liebsten an ihren Busen geworfen hätte.

Sie ließ meine Hand sinken. *Yes,* sagte sie, *just like everybody else.*

*Thank you,* sagte ich.

Sie sah mich spöttisch an, nahm meine Hand wieder auf und studierte sie wie einen Stadtplan. Ich sehe eine Reise, sagte sie. Eine Reise, die nicht weit wegführt, aber alles verändern wird.

Wohin soll die Reise denn gehen? fragte ich sie wie der reizende Herr Marschall von meinem Reisebüro am Kurfürstenplatz.

Sie wiegte ihren großen nachtblauen Turban. Nicht weit. Ich tippe auf Europa.

Danke, sagte ich und entzog ihr meine Hand. Eine Reise, na klar, das sagen sie alle immer, eine todsichere Sache. Ich war enttäuscht und ernüchtert.

Als ich aufstand, um zu gehen, packte sie mich am Ärmel. Sie sah mich nicht an, als sie sagte: Hab heute noch nichts gegessen, Mister.

Plötzlich nannte sie mich Mister. Ich gab ihr zwanzig Gulden, mit denen sie nur mäßig zufrieden schien. Nach hundert Metern sah ich mich noch einmal nach ihr um. Sie war verschwunden, aber das Eichhörnchen war noch da und sah mir mit erhobenen Pfoten unbeweglich nach.

Ich hatte keine Ahnung mehr, aus welcher Richtung ich gekommen war, noch konnte ich mich an die Adresse der Klinik erinnern. Nichts erschien mir bekannt. Alles sah gleich aus. Ich befand mich in einem Traum, hilflos irrte ich darin umher. Versuchsweise fing ich wieder an zu laufen, weil ich hoffte, dadurch meine Orientierung wiederzufinden. Ich sah im Laufen auf meine englischen Schuhe, und sie schienen mir wie das einzig Solide und Verläßliche. Als ich nach einer Stunde die Klinik immer noch nicht gefunden hatte, geriet ich in Panik.

Ich hatte meine Familie verloren.

Ich hatte mich davongemacht und sie verloren. Ich war wieder da, wo ich mal angefangen hatte. Nicht mehr jung, aber allein, allein in einer fremden Stadt, alles stand mir offen, alles war wieder möglich. Wenn ich nicht mehr zurückkehren würde, könnte ich ganz von vorn anfangen. Mir wurde schwindlig. Krampfhaft versuchte ich zu überlegen, was zu tun sei.

Eine Liste der Krankenhäuser. Telefonbuch. Ich brauchte ein Telefonbuch. Ich raste zur nächsten Telefonzelle, aber da gab es kein Telefonbuch. Die Auskunft.

Aber was sollte ich sie fragen? Meine Frau und meine Tochter sind in irgend so einer Abtreibungsklinik. Ich kann mich nicht erinnern, in welcher. Lesen Sie doch mal bitte alle vor.

Die Polizei? Nein, nicht die Polizei. Ich war zwar eine Niete, aber zur Polizei würde ich nicht gehen. Warum hatte ich mein Handy nicht mitgenommen? Dann könnten Franka und Claudia mich wenigstens anrufen. Ich Trottel, ich völlige Niete, ich Arschloch.

Erschöpft lehnte ich meine pochende Stirn an das kühle Glas der Telefonzelle. Jemand klopfte von außen an die Scheibe. Widerwillig hob ich den Kopf. Da stand sie wieder: meine Wahrsagerin.

Ich stürzte auf sie zu wie auf eine alte Verwandte, stotterte etwas vor mich hin, gestikulierte wild mit den Armen, erzählte von meinem schwangeren Kind und meiner Frau, aber nichts, was ich von mir gab, schien irgendeinen Sinn zu ergeben. Sie sah mir gleichgültig zu wie sich drehenden Windmühlenflügeln, dann streckte sie den Arm aus und zeigte in eine Richtung. Immer geradeaus, sagte sie, nach der zweiten Ampel rechts.

Ich zerrte ein paar Geldscheine aus der Hosentasche und hielt sie ihr zitternd entgegen. Sie verschränkte die Arme vor der Brust. *You really are an asshole,* sagte sie.

Ich starrte sie entgeistert an, stopfte das Geld wieder in die Hosentasche, stotterte »danke« in mehreren Sprachen und lief los wie ein Gehetzter, geradeaus, nach der zweiten Ampel rechts.

Sie hockten auf dem Bordstein, Franka hatte den Kopf auf Claudias Schulter gelegt, und Claudia hielt sie fest im Arm. Sie saßen genau dort, wo ich unser Auto auf dem Bürgersteig geparkt hatte. Wo es gewesen war. Denn jetzt war es nicht mehr da. Abgeschleppt.

Keuchend rannte ich auf sie zu. Sie hoben nur kurz den Blick und sahen mich desinteressiert an wie einen völlig Fremden. Sie erwarteten nichts von mir, gar nichts. Das hatten sie sich vor langer Zeit abgewöhnt.

## 8

Das Auto bewegt sich durch eine Nacht wie aus flüssigem Blei.

Ich verstelle den Rückspiegel, um Franka zu sehen, aber ich entdecke nur ihren gekrümmten Rücken unter der Decke, der sich ruhig hebt und senkt, wer weiß, wo sie sich gerade in ihren Träumen aufhält, bestimmt nicht in einem silbrigen Toyota zusammen mit ihrem Vater auf einer Schweizer Autobahn.

Vielleicht träumt sie von ihrem Lama, von dem ich nur ein Foto kenne, ein verschmitzt aussehender junger Mann mit dicken, kurzen schwarzen Haaren wie ein Helm, asiatischen Augen und dunkler Hautfarbe, in einen roten Umhang gehüllt wie sein Lehrer, der Mann mit der Bierdose auf der Rückseite von Claudias Buch über das Glück.

Vor einem Jahr noch kannte ich nur *das* Lama. Meine Tochter und das Lama, das wäre mir weitaus lieber. Aber es ist nicht *das* Lama, es ist *der* Lama, und Franka hat angekündigt, daß sie bei ihm bleiben und mit ihm nach Indien gehen wird. Ist er denn kein Mönch? Darf er überhaupt eine Freundin haben? Sex?

Franka hüllt sich in Schweigen und läßt unsere Fragen an sich abperlen wie Regentropfen an einer Ölhaut.

In nächtelangen Strategiedebatten haben Claudia und

ich beschlossen, es sei besser, sie zu ihm zu bringen, als zu riskieren, daß Franka irgendwann abhaut. Flüsternd und oft kichernd haben wir auf unserem Bett gesessen und diesen Plan ausgeheckt. Frankas Liebeskummer wurde zu einer Quelle neuer Innigkeit zwischen uns, um so süßer, weil im Hintergrund die Verzweiflung lauerte. Für Franka erfanden wir einen Plan, für uns selbst fällt uns keiner ein.

Im Kloster soll ich nun also Franka – diskret – bewachen, auf die desillusionierende Kraft des Alltags vertrauen und das Kind nach ein paar Wochen entliebt wieder mit nach Hause bringen.

Das also ist meine Mission, aber im Grunde genommen ist Claudia schuld am Lama. Sie war es, die Franka nach der Abtreibung ins Buddhacamp schleppte, auf daß ihre inneren Wunden geheilt würden.

Und dir würde es auch guttun, hatte sie damals zu mir gesagt. Komm doch mit.

Nein danke. Wie du glücklich sein kannst, wenn du es nicht bist... Woher nahm Claudia die Idee, ich sei unglücklich? Ich bin in München geblieben, und kaum waren die beiden außer Sichtweite, bin ich zwischen Marisols Schenkel getaucht wie ein Tiefseetaucher ins dunkle, schwarze Meer, um nichts mehr zu hören, nichts mehr zu sehen.

Jetzt muß ich zur Strafe ins Kloster. Claudia weiß natürlich nichts von Marisol, gar nichts, ich war vorsichtig, sehr vorsichtig.

Ich werde mir eine Kiste Wein kaufen, bevor wir im Buddhacamp einchecken und mehrere Stangen Gauloises, soviel ist sicher. Und jeden Morgen fahre ich ins nächste Dorf und trinke Kaffee und esse dicke Steaks.

Franka murmelt etwas im Schlaf und wirft sich auf die andere Seite. Ohne ihren Lama in München schlich sie unglücklich umher wie eine kranke Katze. So entsetzlich litt ihr liebeskrankes Herz, daß ich am Ende einwilligte, sie zu ihm zu fahren. Das Herz meiner Tochter, dessen Schlagen ich, als es noch klein war wie ein Wachtelei, in Claudias Bauch fasziniert zugehört habe.

Über Lautsprecher wurden die Herztöne in den Praxisraum übertragen, schnell und aufgeregt klangen sie wie ein kleines, galoppierendes Pferd. Kartuffel, kartuffel, kartuffel.

Ich konnte nicht genug davon bekommen, drehte jedesmal die Lautstärke in der kleinen Kabine weit auf und lauschte Hand in Hand mit Claudia dem kleinen eiligen Herzschlag unseres Kindes, bis eine Sprechstundenhilfe hereinkam und kopfschüttelnd den Ton wieder leiser drehte.

Mein Handy klingelt, und sein grünes Display leuchtet auf wie ein Auge. *Claudia calling*, sagt es, denn mein Handy spricht englisch. Weil ich es so will. Weil ich ein alter Angeber bin. *Claudia calling*, das klingt wie ein Song. *Claudia calling, Franka calling, Marisol calling.* Für Marisol hatte ich es wochenlang auf Spanisch umgestellt: *Marisol llamando.*

Sie rief jeden Tag mehrmals an. *Hola hombre,* sagte sie, und diese beiden Wörter reichten, daß mir die Knie schwach wurden.

Mmm, murmele ich. Bei Claudia melde ich mich immer so. Ich grummele, als seien wir mitten in einer Unterhaltung. Mmmmm.

Wo seid ihr?

Noch in der Schweiz.

Geht's euch gut?

Geht's mir gut? Ich habe keine Ahnung, aber ich sage ja. Und dir? Wie geht es dir?

Sie antwortet nicht gleich. Nie, nie kann sie einfach sagen, gut. Das wäre zu einfach. Einfach mal sagen: Danke, mir geht's gut. Nein, nie. Sie will, daß ich darüber nachdenke, wie es ihr geht. Wir schweigen. Ich warte. Geht so, sagt sie dann mit spitzer kleiner Stimme.

Es klappert in der Leitung. Was machst du?

Ich räume die Geschirrspülmaschine aus.

Ich sehe sie vor mir, wie sie die Teller in den Schrank stellt, von denen wir gestern noch zusammen gegessen haben. Ein Gedanke schießt mir durch den Kopf wie ein Giftpfeil: Vielleicht werden wir nie wieder zusammen von diesen Tellern essen, und die Teller wissen es bereits, aber sie nicht. Sie hat keine Ahnung.

Was machst du heute noch? frage ich sie unschuldig.

Ich hau mich in Jogginghosen vor die Glotze und zische ein Bier, sagt sie.

Ich lache. Wie einfach es sein könnte.

Fahr vorsichtig.

Klar.

Und ruf mich an.

Klar.

Und sag Franka…

Ja?

Ach, nichts.

Na, dann…

Sie legt unvermittelt auf, und jetzt vermisse ich sie. Ich strecke meine Hand nach ihr aus und streichle ihr Knie. Am besten verstehe ich mich mit ihr, wenn sie nicht da ist. Gleichzeitig bin ich einsam, allein auf der Straße in der höllenschwarzen Nacht.

Ich drehe mich um, um mich zu vergewissern, daß Franka auch wirklich noch im Auto ist. Sie hat die Hände zu Fäusten geballt wie ein Säugling und schläft mit gerunzelter Stirn. Ich strecke den Arm nach ihr aus und berühre sie. Sie schnauft und zuckt im Schlaf wie ein Hund.

Ein Mövenpick-Restaurant erscheint am Horizont, ein realer Ort, der mich aus dem Niemandsland der Dunkelheit befreit. Ich halte direkt vor der Tür, decke Franka noch einmal zu und schließe das Auto ab, damit sie keiner klaut.

## 9

Rösti und Zürcher Geschnetzeltes lade ich auf mein Tablett und gleich zwei Bier – wenn auch alkoholfreie! –, denn all das werde ich im Buddhacamp nicht mehr bekommen. Wahrscheinlich ernähren sie sich ausschließlich von Reissuppe, und alle Schilderungen Claudias von phantastischem vegetarischem Essen sollten mich nur beruhigen. Sie weiß genau, daß Reissuppe mich endgültig abgeschreckt hätte, bei aller Liebe, auch wenn wir unsere Tochter an einen Lama in Indien verlieren würden.

Ich setze mich ins gähnend leere Restaurant an einen orangeroten Tisch unter eine orangerote Lampe. Eigentlich habe ich gar keinen Hunger, dennoch stopfe ich die Rösti und das Geschnetzelte in mich hinein, aus Angst, nie wieder anständiges Essen zu bekommen.

Ich fühle mich wie der letzte Mensch auf diesem Planeten, gestrandet in einer orangeroten Disco der siebziger Jahre. Ich schütte das zweite Bier in mich hinein.

Du hast die emotionale Intelligenz einer Schnecke, schimpft Claudia, kaum geht es um Gefühle, kriechst du in dein Schneckenhaus und kommst erst wieder raus, wenn es garantiert um nichts mehr geht.

Ich glaube nicht an die Macht der Sprache.

Du bist unfähig zu kommunizieren.

Ich glaube nicht, daß man über Gefühle wirklich sprechen kann.

Man kann es aber versuchen.

Es bringt nichts.

Woher willst du das wissen, wenn du es nie tust?

All das Gequatsche verändert ja doch nichts.

Man kann mit Sprache Kriege verhindern oder beenden.

Das ist die Sprache der Diplomatie, darum geht es hier doch gar nicht.

Egoist, sagt sie und knallt die Tür hinter sich zu.

Ich hasse es, wenn sie mich Egoist nennt, denn immer, wenn ihr nichts mehr einfällt, sagt sie schnippisch »Egoist« und wendet sich ab, und ich stehe da wie bestellt und nicht abgeholt. Erst bringt sie mich dazu, zu reden, und am Ende antwortet sie nicht mehr.

Ein Egoist also. Was ein Egoist genau ist, weiß ich bis heute nicht. Mein ganzes Leben bin ich so tituliert worden. Meine Mutter hat mich Egoist genannt, wenn ich mit meinen Freunden nicht teilen wollte, mein Vater, wenn ich nicht den Rasen mähte und ihm keine Zigaretten holen ging, Frauen, wenn ich nicht mit ihnen spazierengehen wollte. Im Grunde genommen nannten mich alle immer dann Egoist, wenn ich nicht tat, was sie wollten, wenn ich anders war, als sie gedacht hatten.

Du bist ja nur beleidigt, sagt Claudia. Beleidigt, weil du gar nicht so anders bist als die anderen, beleidigt, weil du ein stinknormales Leben führst. Und ich soll daran schuld sein.

Da ist was Wahres dran. Und doch denke ich insgeheim, daß ich nicht ganz so stinknormal bin wie die anderen.

Die Rösti und das Geschnetzelte sitzen vereint und schadenfroh in einem dicken Klumpen in meinem Magen, und ich überlege, ob ich mir einen Fernet Branca holen soll, als eine Familie hereingestolpert kommt, die schon von weitem als Deutsche zu erkennen ist: Er ist dünn, blaß und rothaarig, trägt lila glänzende Shorts und ein wild gemustertes Polohemd, die unvermeidlichen Socken und Sandalen. (Wie viele Generationen von deutschen Müttern haben ihren Söhnen eingebleut, niemals ohne Socken zu gehen? Aus Furcht vor Erkältung? Aus Angst vor Fußpilz?) Um den Hals trägt der Vater eine schmale längliche Ledertasche, auf dem Arm ein blasses, rothaariges, vielleicht dreijähriges Kind in Shorts, Socken und Sandalen wie er. Die Mutter ist rundlich und klein, blond gelockt, in gebatikten Hosen und ärmellosem Hemd, das ihre molligen weißen Oberarme freigibt.

Sie hat ebenfalls ein Kind auf dem Arm, höchstens ein Jahr alt, das mit der Hand in ihren Ausschnitt fährt und ihren Busen sucht. Sie lassen sich direkt neben mir nieder. Das hier, Claudia, ist eine stinknormale Familie.

Norbert, sagt die Frau streng, hast du das Auto abgeschlossen?

Norbert nickt müde.

Bist du sicher?

Norbert nickt.

Das ist hier zwar die Schweiz, aber man kann nie wissen. Für die Kinder nur Obstsalat. Ihr wollt doch Obstsalat, oder? Die Kinder schweigen und starren dumpf in das orangerote Licht.

Also zweimal Obstsalat, sagt Norbert gehorsam wie ein

Kellner und steht wieder auf. Was soll ich für dich mitbringen?

Egal, sagt die Frau und zieht ärgerlich die Hand des Säuglings aus ihrem Ausschnitt.

Nachher ist es das Falsche, sagt Norbert.

Mein Gott, sagt die Frau, du kennst mich doch. Bring irgendwas mit, was ich mag.

Norbert setzt das größere Kind auf die Bank und steht unschlüssig da.

Er ist wahrscheinlich Mitte Vierzig, seine Frau höchstens Anfang Dreißig. Da hat Norbert gerade noch Glück gehabt und sich eine junge Frau geschnappt, die ihm schwippschwapp gleich zwei Kinder hintereinander zur Welt gebracht hat.

Ich weiß aber nicht, was du magst, sagt Norbert unglücklich.

Herrgott, stell dich doch nicht so an.

Salat? fragt Norbert schüchtern.

Ja, aber nur, wenn kein Schinken drin ist.

Norbert geht.

Deine Flöte, jetzt laß doch die Flöte hier, ruft sie.

Norbert dreht sich um, nimmt die längliche Ledertasche vom Hals und legt sie vorsichtig, fast sanft auf einen Stuhl. Dann schreitet er entschlossen zur Salattheke, um für seine Familie etwas auszusuchen.

Seine Frau sieht mich an und schenkt mir ein bezauberndes Lächeln. Höflich lächele ich zurück. Sie wischt sich den Schweiß von der Stirn.

So ein heißer Sommer, sagt sie.

Ich nicke. Das kleine Kind auf ihrem Arm schiebt erneut

seine Hand in ihren Ausschnitt. Die Frau läßt es geschehen und sieht mich unverwandt an. Sie würde mit mir jetzt sofort auf die Toilette gehen, wenn sie wüßte, wohin mit ihren Bälgern. Sie würde es ganz sicher tun, darauf könnte ich meinen Kopf verwetten. Sonst würde sie mich nicht so anschauen. Diese dicke, langweilige Provinzmaus in ihren Batikhosen würde mit einem wildfremden Mann auf ein Mövenpick-Klo gehen und gleich danach ihren Norbert anfauchen, weil er den falschen Salat gebracht hat. Das ist das wirklich Unheimliche an Frauen.

Und? Wohin soll's denn gehen? fragt sie mich.

Nach Frankreich, antworte ich wahrheitsgemäß.

Ach, wie schön, sagt sie, Frankreich! Da würde ich auch gern mal hin. Am liebsten nach Paris.

Sie beugt sich vor und flüstert: Aber ohne die Kinder.

Ich lächele matt und bedauere, daß ich überhaupt geantwortet habe, denn jetzt wird diese Konversation ewig so weitergehen. Aber unvermittelt steht sie auf und zerrt das schon reichlich schläfrig wirkende, größere Kind von seinem Platz.

Können Sie vielleicht meinem Mann sagen, daß ich kurz mit den Kindern auf die Toilette bin? fragt sie und spricht Toilette To-j-lette aus, was ich schon immer gehaßt habe.

Klar, nicke ich.

Sie nimmt die Kinder und ihre Handtasche, sieht sich noch einmal um, als müsse sie sich vergewissern, daß sie nichts vergessen hat.

Ich würde jetzt eigentlich gern selbst gehen, aber ich fühle mich verpflichtet, Norbert zu sagen, daß sich seine gesamte Familie auf dem Klo befindet.

Ich bewache seine Flötentasche und warte.

Kurze Zeit später biegt er mit einem schwerbeladenen Tablett um die Ecke. Ich richte ihm die Nachricht seiner Frau aus, Norbert nickt dankbar.

Schöne Ferien, sage ich.

Ja, danke, sagt Norbert freudig, Ihnen auch.

Ich gehe zum Ausgang, merke, daß ich plötzlich richtig müde bin, also drehe ich noch einmal um, hole mir einen doppelten Espresso, den ich aber auf der anderen Seite des Lokals trinken werde, um Norbert und seine Familie zu vermeiden.

Der Kaffee ist heiß, ich warte, bis er abkühlt, und starre aus dem Fenster auf die Autobahn und auf mein Auto, in dem mein Kind schläft.

Norbert streicht, ohne mich zu sehen, an mir vorbei in Richtung Klo. Kurze Zeit später kommt er wieder und sieht sich ratlos um. Er dreht sich einmal um die eigene Achse, entdeckt mich, kommt auf mich zu.

Ich würde gern in meinem Espresso untertauchen. Ich vertrage es schlecht, wenn Menschen auf mich zugehen, sie lösen unweigerlich einen Fluchtreflex in mir aus, denn meistens wollen sie etwas.

Sie ist nicht auf dem Klo, sagt er vorwurfsvoll.

Hat sie aber zu mir gesagt.

Da ist sie aber nicht.

Wortlos wendet er sich ab und geht zur Kasse. Er spricht mit der Kassiererin, die schüttelt den Kopf. Ratlos steht Norbert da, eine traurige Gestalt mit seinen blassen dünnen Beinen und seinen Socken und Sandalen, verwirrt fährt er sich über sein dünnes, rotes Haar, sein langes Pferdegesicht wird noch länger, er sieht in meine Richtung, und bevor ich flüchten kann, kommt er abermals auf mich zu.

Sie ist nicht mehr da. Er lacht ungläubig.

Wahrscheinlich wartet sie draußen, sage ich vorsichtig.

Norbert sieht mich zweifelnd an. Das Auto ist auch weg, sagt er dann. Und die Kinder.

Ich seufze stellvertretend für ihn.

Norberts Blick flackert, seine Unterlippe zuckt. Sie ist weg, wiederholt er, einfach weg, und mit einem Schlag wird er blaß, selbst in dem orangefarbenen Licht kann ich sehen, wie weiß er mit einemmal ist.

Ich hole ihm ein Mineralwasser, das er nicht anrührt. Neben ihm steht das Tablett mit zwei Obstsalatschälchen für die Kinder und einem Salatteller für seine Frau. Ohne Schinken.

Er steht da wie ein Zombie, wie ein lebender Toter. Ich zupfe ihn am Ärmel. Kommen Sie. Und vergessen Sie Ihre Flöte nicht.

Dankbar nickt er mir zu und nimmt seine Flötentasche zärtlich in den Arm wie vorher sein Kind.

## 10

Ich könnte Ihnen was vorspielen, sagt er, als wir am Genfer See entlangfahren. Der Mond ist aufgegangen und spiegelt sich im See. Flötenmusik würde gar nicht so schlecht passen. Na gut, sage ich, meinetwegen, und dann spielt er erstaunlich gut, es könnte was von Béla Bartók sein, aber so gut kenne ich mich da nicht aus, es ist nur meistens von Béla Bartók, wenn ich keine Ahnung habe.

Franka schläft immer noch, sie weiß nicht, daß wir jetzt zu dritt sind, und Norbert flötet, und mit einemmal ist diese Fahrt friedlich und schön, und ich bin einige Momente lang ganz zufrieden, bis Norbert die Flöte absetzt und in hemmungsloses Schluchzen ausbricht.

Ich versuche, es zu ignorieren, und wünsche mir sehnlichst Claudia herbei, die wüßte, was jetzt zu tun wäre. Norbert heult auf wie ein Wolf, sein ganzer Körper wird geschüttelt von Schluchzern, bis vom Rücksitz ein Tempo vor seine Nase gehalten wird.

Norbert dreht sich um. Danke, schnieft er, und ich sehe Franka schlaftrunken nicken. Meine Tochter, die nie in ihrem Leben ein Taschentuch zur Hand hat, wenn es dringend nötig wäre, hat ein Tempo herbeigezaubert.

Norbert putzt sich laut prustend die Nase. Ich hatte schon so 'ne Ahnung, als wir losgefahren sind, bricht es aus ihm heraus. Sie war so zickig, hat nur gemeckert, alles habe ich in ihren Augen falsch gemacht. Und dann wollte unbedingt sie ihren Paß und die Kinderpässe einstecken. Normalerweise haben wir alle Pässe zusammen in einer Plastikhülle, aber sie hat ihren eigenen und die Kinderpässe rausgenommen und in ihre Handtasche gesteckt, ich habe mich noch gewundert.

Er schluchzt trocken auf, wie ein Kind. Ich weiß nur nicht, was ich falsch gemacht habe.

Vielleicht haben Sie dauernd alles richtig gemacht, schlägt Franka nüchtern vor, das kann genauso nerven.

Norbert dreht sich neugierig zu ihr um. Könnte sein, sagt er nachdenklich, könnte sein.

Manchmal geht es einem auf den Geist, wenn jemand immer nur alles richtig machen will und immer nur lieb und nett ist. Da möchte man am liebsten reinhauen, erklärt Franka, und ich höre ihr zu wie einer fremden Person, die ebenso zufällig wie Norbert in meinem Auto sitzt.

Sie ist achtzehn Jahre jünger als ich, sagt Norbert, sie könnte jeden haben.

Hat sie aber nicht, sagt Franka.

Wird sie aber vielleicht.

Ne, die braucht nur *time out.*

*Time out?*

'ne Pause. Jeder braucht mal 'ne Pause.

Meinen Sie wirklich?

Ich sehe Franka im Rückspiegel nicken.

Danke, sagt Norbert zu ihr, putzt sich noch einmal die Nase, öffnet das Fenster und läßt das Tempo aus dem Fenster fliegen. Oh, Entschuldigung, sagt er dann und sieht mich an, als wäre es meine Schweiz, die er gerade verunreinigt hat.

Ich konzentriere mich auf den weißen Mittelstreifen als das einzig Zuverlässige in dieser seltsamen Nacht.

Sie war schon, als wir losfuhren, so gereizt, fängt Norbert wieder an. Hat nur gemeckert: Mußt du immer so langsam packen? Muß das denn alles mit? Mach mal ein bißchen Dampf. Er seufzt. Sie ist halt so jung. Manchmal ist es schwer, eine Frau zu haben, die nicht weiß, wer Bob Dylan ist.

Ich bin erstaunt, daß Norbert weiß, wer Bob Dylan ist.

›Wallflowers‹, sagt Franka aus dem Dunkel.

Wie bitte?

›Wallflowers‹, wiederholt Franka ohne Erklärung.

Die Band des Sohnes von Bob Dylan, sage ich und bin ein bißchen stolz, daß ich das weiß.

Sohn von Bobbie und Joan? fragt Norbert.

Bobbie, prustet Franka.

Joan Baez? Keine Ahnung.

Er hatte mal was mit Joan Baez, sagt Norbert wie eine alte Tante, die flotte Wörter in den Mund nimmt.

Er ist der schönste Mann unter der Sonne, sagt Franka.

Das stimmt. Der Sohn von Dylan ist ein unglaublich hübscher junger Kerl. Ich habe ihn zusammen mit Franka auf MTV in einem Schwarzweißvideo gesehen. Zusammen mit seiner Band ging er im Winter eine Straße in New York entlang, die Hände tief in den Taschen vergraben. Er sah seinem Vater auf dem Plattencover von *Highway Revisited* so ähnlich, daß mich die bereits vergangene Zeit meines Lebens wie ein Blumentopf auf den Kopf traf. Ich sah empört nach oben, und da sah ich mich als jungen Mann aus dem Fenster lehnen und mich auslachen, weil ich glaubte, immer noch derselbe zu sein. Ein lächerlicher Irrtum.

Im Wartezimmer des Gynäkologen in München, der es ablehnte, uns zu helfen, weil Franka schon über den dritten Monat hinaus war, fiel mir eine Zeitschrift mit einem Interview mit Bob Dylan in die Hände, in dem er sagte, irgendwann müsse man einfach einsehen, daß man nicht mehr der ist, der man mal war. Kaum hatte ich diesen Satz gelesen, gab der blaue Spannteppich unter meinen Füßen nach, und es öffnete sich ein bedrohlicher Schlund, in den ich zu stürzen drohte. Wer sollte ich sonst sein, wenn ich nicht mehr der sein durfte, der ich immer gewesen war?

Franka und Claudia kamen aus dem Behandlungszimmer, Franka mit gesenktem Blick, Claudia aschfahl im Gesicht, sie sah mich an, schüttelte leicht den Kopf, nichts ging mehr, und ich schämte mich, weil ich in Gedanken bei Bob Dylan und meiner verlorenen Jugend war. Egoist. Ja, stimmt.

*Honey, just allow me one more chance to get along with you. Honey, just allow me one more chance,* singt Norbert, und ich falle ein: *I'll do anything with you.*

Ich trete aufs Gas, und wir grölen: *With my head in my hand, I'm looking for a woman who needs a worried man. Just one kind of favour I ask – allow me one more chance.*

Wir lachen, Franka stöhnt und setzt sich ihren Discman auf.

Norbert nimmt die Flöte an seine gespitzten Lippen und spielt *It's Alright, Ma* und *Mr. Tambourine Man* und *It's*

*All Over Now, Baby Blue.* Ich kann die Texte nur sehr unvollständig, ich habe Dylan nie verstanden.

Wir singen uns durch sämtliche Dylan-Alben. Bis heute weiß ich noch genau, an welcher Stelle man die Platte umdrehen mußte. Die Umlegpause ist für immer in mein Gedächtnis eingebrannt. Wir lagen auf Matratzen in dunklen Partykellern und knutschten mit Mädchen, die man bei Tageslicht mit ziemlicher Sicherheit nicht wiedererkannt hätte, und einer mußte immer aufstehen und umdrehen. Immer derjenige, bei dem es gerade nicht so lief oder der keine mehr abgekriegt hatte, der mußte umdrehen. Norbert mußte bestimmt oft umdrehen, denke ich, er ist der klassische Plattenumdreher.

Die Schweiz schläft vor sich hin, fast könnte man sie schnarchen hören, und wir singen zusammen *I ain't looking to compete with you, beat or cheat or mistreat you, simplify you, classify you, deny, defy or crucify you. All I really want to do is, baby, be friends with you.* Wie gern wäre ich wieder mit Claudia befreundet, so wie früher.

Franka schüttelt über uns den Kopf wie eine Großmutter über ihre albernen Enkel, aber dann fällt sie selbst mit ein, sie ist schließlich mit Bob Dylan aufgewachsen, ich habe sie zu seinen Konzerten geschleppt, da war sie noch fast ein Baby, und zusammen brüllen wir uns die Lunge aus dem Hals, *baby, be friends with you. All I really want to do is, baby, be friends with you.*

## 11

Blaß geht die Sonne auf, die Luft an meinem Arm, den ich aus dem Fenster hängen lasse, um nicht einzuschlafen, wird langsam wärmer, mir ist ein bißchen flau im Magen vor Müdigkeit. Norbert schläft, seine Flöte im Schoß. Bei Tageslicht sieht er blaß und zerknittert aus wie ein altes Taschentuch.

Hätte Claudia ihn mitgenommen? Wahrscheinlich nicht. Sie hätte ihn kurz getröstet, ihm ein paar praktische Tips gegeben, aber mitgenommen hätte sie ihn nicht.

Kein einziges Mal hat sie, wenn sie am Steuer saß, für einen Tramper angehalten. Der findet auch noch jemand anders, war ihr ewiges Argument.

Einmal, spät in der Nacht in La Palma, nahmen wir dennoch drei zottelige junge Schweden mit, zwei Jungen und ein Mädchen. Sie wußten nicht, wo sie schlafen sollten, wir hatten einen Ferienbungalow, da gab es Platz. Aber Claudia ließ die drei nicht ins Haus. Sie gab ihnen zu essen und zu trinken, und dann wies sie ihnen einen Platz auf der Terrasse zu.

Die ganze Nacht stritten wir uns. Ich fand ihr Verhalten unmöglich, verwerflich, widerlich, sie nannte mich einen verdammten Sozialromantiker.

Wir kommen an die französische Grenze. Franka hat

Norberts Paß in Verwahrung genommen, weil Norbert jetzt erschöpft vom Heulen und Singen schläft, aber niemand will ihn sehen. Wir rollen an den Grenzhäuschen vorbei, gibt es die Grenze noch, gibt es sie nicht? Ich kann mich an ein Europa ohne Grenzen nicht recht gewöhnen, wenigstens die Schweiz hat doch noch richtige Grenzpolizisten. Bis Mitte der achtziger Jahre wurde ich immer rausgewinkt, immer kontrolliert, manchmal durchsucht. Ich sah ganz so aus, wie Grenzer sich einen Terroristen vorstellten: schwarze lange Haare, unrasiert, Ray-Ban-Sonnenbrille, Lederjacke, in einem schwarzen Citroën, später in einem alten Mercedes. Ich wirkte staatszersetzend, das war wie ein Ritterschlag. Ich bildete mir fast was drauf ein. Wie doof wir waren.

Jetzt will schon lang kein Grenzer mehr was von mir wissen.

O Scheiße, sagt Franka. Der Typ hat heute Geburtstag.

Sie wedelt mit Norberts Paß vor meiner Nase herum. 26. Juli 1960. Norbert wird heute vierzig. Ich starre ihm entsetzt in sein zerknittertes Schlafgesicht. Der Mann ist gerade eben erst vierzig! Fast fünf Jahre jünger als ich. Warum zum Teufel kennt er alle Texte von Bob Dylan in- und auswendig? Er muß seiner Zeit hoffnungslos hinterhergehinkt sein. Das wiederum paßt zu ihm.

Und? Was machen wir jetzt? fragt Franka. Wenn er aufwacht, hat er Geburtstag.

Na ja, sage ich, dann hat er halt Geburtstag.

Einfach so ohne gar nichts?

Ich zucke die Achseln.

Aber er wird vierzig!

Empört wühlt sich Franka aus ihrer Decke und beugt sich nach vorn, betrachtet den schlafenden Norbert.

Ganz schön Scheiße, flüstert sie. Frau weg, Kinder weg, Auto weg – und das alles an seinem Geburtstag.

Halt mal an, befiehlt sie.

Wieso denn?

Halt an.

Sag mir, warum, dann halte ich an.

Könntest du mich einfach ein bißchen mehr respektieren, ja? Wäre das vielleicht möglich?

Ich halte an. Franka steigt aus, macht leise die Autotür hinter sich zu, um den schlafenden Norbert nicht zu wecken. Ich sehe ihr erstaunt zu, wie sie auf die angrenzende Wiese läuft und einen Blumenstrauß pflückt. Aus der Entfernung sieht sie aus wie sechs. All die Löwenzahnsträuße, die sie mir vermacht hat. Ich spüre jetzt noch die klebrigen Flecken von der Löwenzahnmilch an den Händen, sehe sie mit ihrem zahnlückigen Lachen auf mich zulaufen, den gelben Strauß in der Luft schwenkend wie eine kleine Fahne. Sie rannte immer auf mich zu und erwartete, daß ich die Arme ausbreitete, damit sie sich hineinwerfen konnte. Sie warf sich in meine Arme wie ein Ball. Ich fing sie immer auf, immer. Bis sie eines Tages vor meinen ausgebreiteten Armen stehenblieb. Es war vorbei. Einfach so, von einem Tag auf den anderen. Ohne Vorwarnung.

Außer Atem kommt sie mit einem Geburtstagsstrauß für Norbert zurückgelaufen, ihre Haut rosig, sie strahlt wie schon lange nicht mehr. Und Kerzen haben wir auch, flüstert sie, unsere Campingkerzen!

## 12

Der erste *café au lait* in Annecy. Hier fangen die Ferien an. Ab hier ist man erst richtig im Ausland. Die Schweiz zählt nicht, ab Annecy gilt es erst. Ab dem ersten *café au lait.* Wir taumeln in ein Bistro, das gerade eben öffnet, es ist kurz nach acht, wir stinken schon ein wenig nach zehn Stunden Fahrt. Es ist erstaunlich, wie schnell der Mensch anfängt zu stinken.

Wir setzen uns an einen Tisch mit roter Plastiktischdecke, die Wirtin ist die Urfranzösin schlechthin. Um die Fünfzig, blond gefärbt, schlecht gelaunt, immer noch eine ziemlich gute Figur, fester Hintern unterm Minirock, Wonderbra-gepushtes Dekolleté im rosa Häkelpullover.

Claudia hat mir beigebracht, die Hilfsmittel zu erkennen. Ich weiß nicht, ob ich dafür wirklich dankbar bin.

Die Wirtin stellt riesige Tassen Kaffee und frische Croissants vor uns hin. Ich registriere automatisch die Größe der Tassen. Entspricht einem großen Cappuccino in unseren Läden für sechs neunzig. Überteuert, aber es wird klaglos gezahlt. Ich kann mich nur wundern. Selbst all die Teenager scheinen nichts dabei zu finden, fast sieben Mark für einen Kaffee hinzulegen.

Norbert blinzelt verschlafen. Er hat, glaube ich, keine Ahnung, daß er Geburtstag hat. Franka nestelt unter dem

Tisch und zaubert ihren Blumenstrauß und drei brennende Kerzen hervor. Wir summen *Happy birthday,* mehr trauen wir uns beide nicht. Wir sind in Wirklichkeit recht schüchtern, meine Tochter und ich.

Norbert grinst überrascht, dann bricht er ohne Vorwarnung in Tränen aus. Schon wieder. Franka reicht ihm ihr letztes Tempo.

Diese sentimentalen Deutschen, denkt Madame bestimmt und putzt ihre lange schwarze Theke mit kleinen rigorosen Bewegungen, als scheuere sie den Rücken eines Pottwals.

Vierzig, schnieft Norbert, das klingt ganz komisch. Mein Gott!

Franka zuckt die Achseln. Wir sehen uns an. Was machen wir mit ihm?

Vierzig, wiederholt Norbert, und hier. Und allein. Hätte ich mir auch nicht träumen lassen.

Er weint wie ein Baby. Madame beobachtet uns mißtrauisch. Ich habe den dringenden Wunsch, aufzustehen, Franka hinter mir herzuzerren und Norbert sitzenzulassen. Ich glaube, ich mag weinende Männer nicht.

Ich bin an meinem vierzigsten Geburtstag abgehauen, erzähle ich. Norbert unterbricht sein Geheule und sieht mich skeptisch an.

Ja, fahre ich schnell fort, ich hatte panische Angst vor einer Überraschungsparty, alle Freunde versteckt im Badezimmer oder so was Ähnliches. Also bin ich nicht nach Hause gegangen, sondern habe mich ins Auto gesetzt und bin die ganze Nacht in München um den Mittleren Ring gefahren. Der Mittlere Ring hat Tradition in unserer Familie, da sind wir mit Franka als Baby rumgegurkt, weil sie nur im Auto schlief. Franka war ein schlechter Schläfer. Sie hat uns damit fast um den Verstand gebracht.

Franka lächelt ein wenig peinlich berührt. Ich streiche ihr über den Kopf, sie läßt es geschehen, wie eine mißtrauische Katze, die in der nächsten Sekunde davonlaufen wird.

Norbert putzt sich die Nase. Meine auch, sagt er, beide hatten als Säuglinge Koliken. Ohne Sabtropfen hätten wir nicht überlebt. Er lächelt schwach.

Sabtropfen! rufe ich, schlagartig fällt mir der süße Geruch der babyrosa Tropfen wieder ein und die winzige Franka, die ich bei ihren Bauchschmerzattacken wie ein Kätzchen auf meinem Unterarm liegend durch die Wohnung getragen habe.

Franka gähnt, ohne sich die Hand vor den Mund zu halten.

Mutterseelenallein bin ich also um den Mittleren Ring gefahren, es wurde zwölf, eins, zwei, drei Uhr früh. Im Morgengrauen kam ich dann nach Hause, ganz sicher, noch die Überreste von der Überraschungsparty vorzufinden, die ohne mich hatte stattfinden müssen – aber da war nichts. Gar nichts. Meine Frau und meine Tochter schliefen, alles ruhig, von Party keine Spur. Ich war bitter enttäuscht. Habe sogar im Kühlschrank nachgeguckt, ob sie nicht wenigstens eine Flasche Champagner kaltgestellt hatten – nichts. Sie hatten sich tatsächlich an das gehalten, was ich immer behauptet hatte: Ich will an meinem Geburtstag nichts, gar nichts haben. Mit leeren Händen und ungefeiert stand ich da, habe mich in die Küche gesetzt, mich betrunken und nach sieben Jahren wieder angefangen zu rauchen.

Dad, wie kindisch du bist! sagt Franka kopfschüttelnd.

Norbert grinst schief und zerknüllt das nasse Taschentuch.

Ich habe auch ein kleines Geschenk, sagt Franka, ein klitzekleines. Sie nimmt Norberts Hand, dreht sie um, mit dem Finger fährt sie Norberts Handlinien ab wie die Wahrsagerin in Amsterdam. Eine Reise, die nicht weit wegführt, aber alles verändern wird. Hat sie diese Reise gemeint?

Wen siehst du in deiner Hand? fragt Franka. Norbert sieht sie verständnislos an. Mit sanfter Stimme, die ich nicht als die Stimme meiner Tochter wiedererkenne, sagt Franka, während sie vorsichtig über Norberts Handfläche streicht: Das ist nicht nur deine Hand, sondern auch die Hand deiner Mutter, deines Vaters, deiner Großeltern, deiner Urgroßeltern, Ururgroßeltern, Urururgroßeltern, Ururururgroßeltern – sie muß kichern –, deiner Urururururgroßeltern. Und wen haben deine Kinder in ihrer Hand? Dich, ihren Vater, ihre Mutter, ihre Großeltern, ihre Urgroßeltern … Du hast alle immer dabei. Keiner kann verschwinden.

Behutsam klappt sie Norberts Hand zu wie einen Laptop und lehnt sich zurück. Norbert glotzt sie neugierig an, als versuche er, sich daran zu erinnern, woher dieses seltsame Wesen kommt.

Wo hast du denn das her? frage ich.

Och, sagt sie leichthin, von Buddha persönlich. Sie grinst.

Ich muß mal aufs Klo, sagt sie, steht auf und läßt uns zurück.

Hab ich nicht so ganz verstanden, sagt Norbert.

Morgenmüde und ein bißchen dämlich starren wir in unsere Handflächen wie andere Leute in die Zeitung.

Sie sind eben nicht da, murmelt Norbert. Wenn er jetzt wieder anfängt zu flennen, renne ich aus dem Lokal. Ich fühle mich wie amputiert. Verstehst du, was ich meine?

Ich nicke.

O Gott, stöhnt Norbert. Die Hälfte der Zeit wünschst du deine Familie auf den Mond, und wenn sie dann weg sind, fühlst du dich beschissen.

Ich bin erstaunt, das aus Norberts Mund zu hören. Ist ja nur eine kurze Trennung, versuche ich ihn zu trösten.

Er sieht mich nachdenklich an. Da bin ich mir nicht so sicher, sagt er nüchtern.

Ich habe übrigens keinen Pfennig Geld, fügt er hinzu, sie hat immer das Portemonnaie.

Zum ersten Mal tut er mir wirklich leid. Ein Mann ohne Geld ist wie ein Mann ohne Schwanz. Sie hat immer das Portemonnaie?

Ja, es ist einfacher so. Sie kauft ein, wenn ich in der Schule bin.

Ein Lehrer, was sonst? Wahrscheinlich Musiklehrer.

Wir teilen uns die Arbeit mit den Kindern, erklärt er, und ich bemerke, daß ich alles, was er sagt, in die Vergangenheit übersetze: Sie hatte das Portemonnaie, sie hat eingekauft, wenn er in der Schule war, sie haben sich die Arbeit mit den Kindern geteilt. Ich weiß, daß ihre Ehe vorbei ist. So wie sie mich angelächelt hat, so lächeln glücklich verheiratete Frauen keine anderen Männer an.

Wir können sie anrufen, schlage ich vor.

Sie ist doch nicht zu Hause, wendet er ein.

Aber vielleicht kommt sie bald nach Hause.

Er zuckt die Schultern.

Wir könnten sie anrufen und unsere Telefonnummer hinterlassen.

Was für eine Telefonnummer?

Ich vergesse, daß es immer noch Menschen ohne Mobiltelefon gibt.

Wir könnten Tante Anni anrufen, sagt Norbert und wirkt mit einem Mal ganz wach.

Ich gebe ihm das Handy. Er weiß nicht, wie man damit umgeht, gibt es mir zurück. Ich wähle die Nummer von Tante Anni, drücke ihm das Telefon in die Hand, schreibe ihm meine Telefonnummer auf die Serviette.

Aber ich weiß doch gar nicht, wo ich dann bin, wendet er ein. Er kapiert es einfach nicht. Aber dann wird mir klar, daß ich mir nicht überlegt habe, wie lange ich eigentlich Norbert noch mit uns herumschleppen will.

Du denkst nie voraus, höre ich Claudia schimpfen. Keine drei Schritte voraus.

Tante Anni meldet sich, und Norbert brüllt meine Telefonnummer ins Handy und versucht zu erklären, was er nicht erklären kann: daß die Gabi ihn Knall auf Fall verlassen hat. Gabi also.

Ich habe ihn noch nicht einmal nach dem Namen seiner Frau gefragt.

Tante Anni versteht gar nichts, und Norbert schaut irritiert das Handy an und gibt es mir wortlos zurück. *Call waiting*, sagt mein Handy. Claudia kann es nicht sein, das würde mir mein Telefon melden. Marisol auch nicht.

Ja? melde ich mich.

Däs muscht du mir nochämal erklääre, brüllt Tante Anni auf schwäbisch in mein Ohr.

Augenblick, sage ich zu Tante Anni wie ein Telefonvermittler, bleiben Sie dran, und nehme den zweiten Anruf entgegen.

*Hi, baby,* sagt eine Männerstimme.

Hallo?

*Hello?*

Ja?

*Ooooooob.* Ein langgestrecktes, britisches oh. Und dann: *Can I speak to Franka please?*

*Who's calling?* habe ich die Geistesgegenwart zu fragen, dabei weiß ich es bereits genau.

*Pelge. My name is Pelge.*

Mir fällt fast das Handy in den Kaffee. Der Lama ist am Telefon.

Ooooooh, sage ich ähnlich langgezogen wie er, und dann lüge ich, was hoffentlich noch andere Väter außer mir fertigbringen, damit ich nicht der einzige bin.

*Franka ist not here right now.*

*Oooooh,* sagt er. *Thank you.* Und legt auf.

Ich höre Tante Anni brüllen: Was isch jetzet mit der Gabi?

Stumm reiche ich Norbert das Telefon zurück.

Im selben Augenblick kommt Franka vom Klo zurück. Ich wechsele einen Blick mit Norbert, aber er hat zum Glück gar nichts kapiert.

Verlogen grinse ich Franka an. Möchtest du noch einen Kaffee trinken?

Sie mustert mich mißtrauisch. Kinder haben empfindlichere Fühler als Schnecken. Sie zuckt mit den Schultern.

*Trois grands cafés au lait,* rufe ich Madame hinter der Theke zu. Norbert verabschiedet sich von Tante Anni und gibt mir mein Telefon zurück. Ich lasse es in der Innenseite meiner Jacke verschwinden und mache es unauffällig aus. Kein Lama wird uns mehr stören. Und auch Tante Anni nicht. Und Gabi nicht. Und auch Claudia nicht.

## 13

Sie ruft nicht an, sagt Norbert deprimiert. Wir fahren eine kleine Platanenallee entlang. Die Baumkronen bilden ein grünes Dach über unseren Köpfen.

In dem Antonioni-Film *Beruf Reporter* mit Jack Nicholson und Maria Schneider steht sie in einem Cabrio und läßt genau diesen grünen Blätterhimmel jauchzend über sich vorüberziehen. Nicholson lächelt hinter schwarzer Sonnenbrille.

Kein Dialog. Ganz genauso habe ich mir damals mein Leben mit Frauen vorgestellt: leicht, stumm, flüchtig, sehnsüchtig, der Schwerkraft entbunden. So wollte ich leben, solche Filme wollte ich machen.

Ich hab's gewußt, daß sie nicht anruft, jammert Norbert. Sie ruft nicht an, um mich zu quälen. Mich fertigzumachen. Sie weiß, wie sie mich kriegt. Er haut halbherzig mit der Faust an die Fensterscheibe.

Im Rückspiegel verdreht Franka die Augen. Ich nicke ihr zu. Sie lächelt. Ein kurzer Moment stummen Einverständnisses zwischen uns, kostbar wie Gold. Selten wie ein Schneesturm im Mai.

›*Camping sur ferme*‹, lese ich auf einem kleinen Schild und biege ab. Ich bin hundemüde, mir fallen fast die Augen zu.

Norbert hat keinen Führerschein, wie sich herausgestellt hat. Er kann mich nicht ablösen. Franka mault. Sie wollte doch noch heute abend bei ihrem Lama sein.

Wir halten vor einer windschiefen kleinen Mühle an einem See. Um uns herum lauter weißblonde Menschen und Wohnwagen mit holländischen Kennzeichen, die um den See herumstehen wie eine Herde riesiger grauer Tiere.

Steig mal aus und guck's dir an, sage ich zu Franka.

Guck's dir doch selber an, sagt sie.

Manchmal möchte ich sie schlagen. In der einen Sekunde möchte ich sie an mich drücken wie mein kleines Baby, in der nächsten verprügeln. Bis auf drei, vier spontane Ohrfeigen habe ich sie nie geschlagen.

Claudia und ich glaubten beide an eine Erziehung ohne Strafen, ohne Grenzen. Wir wollten die Freunde unserer Tochter sein. Was für ein Blödsinn! Eltern sind Eltern und keine Freunde. Das hat Franka selbst gesagt. Aber wir sind einsam ohne unsere Kinder, also wollen wir ihre Freunde sein.

Ich wandere über den Zeltplatz. Ein alter Mann mit riesigen gelben Holzschuhen an den Füßen kommt mir entgegen und nickt mir freundlich zu. Die Holländer packen offensichtlich ihre ›Klompen‹ ein, wenn sie ins Ausland fahren, wir nehmen unsere Socken und Sandalen mit, damit uns jeder erkennt. Vor den Wohnwagen stehen Campingtische mit Blumen in Bierflaschen. Tragbare Fernseher laufen. Die Männer tragen Shorts, die Frauen neonfarbene Radlerhosen über fetten Hintern. Sie decken den Tisch fürs Abendessen, zünden die Propangaskocher an.

Ich stehe ratlos da, manche mustern mich mißtrauisch.

Ich gehöre nicht hierher in meinen schwarzen Hosen, schwarzem T-Shirt und teuren englischen Schuhen. Für fünfzig Mark miete ich einen Zeltplatz in der kleinen düsteren Mühle bei einem wortkargen Mann in Reitstiefeln.

Norbert schüttelt den Kopf. Nicht gut, murmelt er, gar nicht gut. Nirgends ein ebenes Fleckchen. Wie ein Hausbauer stapft er kreuz und quer über den Platz. Franka ist im Auto sitzen geblieben. Ich sehe sie von weitem wütend an ihren Haaren zwirbeln.

Norbert ist der Camping-Spezialist. Das hätte ich mir denken können, denn genauso sieht er aus.

Kannst du überhaupt ein Zelt aufschlagen? ruft er. Schon wird er frech. Ja, mein Zelt kann selbst ich aufschlagen. Es ist nämlich ein Frauenzelt, ein Zelt, das auch Frauen im Dunkeln aufbauen können. Claudia hat es für ihren Trip ins Buddhacamp gekauft. Es war bei der ersten Frauenbesteigung des Annapurna dabei. So etwas überzeugt meine Frau. Es sieht aus wie ein kleines gelbes Ufo.

Ich schlafe draußen, sagt Norbert.

Kommt gar nicht in die Tüte, wehre ich ab und zeige ihm das Zeichen auf der Zelthülle: zwei Strichmännchenkinder und zwei Strichmännchenerwachsene.

Du paßt da locker mit rein.

Mit Hundeaugen sieht er mich an. Es fehlt nicht viel, und er würde mit dem Schwanz wedeln.

Wir essen zum Abendessen jeder drei Tüten Pommes frites mit Mayo, die man in der Mühle kaufen kann. Stumm sitzen wir im Dunkeln auf den Isomatten vor unserem Zelt. Der Geruch von gegrilltem Fleisch zieht uns aus allen

Richtungen in die Nase. Schräg gegenüber krault ein junger Mann seiner Freundin im Schein einer Kerosinlampe den Rücken. Wir hören sie nicht, aber sie scheint »ein bißchen höher« zu sagen, und dann »ein bißchen tiefer, nein, nicht da, da, da da! nein, wieder ein bißchen höher… tiefer, tiefer…!«.

Norbert und ich atmen gleichzeitig tief aus. Wir sind neidisch. Die Liebe der beiden von gegenüber scheint noch so frisch und unverbraucht wie ein neues Oberhemd. Noch keine Falten, keine abgeschabten Stellen, keine Flecken.

Um zehn Uhr kriechen wir in die Schlafsäcke und Norbert unter die Autodecke. Die beiden Isomatten haben wir quer gelegt, damit wir alle drei wenigstens ein bißchen Matte unterm Hintern haben. Es ist dennoch verflucht hart.

Norbert quetscht sich eng an die Zeltwand, aus Angst, uns Platz wegzunehmen. Um uns herum quäkt Musik aus Transistorradios, Leute lachen und laufen so dicht neben unserem Zelt vorbei, daß die Erde bebt. Ich werde die ganze Nacht kein Auge zumachen können. Norbert wispert etwas.

Hast du was gesagt?

Gute Nacht, antwortet er. Nach wenigen Minuten fängt er an zu schnarchen.

O Gott, stöhnt Franka, auch noch 'n Schnarcher. Hast du gehört, wie er gebetet hat?

Ne.

Hat er aber.

Pause.

Und drei Eier hat er.

Was?

Hat er mir erzählt.

Wann hat er dir das erzählt?

Vorhin, als du den Zeltplatz gesucht hast.

Da hat er dir erzählt, daß er drei Eier hat?

Ja.

Hat er dich angefaßt?

Franka stöhnt. Nein. Was du immer gleich denkst.

Wieso erzählt er dir so was?

Weiß ich doch nicht.

Drei Eier, was?

Wir kichern beide in der Dunkelheit, und ich genieße es, atme Frankas Kichern in langen Zügen ein. Wie lange ist das schon nicht mehr vorgekommen!

Sekunden später höre ich ihre gleichmäßigen Atemzüge. Mitten im Kichern ist sie eingeschlafen.

Ich habe mal eine Frau mit drei Brüsten gesehen, vor ewig langer Zeit. Franka war noch nicht auf der Welt.

Ich half Claudia ab und zu im Siebten Himmel aus und hatte begonnen, ihr Verkaufskonzept zu revolutionieren. Ich hatte die ›indische Woche‹ erfunden und ›das Tao des Kochens‹. Beides hatte eingeschlagen wie eine Bombe. Die Gäste waren gegangen, Claudia schloß die Ladentür ab und ließ die Jalousie herunter.

Wir waren unter uns, Ralf und Mirja, Tav und Sabine.

Damals besaß Tav die heißeste Disco von München, heute ist er Immobilienberater bei der Hypo-Bank. Seine Freundin Sabine war ein nettes molliges Mädchen mit sehr schönen rotbraunen Haaren.

Tav holte das Bier aus dem Kühlschrank und öffnete es zischend. Auf das Tao, sagte er und warf mir eine Dose zu.

Weißt du eigentlich, daß du ganz rote Augen hast?

Ich war heute früh schwimmen.

Schwimmen, sagte Tav kopfschüttelnd, also für mich siehst du aus, als hättest du schon den ganzen Tag gekifft.

Die Chinesen sagen, alles kann man essen, wenn man es nur klein genug schneidet, kicherte Ralf und zerhäckselte einen dicken Klumpen Schwarzen Afghan mit unserem besten japanischen Küchenmesser.

Ich sah, wie Claudia die Zähne zusammenbiß, sich geschäftig abwandte und die Teller abräumte. Sie mochte unsere Kifferabende nicht, aber sie konnte sich nicht beschweren, heute abend war die Kasse voll: ›Das Tao des Kochens‹. – Fünfundzwanzig Mark Eintritt. Ein ausgewähltes Publikum an stadtbekannten Kulturwichsern, ein bißchen Presse, ein paar Filmfreunde, und schon um sechs Uhr war der Laden brechend voll. Sie prügelten sich ums Essen. Besonders um die Nachspeise aus Mohnmus und Pannacotta als Yin-Yang-Symbol. Auch meine Idee.

All diese Menschen mit ihren engen, kleingeschrumpften Herzen unter ihren teuren Hemden löffelten den Yin-Yang-Pudding mit solcher Inbrunst in sich hinein, als könnte der sie retten.

Ich hatte arrogantes Mitleid mit ihnen, fühlte ihre Verzweiflung über ihr Leben, das nicht in ihren Körpern stattfand, sondern irgendwo außerhalb, aber wo genau, das wußten sie nicht. Sie glaubten an Geld und Erfolg und an Mercedes Benz.

Claudia lächelte den ganzen Abend gezwungen milde und strich immer wieder über ihre lange weiße Schürze, als müsse sie sich die Hände abwischen. Sie hielt es für unmoralisch, den Leuten zu geben, was sie wollten, und damit viel Geld zu verdienen.

Ich ging zu ihr und legte meinen Arm um ihre Schultern. Sie sah hübsch aus mit ihren hochgesteckten Haaren. So ernsthaft. So erwachsen.

Hey, alles klar? Sie zuckte unmerklich mit den Schultern. Ging doch prima, sagte ich.

Ihre Freundin Mirja kam auf uns zu und schleckte den letzten Yin-Yang-Teller ab. Na, Fred, was bin ich jetzt deiner Meinung nach? Ein Yin- oder ein Yang-Typ?

Ich musterte sie. Eine dünne Bohnenstange mit einem schmalen, interessanten Gesicht. Ein bißchen hysterisch. Der Typ, der laut schreit im Bett.

Ich nahm ihr Handgelenk zwischen zwei Finger und tat so, als fühlte ich ihren Puls. Zuviel Yin, sagte ich. Eindeutig zu viel Yin. Müde, lustlos, lethargisch, einfallslos, erdverhaftet, ängstlich, engstirnig, mutlos …

Sie lachte. Oje, was mach ich da nur, sagte sie und legte sich meinen freien Arm um die Schulter. In dem anderen hielt ich immer noch Claudia, die sich jetzt löste und weiter Teller zusammenräumte.

Weißt du, daß deine Bindehäute ganz rot sind? fragte mich Mirja und sah mir tief in die Augen.

Jetzt laß doch, Claudia, sagte ich, das machen wir morgen. Claudia schüttelte den Kopf.

Sabine setzte sich auf den Boden und lehnte sich mit dem Rücken an die Spülmaschine. Ralf setzte sich neben sie und reichte ihr den Joint. Kurze Zeit später saßen Mirja, Tav und ich ebenfalls auf der Erde.

Hinter mir schnurrte sanft der Kühlschrank wie eine

große Katze. Mirja zupfte Claudia an der Schürze. Jetzt hör doch auf.

Claudia lächelte und räumte weiter auf.

Was mach ich nur gegen mein faules, müdes Yin-Wesen? stöhnte Mirja.

Du mußt Knoblauch essen, sagte Claudia kühl. Dadurch yangisierst du zuviel Yin.

Yangisierst du, kicherte Tav.

Ja, sagte Claudia kühl, so heißt das eben.

Achtung, sagte ich, Claudia nimmt das alles sehr ernst.

Ernster als du bestimmt, sagte Claudia scharf, du verscheuerst es nur.

Alle verstummten erschrocken einen Moment.

Ich habe vorhin mit einem Typen gesprochen, sagte dann Sabine, der Disharmonien schlecht ertragen kann, der hat mir erzählt, daß er immer Zitronen dabei hat, ganz gleich, wo er ist. Er arbeitet für Ikea...

Ikea, prustete Mirja und gab den Joint weiter an Tav.

Ja, fuhr Sabine fort, er muß öfter zur Fortbildung nach Schweden...

Fortbildung, kicherte Tav. Da werden dann die Namen der Möbel gepaukt, ja? Klippan. Billy. Töftan. Er zeigte mit einem Kochlöffel auf unsere Schränke.

Büllebröd, sagte Ralf.

Tav zeigte auf den Herd.

Smörre, sagte Ralf. Die Spülmaschine. Upsala, sagte Tav. Die Barhocker. Tröntworm, sagte Ralf. Nein, Köttbullar, rief Tav.

Nein, sagte Ralf, nein, nein, nein. Doch nicht Köttbullar.

Köttbullar heißen diese schrecklichen Fleischpflanzerl bei Ikea, lachte Mirja.

Köttbullar riefen alle und hielten sich die Bäuche vor Lachen.

Ich kenne Leute, die fahren nur zum Lachsessen zu Ikea, erzählte Mirja.

Ist nicht dein Ernst, sagte Tav und gab mir endlich den Joint.

Doch, wirklich, sagte Mirja, und ich habe eine Freundin, die schreibt für die Zeitschrift »Eltern«, und weil sie sich keinen Babysitter leisten kann, fährt sie zu Ikea, gibt ihr Kind im Kinderparadies ab, setzt sich in die Cafeteria und schreibt.

Und ißt Köttbullar, sagte Tav.

Wir lachten wieder wie die Geisteskranken. Alle außer Claudia.

Was war jetzt mit dem Ikea-Typen, fragte sie nüchtern.

Na ja, der nimmt überallhin Zitronen mit, sagte Sabine, weil er meint, daß er auf seinen Reisen sonst an Yin-Kräften verliert.

O Mann, kicherte Ralf, was die Leute so alles machen. Das ist doch krank, oder?

Um glücklich zu sein, sagte Claudia kühl, einfach nur, um glücklich zu sein.

Wir sahen alle gleichzeitig zu ihr hoch. Sie strich sich energisch eine Haarsträhne, die sich gelöst hatte, hinters Ohr.

Ich reichte ihr den Joint, den sie zwar entgegennahm, aber sofort an Sabine weiterreichte. Claudia kifft nicht, trinkt nicht, läßt sich nie gehen, verliert nie die Kontrolle.

Was ich gern von euch wissen würde, sagte Claudia langsam, ist, wann und wie ihr heute glücklich wart. Richtig glücklich.

Ha, sagte Mirja laut und hielt sich dann die Hand vor den Mund, als hätte sie etwas Unanständiges gesagt.

Sie zog ihre Stöckelschuhe aus und legte ihre Füße auf Ralfs Knie. Abwesend nahm Ralf ihre Füße in die Hand und massierte sie.

Hier zum Beispiel, sagte Sabine, heute abend. War doch ein ziemlich gutes Fest. Also, die Leute haben sich amüsiert. Ich war glücklich. Doch.

Das meine ich nicht, sagte Claudia, ich meine echtes, wirkliches, richtiges Glück.

Ach, Claudia, sagte Tav, quäl uns nicht mit so einem Scheiß.

Ich schnappte mit einer Hand nach Claudias Fußgelenk und sah zu ihr hoch. Sie nahm einen Wischlappen aus der Spüle und wollte losgehen, um die Tische abzuwischen. Ich hielt ihren Knöchel fest, aber sie trat nach mir wie ein Pony.

Was ist los mit dir? fragte Tav. Claudia zuckte die Achseln.

Ihr habt doch überhaupt keine Ahnung, sagte Mirja.

Aber du, sagte Ralf. Die Stimmung drohte abzustürzen wie eine abgeschossene Tontaube.

Also, rief ich laut, ich war heute früh beim Rasieren so richtig glücklich. Frag mich nicht, warum, aber ich war's.

Claudia sah mich kurz an und wischte weiter.

Und als ich den ersten Yin-Yang-Teller gemacht habe und er wirklich perfekt aussah, fuhr ich fort.

Er war perfekt, nickte Mirja, einfach perfekt. Ralf drehte

den nächsten Joint. Er war Zivi im Krankenhaus und meistens zugekifft bis unter die Halskrause. Mirja jobbte im Health Club vom Holiday Inn. Ich durfte deshalb dort umsonst schwimmen und in die Sauna gehen.

In der Früh war ich hingegangen, weil es mir zusammen mit Claudia in der Küche zu eng wurde und ich mich plötzlich nach dem hellblauen Wasser des Pools sehnte.

Mußt du ausgerechnet jetzt schwimmen gehen? fragte Claudia, während sie die Melonen für die Vorspeise entkernte. Ein Anahata-Gericht für das vierte Chakra, das Herz-Chakra. Anahata-Gerichte nähren Gefühle, Stimmungen und Ahnungen, stand in dem taoistischen Kochbuch, das wir uns kichernd gegenseitig vorgelesen hatten. Iß eine Melone und öffne dein Herz.

Ja, sagte ich und schob mir ein Stück Melone in den Mund, stell dir vor. Ich bin schrecklich nervös.

Dann hau ab, und komm nicht zu spät wieder, sagte Claudia. Die Nachspeise ist deine Abteilung. Ich nahm meine Jacke und küßte sie flüchtig aufs Ohr.

Es war seltsam, in der eigenen Stadt an einem Hotelpool zu liegen und den arabischen Familienvätern zuzusehen, wie sie ihren dicken Kindern das Schwimmen beibrachten.

Ich lag in meinem weißen Frotteebademantel auf der Liege, schloß die Augen und träumte mich in ihre Welt, während sie sich in meiner aufhielten. Tiefverschleierte Frauen beugten sich über mich und boten mir flüsternd Sex und Weintrauben an. Palmenwipfel nickten bekräftigend über ihren Häuptern. Dicke schwarze Mercedesse mit Scheichs am Steuer überholten Kamele.

Ich wachte davon auf, daß mich jemand am Bademantel

zupfte. Eine kleine, füllige Frau in einem zu engen apfelgrünen Badeanzug stand vor meiner Liege. Das Wasser tropfte von ihren schwarzen Haaren auf mich herab.

Bittä, sagte sie mit einem Akzent, der ungarisch oder russisch klang, können Sie mir helfen? Ich blinzelte und richtete mich auf. Die arabische Familie war verschwunden. Niemand war mehr da außer mir und der kleinen dicken Frau im grünen Badeanzug. Sie hatte in ihrer Drallheit etwas überaus Appetitliches. Mit einer fleischigen Hand deutete sie auf das türkisblaue Wasser des Pools, das schmatzend vor sich hin schwappte.

Da liegt der Schlüssel zu meine Kleidär, sagte sie. Ihre Augen waren schwarz, ihr Mund in dem runden, glatten Gesicht voll, ihr großer Busen nur mühsam gebändigt in ihrem Badeanzug.

Habe ich ihn verloren, Schlüssel für mein Kleidär in Schrank. Ich kann nicht tauchen, hauchte sie traurig, bittä Sie.

Ich fror jetzt, hatte wenig Lust, mich abermals in den Pool zu stürzen, nach einem winzigen Schlüssel zu tauchen und jede Menge Chlor in die Nase zu bekommen. Ich sah mich nach einem Ersatzspieler um, aber es war tatsächlich niemand zu sehen.

Ich heiße Marta, sagte sie und streckte ihre Hand aus, die ich reflexartig ergriff. Sie war kalt und naß. Bin ich aus Budapest, lächelte sie. Ich nickte und erhob mich langsam. Danke, sagte sie, bevor ich noch irgend etwas unternommen hatte. Deutsche Männer so freundlich. Sie lächelte breiter.

Jetzt blieb mir wohl nichts anderes mehr übrig. Ich

nickte knapp, machte einen Kopfsprung ins Wasser und ließ mich auf den Grund treiben, versuchte die Augen zu öffnen, konnte aber nichts sehen und mußte bald wieder auftauchen. Die kleine Frau stand am Beckenrand, die Hände in die Hüften gestützt.

Mehr in die Mittä, rief sie gebieterisch.

Gehorsam tauchte ich wieder ab und tastete mit den Händen den Boden des Pools ab, fand aber nichts. Schnaufend kam ich an die Wasseroberfläche.

Mittä! rief sie und deutete mit ihrem kleinen dicken Arm nach unten.

Ich tauchte wieder und wieder, fand aber den verdammten Schlüssel nicht. Meine Augen brannten wie Feuer. Schwer atmend hielt ich mich am Beckenrand fest. Die Frau ging in die Hocke und legte dabei ihren großen Busen auf ihre Knie. Habe ich keine Kleidär ohne Schlüssel, sagte sie auffordernd.

Ich hatte keine Lust mehr. Das sah sie mir wohl an, denn sie strich mir vorsichtig über den nassen Kopf wie einer Robbe. Bist du schöner, starker Mann, sagte sie. Ich lächelte unwillkürlich.

Da, rief sie, da habe ich gesehen Blitz.

Sie stand auf und deutete nun in die hinterste Ecke des Pools. Blitz wie von Silber. Wie von Schlüssel.

Eilig lief sie auf ihren kurzen dicken Beinen um den Pool herum auf die andere Seite und winkte mich herbei.

Ich kraulte zu ihr und tauchte abermals ab wie eine Ente. Tatsächlich sah ich jetzt auf dem hellblauen Grund etwas metallisch aufblinken. Ich schwamm drauf zu und umklammerte es mit der Hand. Es war der Schlüssel! Wie ein

Champion kam ich mit hochgereckter Faust aus den Fluten geschossen. Sie stieß einen Freudenschrei aus, der so laut und echt war, daß ich grinsen mußte.

Dankä, sagte sie, dankä, nahm den Schlüssel, drückte ihn an ihren riesigen Busen und lief zu den Umkleidekabinen davon.

Ich stieg aus dem Pool, trocknete mich ab und ging langsam ebenfalls zum Umziehen. Hinter mir beruhigte sich langsam das Wasser, und einen kurzen Moment lang kam ich mir seltsam schwerelos vor, als wäre ich sang- und klanglos, aber zufrieden abgesoffen und niemand hätte es bemerkt.

Ich verspürte nicht die geringste Lust, zu unserem Restaurant zu fahren und mit den Vorbereitungen für den heutigen Abend anzufangen. Ich mochte nicht zurück in mein Leben. Mit einem Mal konnte ich nur noch mühsam einen Schritt vor den anderen setzen.

Claudia kennt dieses Gefühl nicht. Ich habe versucht, es ihr zu erklären, aber es ist sinnlos. Sie weiß nicht, wie es sich anfühlt, wenn es keinen Unterschied gibt zwischen Bewegung und Stillstand. Wenn das eine nicht mehr bewegt als das andere. Wenn der Stillstand letzten Endes das Bewegendere ist. Claudia glaubt, daß man sich bewegen muß, um das Glück zu finden, niemals stillstehen darf. Ihre ständige Glückssuche durch Aktivität ermüdet mich, und damals in dem Schwimmbad verstand ich das zum ersten Mal.

Langsam setzte ich einen Fuß vor den anderen auf die glitschigen Fliesen bis zu dem muffig riechenden Raum mit den Umkleidekabinen, wo die kleine Ungarin in einem hellblauen Flauschpullover mit noch bloßen Beinen ganz allein vor ihrem Spind stand.

Sie lächelte mich breit an. Dankä, sagte sie abermals. Ich wehrte ab und wollte an ihr vorbeigehen zur Männerabteilung, da hielt sie mich am Arm.

Habe ich Geheimnis, sagte sie mit tiefer Stimme, willst du sähen?

Überrascht blieb ich stehen und starrte sie an. Sie war hübscher als zuvor. Sie schien zu leuchten, und ihre Hand war nicht mehr kalt.

Kleine Dankäschön. Zeige ich dir Geheimnis. Willst du sähen? wiederholte sie.

Ich zuckte ein klein wenig die Schultern, nickte dann.

Sie lächelte befriedigt, ließ mich los und zog sich in einer schnellen Bewegung den Pullover über den Kopf.

Sie hatte drei Brüste.

Drei gleichmäßig geformte runde, weiße Brüste. Drei nebeneinander, eins, zwei, drei. Einfach drei statt zwei. Ich blinzelte, aber es blieben drei.

Sie lächelte milde und winkte mich mit ihrer kleinen fleischigen Hand zu sich heran, und dann konnte ich mir staunend dabei zusehen, wie ich auf sie zutaumelte wie ein trostbedürftiges Kind, vor ihr auf die Knie fiel und meinen Kopf an ihre drei Brüste warf.

Sie griff in meine Haare und drückte mich enger an sich. Ich hörte ihr Herz schlagen. Meins blieb, glaube ich, stehen, denn hier war es: das Gefühl von perfektem Glück. Zwischen den drei Brüsten einer Ungarin. Nichts weiter brauchte mehr zu geschehen. Ich löste mich auf, wollte nie mehr woanders sein. Nirwana.

Du warst wirklich glücklich mit deinem Yin-Yang-Teller? So richtig, richtig glücklich? Claudia sah mich mißtrauisch an. Ich nickte.

Na gut, sagte Ralf und zündete den neuen Joint an, soll ich euch sagen, wann ich heute glücklich war? Aber Mirja, du darfst nicht beleidigt sein.

Mirja schüttelte den Kopf und zog die Knie an.

Ne, ne, winkte Ralf ab, das ist doch zu gefährlich.

Das ist jetzt blöd, beschwerte sich Tav und machte allen eine neue Dose Bier auf, erst machst du uns heiß, und dann kneifst du.

Claudia stellte die Teller in die Geschirrspülmaschine. Also, wann warst du heute glücklich? fragte sie. So weltbewegend wird es schon nicht sein.

Ralf kicherte.

Jetzt sag schon, drängte Sabine.

Wollt ihr das wirklich wissen? fragte Ralf in die Runde. Ich war mir nicht so sicher, aber alle nickten neugierig. Claudia klappte die Geschirrspülmaschine zu und richtete sich auf. Jetzt mach's nicht so spannend, sagte sie.

Na ja, sagte Ralf gedehnt, heute früh um sechs war Stationsübergabe, danach habe ich mich im kleinen Behandlungszimmer eingeschlossen, einen durchgezogen und mir einen runtergeholt.

O Gott, stöhnte Mirja.

Tav kicherte dreckig. Claudia wandte sich ab. Ich verhielt mich ruhig.

Du Ferkel, sagte Mirja, aber beleidigt bin ich nicht.

Ralf sah Sabine an. Und dabei habe ich an dich gedacht, sagte er zu ihr. Sabine zwinkerte überrascht, verschränkte die Arme vor der Brust und sah zu Boden. Ihre dicken Haare fielen wie ein Vorhang vor ihr Gesicht.

Eine unangenehme Pause entstand, und wir hörten uns atmen.

Und dabei warst du glücklich, sagte Mirja leise.

Ich hab doch gleich gesagt, daß du beleidigt sein wirst, sagte Ralf.

Alle schwiegen. Sabine starrte eisern das schwarzweiße Fliesenmuster des Fußbodens an.

Meine Güte, jetzt tut doch nicht so, beschwerte sich Ralf. Tut doch nicht so, als würdet ihr nicht ab und zu mal an jemand anders denken. Und da hab ich eben zufällig an Sabine gedacht. *Big deal.* Ich hab's ja nur gedacht. Und auch nur kurz und überhaupt.

Und was ist deiner Meinung nach der Unterschied zwischen Denken und Tun? fragte Mirja scharf.

Ach du Scheiße, stöhnte Ralf, fangen wir jetzt eine erkenntnistheoretische Diskussion an oder was?

Gedanke und Realität widersprechen sich in der Regel, bot ich an, je mehr man denkt, um so mehr zieht sich die Wirklichkeit zurück.

Ist das jetzt wieder irgend so ein Yin-Yang-Scheiß? fragte Tav.

Ich habe heute am Pool vom Holiday Inn eine Frau mit drei Brüsten gesehen, sagte ich. Niemand reagierte.

Tav ging auf Ralf zu. Mein Freund holt sich einen runter und denkt dabei an meine Frau. Ist ja klasse, sagte Tav, wirklich klasse. Ich sollte dir jetzt eine reinhauen.

Ich habe tatsächlich eine Frau mit drei Brüsten gesehen, sagte ich, eine Ungarin. Keiner beachtete mich.

O Mann, stöhnte Ralf, hätte ich bloß nichts gesagt. Aber ihr habt mich gefragt. Er ließ Tav stehen und ging zu Claudia, die an die Spülmaschine gelehnt mit einem Löffel spielte, den sie in die Luft warf.

Ne, *du* hast mich gefragt, sagte Ralf zu ihr. Jetzt fragen wir doch mal dich zur Abwechslung. Er nahm ihr den Löffel aus der Hand.

Raus mit der Sprache, sagte Ralf, jetzt bist du dran. Wann warst du heute glücklich?

Claudia kaute an ihrer Unterlippe.

Das bist du mir jetzt schuldig, sagte Ralf leise.

Tja, sagte Claudia langsam, ich glaube, ich weiß gar nicht mehr so recht, wie sich das anfühlt, richtig glücklich zu sein. Deshalb habe ich euch gefragt. Ich wollte, daß ihr mir erzählt, daß ihr es seid. Daß ihr fast platzt vor Glück und euch fühlt wie eine Erbsenschote, wenn sie aufgeht und dann diese perfekten, kleinen grünen Erbsen darin aufgereiht liegen, die nur darauf gewartet haben, ans Licht zu kommen und sich in ihrer Perfektheit zu zeigen. Ich kann anscheinend nur noch an Lebensmittel denken… Sie grinste ein wenig verloren. Ich meine nicht Zufriedenheit, zufrieden bin ich schon, wenn der Laden voll ist, der Herd nicht spinnt und Fred anruft, wenn er's versprochen hat. Das meine ich nicht. Ich meine GLÜCK. Allein dieses Wort. Es klingt schon zu kurz. Wie verschluckt, bevor man's überhaupt ausgesprochen hat. Ihr habt wahrscheinlich keine Ahnung, was ich meine. Ich meine das Gefühl, wenn einem vor Glück das Herz aus der Brust springt und man kichernd hinterherrennen muß, damit es einem nicht abhanden kommt. Oder daß man plötzlich nur aus schimmernder Luft zu bestehen scheint und genausogut ein Sonnenreflex an der Wand sein könnte. Oder ein Ton, ein langer tiefer Ton wie eine Schiffssirene. Oder ein hohes C. Daß irgend etwas in einem singt oder leuchtet, sagte sie leise.

Sie sah mich mit schmalen Augen an. Aber wahrscheinlich habt ihr keine Ahnung, was ich überhaupt meine. Sie verstummte und riß sich mit einer wütenden Bewegung die Schürze runter.

Doch, sagte ich langsam, ich weiß ganz genau, was du meinst.

## 14

Auf dem Campingplatz ist es still geworden. Die Holländer sind ins Bett gegangen. Frankas warmer Atem streicht über meine Hand. Drei Erbsen in einer Erbsenschote: Claudia, Franka und ich. Das waren wir einmal: drei perfekte kleine Erbsen in einer perfekten Verpackung, unserer kleinen Familie.

Was ist mit uns geschehen? Wir drohen aus unserer Schote zu purzeln, eine Erbse nach der anderen. Es wird uns in alle Winde zerstreuen, und wenn wir Pech haben, werden wir zerquetscht werden.

Ich bin hellwach. Es stinkt in unserem Zelt wie in einer feuchten Plastiktüte. Ich ziehe den Reißverschluß auf und winde mich wie eine Raupe hinaus, stolpere unter den nächsten Baum und schalte mein Telefon ein.

Das kleine grüne Display leuchtet froh auf, aber niemand hat angerufen, niemand eine Nachricht hinterlassen, niemand will etwas von mir wissen. Mutterseelenallein sitze ich auf dem Campingplatz und bewache den Schlaf der Holländer, von Franka und Norbert. Norbert mit den drei Eiern. Glaube ich ihm nicht.

Aber mir hat die Geschichte mit der dreibrüstigen Ungarin auch niemand geglaubt.

Ein warmer Wind läßt die Blätter über mir rascheln. Die

Zikaden sind fleißig am Sägen und beweisen mir, daß ich tatsächlich im Süden bin. Der See liegt schwarz und schweigend vor mir. Hohe Farnbüsche säumen das Ufer. Am Horizont zeigt sich langsam ein schmaler hellblauer Streifen.

Ich schätze, all das ist schön. Hunderte von Holländern scheuen keine Mühen, um in langen, beschwerlichen Karawanen hierher zu kommen. Aber ich kann es nicht fühlen. Nur konstatieren, aber nicht fühlen. Ich sehe meine eigene Seifenblase, in der ich sitze, und nichts, nichts hat sie jemals zum Zerspringen gebracht, nur ein einziges Mal war sie kurz davor, bei Frankas Geburt. Da hatte ich kurzfristig das Gefühl, mit der gesamten Menschheit verbunden zu sein, als dieser blutige Säugling sich unter Qualen aus dem Leib meiner Frau quälte wie ein Schmetterling aus seinem Kokon. Ich lachte und heulte gleichzeitig, während ich Franka wie eine zerbrechliche Vase in meinen Armen hielt. All den Schmerz und all das Glück der Menschheit spürte ich da, aber das hielt nicht lange an.

Weil du nur an dich denken kannst, sagt Claudia. Egoist.

Ich muß dann doch an meinem Baumstamm eingenickt sein, denn als ich wieder aufwache, ist der Campingplatz geschäftig wie ein Ameisenhügel. Von ferne gellt ein lautes ›*op op op op op!*‹ über den See. Eine Reitschulklasse von durchweg blonden holländischen Mädchen wird auf müden Gäulen um ein eingezäuntes Viereck gescheucht, der Vermieter des Zeltplatzes steht mit Peitsche in der Mitte. ›*Op, op, op, op*‹ brüllte er ohne Unterlaß, was wohl hopp, hopp, hopp auf französisch heißt.

Mein Rücken tut mir weh, ich fühle mich zerschlagen und verdreckt.

Unser kleines gelbes Ufozelt steht stumm da, Franka und Norbert schlafen noch.

Ich hoffe auf einen Kaffee in der Mühle, aber Fehlanzeige. Dort gibt es nur Cola aus dem Automaten. Aus allen Wohnwagen duftet es jedoch nach Kaffee und Spiegeleiern mit Speck. Am liebsten würde ich mich mit Hundeblick vor den nächsten Wohnwagen stellen und warten, daß ich eingeladen werde. Fluchend gehe ich zurück zu unserem Zelt, werde sofort Norbert und Franka wecken, das Zelt abbauen und in den nächsten Ort zum Kaffeetrinken fahren.

Ich ziehe den Reißverschluß auf. Eine Wolke Schweißfußgeruch schlägt mir entgegen. Norbert schnarcht. Frankas Platz ist leer, aber ein Zettel liegt auf ihrem Schlafsack: *Lieber Dad! Bin allein weiter. Wir sehen uns.*

Ich habe den Zettel noch nicht zu Ende gelesen, da klingelt bereits das Handy. *Claudia calling.* Der siebte Sinn der Mütter. Ich starre auf ihren aufblinkenden Namen und beschließe, nicht dranzugehen. Noch nicht einmal vierundzwanzig Stunden lang habe ich es fertiggebracht, auf unsere Tochter aufzupassen.

Vorwurfsvoll klingelt es siebenmal, dann verstummt es, und der kleine Brief oben rechts leuchtet auf. Claudia hat mir eine Nachricht hinterlassen.

Norbert, vom Telefonklingeln aufgewacht, reibt sich die Augen und lächelt mich breit an.

Wortlos ziehe ich mich aus dem Zelt zurück, stehe ratlos, das Handy in der Hand, da. *Bonjour,* schmettert mir ein Familienvater in Badehose entgegen, einen schweren

Wasserkanister auf dem Rücken. Drei kleine semmelblonde Kinder trotten verschlafen hinter ihm her.

Norbert kriecht aus dem Zelt, Frankas Zettel in der Hand.

Ich hab nix gemerkt, ehrlich, sagt er. Er rauft sich die dünnen roten Haare. Alle hauen ab, was?

Er sieht sich um. Aber schön hier, ne?

Ich nicke. Er wirkt sehr gefaßt heute morgen, fast glücklich. Jetzt bin ich es, der völlig aufgelöst ist. Den Arm legt er mir um die Schultern, den ich unwirsch abschüttele wie sonst Franka den meinen.

Schweigend bauen wir das Zelt ab, Norbert will es perfekt aufrollen, aber ich nehme es und stopfe es zu seinem Entsetzen in den Kofferraum, werfe die Stangen hinterher, setze mich hinters Steuer und lasse den Motor an. Norbert springt auf den Beifahrersitz, als hätte er Angst, ich würde ohne ihn losfahren, und erst durch seine Reaktion merke ich, daß ich das vielleicht am allerliebsten getan hätte.

Nach dem zweiten *grand café* beruhige ich mich etwas. Wir sitzen auf dem Dorfplatz unter rotweiß gestreiften Schirmen. Der Himmel ist blau, die Sonne heiß, vor unseren Augen verwandelt sich der Dorfplatz in ein Spielzeugland, ›Fronkreisch‹ von Playmobil. Ein kleiner alter Mann kommt mit einem Baguette unter dem Arm über den Platz, eine blitzblanke rote Feuerwehr biegt um die Ecke, eine kleine Madame in geblümtem Kittel sieht ihr nach, eine Mutter mit Töchterchen im weißen Spitzenkleid kommt aus der Apotheke gegenüber, Playmobilfranzosen in einem Playmobilland. Alle gehen entschlossen ihrem Leben nach, und ich beneide sie glühend darum. Warum randalieren sie nicht? Warum schreien sie nicht? Warum halten alle ihr kleines Playmobilleben so gut aus?

Vielleicht bin *ich* der wahre Teenager, und nicht Franka.

Wo wolltet ihr eigentlich hin? fragt Norbert vorsichtig. Wohlweislich hat er diese Frage bis jetzt nicht gestellt, denn unser Ziel könnte das Ende unserer gemeinsamen Reise bedeuten.

Unwirsch erzähle ich ihm vom Buddhacamp. Von Frankas Lama kein Wort. Das ist Ehrensache.

Norbert seufzt. Das klingt ganz genau wie das, was ich jetzt bräuchte. Mich nur auf mich konzentrieren, meine Mitte wiederfinden…

Hör auf, sonst kotze ich.

Er sieht mich verwirrt an wie ein Huhn. Dann pickt er sich vorsichtig wieder heran. Meinst du… meinst du, das ist teuer?

Na, das wäre ja noch schöner. Für dreimal Reis und Tofu am Tag noch jede Menge Geld verlangen.

Meinst du… meinst du, du könntest mir eventuell… Ich meine…

Ich falle ihm ins Wort. Geld leihen?

Er errötet, und die Farbe seines Gesichts beißt sich aufs unangenehmste mit dem Rot seiner Haare.

Ich lasse ihn ein bißchen zappeln, dann nicke ich. Er ist kurz davor, mir um den Hals zu fallen.

Na gut, sage ich, dann hauen wir noch mal rein.

Ich bestelle einen riesigen Fetzen Fleisch und eine Flasche Rotwein, Norbert wie ein Kind nur eine Portion Pommes frites. Und einen Fun-Tea, fügt er schüchtern hinzu. Seine Bescheidenheit macht mich aggressiv.

Gabi ist Laktovegetarierin, sagt er wie zur Erklärung.

Ich möchte jetzt eigentlich nichts von Gabi hören.

Weißt du, was seltsam ist? fährt er munter fort. Wir waren über sieben Jahre jeden Tag und jede Nacht zusammen, und jetzt ist sie gerade mal achtundvierzig Stunden weg, und ich kann mich gar nicht richtig an sie erinnern. Obwohl ich dauernd an sie *denke,* kann ich mich nicht wirklich an sie erinnern. Verstehst du, was ich meine?

Ich sehe in seine unschuldigen, wasserblauen Augen und bin böse, daß ausgerechnet diese Pfeife, diese rothaarige Querflöte den Nagel so genau auf den Kopf getroffen hat. Ich zucke die Achseln. Weiß nicht.

Norbert seufzt. Ich kann mich nicht so gut ausdrücken. Manchmal, wenn ich ausnahmsweise nicht an sie denke, fällt sie mir dann wieder ein. So wie sie wirklich ist.

Seine Unterlippe zittert. Wie ich das inzwischen hasse!

Mein Wein und Norberts Fun-Tea, eine ozeanblaue Flüssigkeit, werden serviert. Prost, sagt Norbert. Oder *santé*!

Er lächelt mich glücklich an. Der Kellner bringt mein Fleisch. Riesengroß und blutend liegt es auf meinem Teller, ein Stück tote Kuh. Ich scheuche eine Fliege fort. Norbert beugt sich vor und betrachtet mein Steak kritisch wie ein Fleischbeschauer. Wenn er jetzt ein einziges Wort, einen einzigen Piep über die laktovegetarische Gabi von sich gibt, haue ich ihm das Steak um die Ohren. Ich säbele ein Stück ab, schiebe es mir in den Mund und kaue lustlos drauf rum. Es schmeckt mir nicht. Eigentlich esse ich es nur präventiv, weil es im Kloster kein Fleisch geben wird.

Ich lege das Messer weg und schenke mir Wein ein. Triumphierend landen die Fliegen auf dem Steak.

Nach ein paar schweigsamen Minuten fragt Norbert schüchtern: Magst du nicht mehr? Als ich den Kopf schüttle, zieht er vorsichtig meinen Teller zu sich heran, als hätte er Angst, daß ich ihm in der letzten Sekunde noch auf die Finger haue.

Ich denke, du bist Vegetarier.

Gabi, sagt er kauend, Gabi ist Laktovegetarier. Die Kinder auch.

Na prima. Meine Henkersmahlzeit ist ein Flop. Selbst der Wein will mir nicht recht schmecken. Ich treibe Norbert zur Eile an. Ich muß Franka finden, bevor ich gezwungen bin, Claudia über ihren Verbleib Rede und Antwort zu stehen.

Norbert kaut jetzt schneller. Fast erstickt er an meinem Steak.

Die Straßen werden immer kleiner. Norbert kämpft mit der Landkarte. Er ist unfähig, mich zu lotsen. Langsam verstehe ich Gabi.

Wir fahren an endlosen Sonnenblumenfeldern vorbei, an Stoppelfeldern mit riesigen Strohballen, die von Menschenhand nicht mehr zu bewegen sind. Alles scheint in dieser Gegend etwas groß geraten: Etwa sechs Meter hohe Weinflaschen aus Plastik markieren die Zufahrten zu den Weingütern und wiegen sich beschwingt im Wind. Eine ideale Lage für ein alkoholfreies Kloster.

Und dann sind es irgendwann nur noch fünf Kilometer. Ich bekomme Herzklopfen wie als Zehnjähriger, als ich im Ferienlager abgegeben wurde. Ich will nicht ins Kloster. Ich will nicht!

In einem gottverlassenen kleinen Dorf halte ich vor einem Lebensmittelladen, um noch ein paar Zigaretten, Schokolade und ein paar Dosen Bier zu kaufen. Niemand kann mich daran hindern, mich in mein Auto zu setzen, zu saufen, zu rauchen und zu telefonieren.

Vor mir in der Schlange an der Kasse steht eine junge attraktive Mutter mit einem Säugling im Tragetuch. Sie trägt ein T-Shirt, das auf der einen Seite verrutscht ist und ihre sonnengebräunte Haut freigibt. Ich beuge mich über ihre Schulter, atme ihren Geruch ein, habe Lust, sie zu küssen, ihr in die Schulter zu beißen.

Ein etwas verwahrlost aussehender Mann mit einer Zweiliterflasche Rotwein in der Hand drängelt sich vor. Der dicke Teenager hinter der Kasse schüttelt den Kopf und ruft: *Maman!*

Aus der Tiefe des Ladens kommt *maman* angewatschelt, sie hat Probleme mit der Hüfte. Sie nimmt dem Mann die Flasche weg, und ein Wortschwall ergießt sich über ihn wie ein eiskalter Wasserguß. Ich verstehe nur einige wenige Wörter: Doktor, kein Alkohol, krank.

Der Mann fängt an, ein bißchen zu randalieren. Er wirft eine Kiste Äpfel um. Ich freue mich über ihn. Endlich jemand, der Randale macht im Playmobilland. Ich grinse. Madame keift auf ihn ein. Die junge Mutter vor mir nickt bekräftigend. Schade. Sie hätte mir gefallen können.

Norbert hebt die Äpfel auf. Als die junge Mutter sich umdreht und ich sie von vorne sehe, ist es um nichts mehr schade. Sie hat einen strengen, dünnlippigen Mund. Die schickt einen wahrscheinlich zum Rauchen auf den Balkon und duscht davor *und* danach.

## 15

Noch vier Kilometer. Noch drei. Eine menschenleere Gegend breitet sich vor uns aus. Keine überlebensgroßen Weinflaschen mehr. Nichts mehr.

Noch zwei Kilometer, noch einer. Ich habe das Gefühl, etwas leisten zu müssen, wofür ich nicht trainiert habe.

Hast du gar keinen Schiß, frage ich Norbert.

Wovor?

Ich meine nur so. Meditieren. In aller Herrgottsfrühe aufstehen. Nix Anständiges zu fressen. Die ganze Zeit schweigen.

Er zuckt heiter die Schultern. Nö, sagt er, ich freue mich drauf.

Ich bin der einsamste Mensch unter der Sonne.

Noch einmal links abbiegen, noch einmal rechts, und dann weiß ich, daß wir hier richtig sind, denn sie kommen uns bereits entgegen.

Schlimmer als in meinen kühnsten Träumen. Männer mit schütteren langen Haaren in hellgrünen Jogginghosen, Frauen mit ausladenden Hintern in lila Pumphosen und bebenden Hängetitten ohne BH unter verfärbten rosa T-Shirts, Kinder mit Vokuhila-Frisur: vorne kurz, hinten lang. Das sind sie also, die Erleuchteten. Oder die zu Erleuchtenden.

Sie winken uns freudig zu und begleiten uns zum Parkplatz. Deutsche Kennzeichen aus Bergisch Gladbach, Neuß, Peine, Füssen, wenig Großstädte. Ansonsten französische, englische, holländische Kennzeichen. Ein alter Mercedes wie ich mal einen hatte, aus Madrid.

Norbert springt freudig aus dem Auto, schlägt laut die Tür zu.

Eine Frau in einem lindgrünen, wallenden Gewand mit hennaroten Haaren legt lächelnd den Finger auf die Lippen. Norbert entschuldigt sich mit großen Gesten wie ein verrückt gewordener Hampelmann.

Ich zünde mir im Auto eine letzte Zigarette an. Norbert deutet strahlend auf ein Schild, auf dem in mehreren Sprachen steht: DU BIST ANGEKOMMEN. FREU DICH AN DEINEM ATEM. SCHWEIGE.

Ich inhaliere tief. Man muß das Ganze sportlich sehen. Wer das hier übersteht, kommt aufs Siegertreppchen. Ich mache die Zigarette aus und steige aus. Fühle mich wie der Fremde, der ins Dorf kommt, vom Pferd steigt, auf alles gefaßt, die Hand am Colt. Ich sehe mich nach Franka um, kann sie aber nirgends entdecken.

Norbert hat bereits das Empfangszelt gefunden und zerrt mich mit sich.

Moment, sage ich. Jetzt warte doch erst mal.

Norbert legt den Finger auf die Lippen. Schweige. Aha. Erstaunlich, wie schnell sich dieser Mann anpassen kann, er würde jedes Chamäleon neidisch machen.

Im Empfangszelt ist es brütend heiß. Handgeschnitzte Holzwegweiser teilen die verschiedenen Sprachgruppen ein.

Unterschiedlich lange, geduldige Schlangen an allen Schildern, die längste ist die deutsche, die kürzeste die spanische.

Ich spiele mit dem Gedanken, mich in die spanische Gruppe zu schmuggeln, aber mit den spanischen Obszönitäten, die Marisol mir beigebracht hat, würde ich hier wahrscheinlich nicht weit kommen.

Keiner spricht, außer den Empfangsnonnen, die am Anfang der Warteschlangen an kleinen wackligen Holztischen sitzen, auf denen jedoch Apple-Computer stehen, was ich als beruhigend empfinde. »Think different« – die Reklame für Apple-Computer, auf denen der Dalai-Lama abgebildet war, hat ihn mir nähergebracht, als all seine Reden es vermocht hätten. Von dem Moment an mochte ich diesen Mann mit der Versicherungsagentenbrille und den großen Impfnarben auf dem schwabbeligen nackten Oberarm.

Die Deutschen sind – das ist keine Überraschung – die Unattraktivsten hier. Es liegt zum einen Teil an ihren Batikhosen und Wallekleidern, zum anderen an ihren hochroten, semmelblonden Köpfen. Norbert paßt hierher wie das Hemd zur Hose.

Dies ist seine Welt, auch wenn er das bisher nicht wußte.

Mir wird ein bißchen warm in meiner schwarzen Kluft. Ich fühle mich hier noch am ehesten den Amerikanern zugehörig. Sie sind nicht unbedingt hübscher als die Deutschen, aber cooler. Sie wirken nicht so weichgespült und gehorsam bis zur Selbstaufgabe. Sie haben ihren *shit detector* noch nicht komplett abgestellt.

Die Schönsten sind, wie immer, die Italiener. Sie können nichts dafür. Es sind ihre Gene plus Armani. Sie könnten genausogut für Opernkarten anstehen.

Es riecht nach Schweiß und Knoblauch. Der letzte Knoblauch, den wir ausdünsten, denn den wird es hier auch nicht mehr geben. Er fördert die Begierde, heißt es, und die soll man ja aufgeben, um glücklich zu werden. Du denkst dabei natürlich nur an Sex, hat Claudia mich gerügt, aber gemeint ist die Gier nach allem, was du gerade nicht hast und von dem du glaubst, daß es dich so viel glücklicher machen würde, wenn du es nur hättest. Mich würde gerade eine Zigarette sehr glücklich machen.

Im Schneckentempo geht es weiter.

Endlich kommt die Reihe an uns. Eine junge Nonne mit rasiertem Schädel betreut uns. Sie blickt von ihrem Computer auf – und ich verliere fast die Bodenhaftung. Noch nie habe ich ein so vollkommen klares Gesicht gesehen. Sie ist Asiatin, und natürlich stehen ihre Backenknochen schräg, ist ihre Nase klein und ihre Augen mandelförmig – aber das ist es nicht. Es hat mit Schönheit nur nebensächlich zu tun. Die Klarheit ihres Gesichts überwältigt mich. So klar und ruhig wie die Wasseroberfläche eines Sees bei völliger Windstille.

Sie legt die Hände zusammen und verneigt sich vor uns. Norbert, der Streber, macht es sofort nach. Sie spricht leise und fließend deutsch. In Null Komma nichts hat sie mich im Computer gefunden.

Ich suche meine Tochter, sage ich fast schuldbewußt, Franka mit Vornamen.

Sie lächelt, schaut wieder in ihren Computer. O ja, sagt sie, Franka arbeitet in der Küche. Sie ist schon gestern angekommen.

Ich atme hörbar auf.

Oh, es ist alles in bester Ordnung, sagt die schöne Nonne. Franka wohnt im Haus der Lotusblume. Sie werden im Haus des Vollmonds wohnen. Es ist ein Dreibettzimmer. Zweiter Stock, drittes Zimmer links.

Ich bin platt. Die Organisation ist hier besser als bei der Lufthansa. Könnten Sie mir bitte einen Fensterplatz geben, liegt mir auf der Zunge.

Haben Sie noch Fragen? lächelt sie mit perlweißen Zähnen.

Ja. Mußten Sie unbedingt Nonne werden?

Wir melden Norbert an, er paßt noch ins Dreibettzimmer, das dritte Bett ist von einem Unbekannten belegt. Das Zelt hebe ich mir insgeheim als Fluchtort auf, dorthin werde ich mich zurückziehen, wenn ich es mit den anderen nicht mehr aushalte. Ich habe schon ewig nicht mehr mit fremden Menschen ein Zimmer geteilt.

Es war mir immer unangenehm, schon mit zehn im Ferienlager. Es gibt Menschen, die kennen nichts Schöneres. Norbert zum Beispiel.

Jovial legt er mir den Arm um die Schulter. Ich kann mich nur schwer von der schönen Nonne trennen. Sie gibt uns zum Abschied ein Merkblatt mit dem Tagesablauf:

*5.00 Uhr Wecken*
*5.30 Uhr Meditation*
*7.00 Uhr Frühstück*
*9.00 Uhr Vortrag*
*12.30 Uhr Mittagessen*
*14.00 Uhr Arbeitsmeditation*
*18.00 Uhr Abendessen*
*19.30 Uhr Meditation*

*21.30 Uhr Licht aus*

Darunter zwei Zeilen: *Bitte beachtet das edle Schweigen. Wir bitten Euch, während des Retreats auf Zigaretten, Alkohol, Drogen und Sex zu verzichten.*

Das wird dir ja nicht weiter schwerfallen, sage ich zu Norbert.

Bei drei von den vieren nicht, sagt er grinsend, und diesmal habe ich Gelegenheit, meinen Finger beschwörend an die Lippen zu legen. Norbert zuckt zusammen und sieht sich um, als würde er gleich verhaftet.

# 16

Keuchend quäle ich mich mit Frankas und meinem Gepäck einen steilen Hang hinauf, an dem windschiefe, halb zerfallene Steinhäuser liegen. Es sind genau die Ruinen, die normalerweise als ›rustikale Bauernhäuser‹ in Südfrankreich in der Süddeutschen Zeitung zum Verkauf stehen.

Wie oft haben wir mit der Idee geflirtet, uns ein kleines Haus in Italien oder Frankreich zu kaufen. Immer wieder dieser Traum, ein anderes Leben zu führen und jemand ganz anderes zu werden. Jemand Besseres. Glücklicheres. Immer dann durchstöberten wir die Zeitungsannoncen, wenn wir besonders unglücklich waren. Nach Italien ziehen, in ein kleines Dorf. Nach Mallorca in die Berge, dorthin, wo sonst noch kein Deutscher wohnt. Nach Irland, wo das Licht so schön sein soll.

Seit einiger Zeit sprechen wir nicht mehr von einem Leben anderswo. Weil wir uns keine Rettung mehr erhoffen. Das fällt mir jetzt auf, wo ich schwer atmend, bepackt wie ein Esel nach dem Vollmondhaus suche. Ich muß verrückt geworden sein.

Wie ein Zicklein springt Norbert auf seinen dünnen Beinen vor mir her, verbeugt sich immer wieder ehrfürchtig vor irgendwelchen Batikhosen und fragt sie nach dem Weg. Unter uns liegt auf einem riesigen Stoppelfeld der Zeltplatz. In Reih und Glied wie auf einem Truppenübungsplatz stehen dort Zelte auf höchstens zwei Meter Abstand. Auch nicht unbedingt verlockend. Etwas weiter entfernt ein kreisrunder Teich, dahinter Obstbaumplantagen und der Waldrand.

Auf einer Steinterrasse vor einem Flachbau stehen lange Tische und Bänke. Dort muß die Küche sein. Eine Franka, die freiwillig in der Küche arbeitet, kann ich mir nur mit Mühe vorstellen. Zu Hause bringt sie es kaum fertig, ihren Teller in die Spülmaschine zu stellen.

Norbert hat das Vollmondhaus gefunden. Aufgeregt springt er auf und ab, weil er ja nicht laut rufen darf. ›Edles Schweigen‹. Was für ein blöder Ausdruck!

Im Vorraum müssen wir unsere Schuhe ausziehen. Meine guten Schuhe nehmen sich unter den Birkenstocksandalen und Flip-Flops etwas seltsam aus, wie ein Rassehund unter lauter Bastarden. Ich entdecke ein paar einsame weiße Pradaschuhe. Die Frau ist mir sympathisch. Unten wohnen die Frauen, oben die Männer. Paare, die zusammenwohnen wollen, müssen sich ins Zelt verkriechen. Und dürfen keinen Sex haben, sonst steckt wahrscheinlich irgendeins von diesen Walleweibern seinen Kopf ins Zelt und ermahnt sie: Nein, nein, nein.

Norbert winkt mich eine schmale Holztreppe hinauf. Ich stoße mir den Kopf an einem Vorsprung.

Ich werde mir auf dieser Treppe jeden Tag mehrmals den Kopf stoßen. Besonders morgens um halb sechs. Mein ganz persönlicher Wecker, dieser blöde Vorsprung.

Norbert klopft vorsichtig an unsere Zimmertür, öffnet sie, verbeugt sich, wie er es von der Nonne gelernt hat.

Der dritte ist also schon da.

Das Zimmer ist etwa acht Quadratmeter groß, üppig geschätzt. Drei schmale, dünne Schaumstoffmatratzen liegen dicht an den Wänden, über jeder Matratze hängt ein Bambusrohr, das wohl den Kleiderschrank ersetzen soll. Ein glatzköpfiger Mann mit hellblondem Haarkranz schläft bäuchlings auf der Matratze am Fenster, dem besten Platz.

Ich setze mich auf meine Matte und rieche an ihr. Sie stinkt.

Die Matratze stinkt, sage ich. Norbert zischt wie eine Viper.

Aber im Zimmer kann man doch wenigstens reden! zische ich zurück.

Norbert zuckt mit den Schultern.

Du weißt es nicht. Gib's zu, du weißt nicht, wann und wie man reden darf, flüstere ich wütend, du hast doch überhaupt keine Ahnung. Außerdem ist es mir völlig Wurscht, wie hier die Regeln sind, ich rede, wann es mir paßt.

Edles Schweigen bis zum Mittagessen, während der Arbeitsmeditation und ab Sonnenuntergang, murmelt der Mann mit Glatze, ohne sich umzudrehen. Er hat einen leichten Akzent, den ich nicht recht orten kann.

Er dreht sich auf den Rücken. Willkommen, sagt er. Es ist Theo. Der Mann, den wir am Flughafen trafen, als wir nach London geflogen sind. Der Mann, der Claudia die Adresse von diesem Ort hier gefaxt hat. Ihr gesagt hat, wie man sich anmeldet, wie man hierherfindet. Dieser Mann ist schuld, daß sich meine Tochter in einen Lama verliebt hat.

Er setzt sich auf, mustert Norbert lächelnd. Als er mich

sieht, erstirbt sein Lächeln wie eine Blume, die im Zeitraffer schlappmacht.

Ich glaube, wir kennen uns, sagt er langsam.

Flughafen München, Flug nach London, die Tür klemmte, helfe ich ihm auf die Sprünge.

Er nickt. Fred, sagt er.

Ich wundere mich, daß er meinen Namen noch weiß.

Theo, sage ich.

Du weißt meinen Namen noch, sagt er, ohne zu lächeln.

Darf man jetzt reden? fragt Norbert.

Nein, sagt Theo, eigentlich nicht.

Ich mache mich auf die Suche nach Franka, aber der Küchenbau ist abgeschlossen. Ziellos wandere ich zum Teich. Er steht voller Lotusblumen, die ich erst einmal in meinem Leben gesehen habe, in Saigon. Claudia und ich haben dort einen Kochkurs im Floating Hotel gemacht. Damals wollte ich noch eine asiatische Imbißbudenkette aufmachen. Billiges, gutes, gesundes Essen aus dem Wok, garantiert ohne Glutamat.

Der Kochkurs hatte damit wenig zu tun, denn dort kochten wir zusammen mit steinreichen uralten Amerikanerinnen Bocuse-Gerichte auf vietnamesisch.

Besser als der Kochkurs war der sogenannte Health-Club des Hotels, in dem einen schöne Mädchen auf ›traditionelle Weise‹ massierten, indem sie einem mit ihren kleinen Füßen über den Rücken liefen. Es waren wirklich nur Massagen, kein Sex, aber das glaubt einem ja nie jemand. Sie hielten sich, während sie einem über den Rücken liefen, an Schlaufen fest, die von der Decke hingen, und in ihren klassischen *Ao Dais* sahen sie aus wie bunte Blumen, ihre Körper so dünn und biegsam wie Stengel, ihre Gesichter wie Blüten.

Claudia machten sie eifersüchtig in ihrer Schönheit – sie selbst fühlte sich fett und häßlich in Vietnam – und wütend in all ihrer Sanftheit. Sie hielt das für kalkuliert und meinte, in Wirklichkeit seien diese Frauen hart wie Stahl.

Das mochte sein, es war mir gleichgültig. Ich freute mich an ihrer Grazie und wollte nichts von ihnen. Ansonsten kam ich mir wie Claudia häßlich und monströs vor, mit meinem vor lauter guter Ernährung riesenhaft geratenen Körper, meinem westlichen Schweißgeruch, meiner weißen Haut.

Ich lag auf dem Bauch und spürte die kleinen Füße auf meinem Rücken, während vor dem offenen Fenster tropische Regengüsse dramatisch vom Himmel fielen wie ein Theatervorhang und die Regentropfen von den Lotusblättern perlten wie Diamanten. Es sind fast unheimliche Blumen mit riesigen, künstlich aussehenden Blüten und Blättern so groß wie Klodeckel.

Ich bücke mich, schöpfe eine Handvoll Wasser aus dem Lotusstein und werfe es über die Blätter. Jeder Tropfen wird zu einem funkelnden Edelstein, einige fangen sich in der Mitte des Blattes und rollen hin und her wie Glasmurmeln. Ein Wunder. Ein immerwährendes Wunder.

Um den Teich bewegen sich die Batikhosen in Zeitlupe, als versuchten sie zu schweben. Lächerlich.

Hinter dem Teich steht ein riesiges weißes Zelt. Die Zeltplanen schlagen im Wind, ich sehe durch einen Spalt, das Zelt ist leer. Weihrauch schlägt mir entgegen. An der

Stirnseite steht ein großer feuerroter tibetischer Schrein mit Butterlämpchen und alten Bildern, Opferpyramiden aus Obst, Fotos von Lamas, Blumen und sakralen Gegenständen, die ich nicht kenne, das Ganze bunt wie ein Kinderzimmer. In der Mitte des Schreins ein sonnenblumengelb geschmücktes Podest, eine Art Thron.

Vor dem Schrein im Halbkreis angeordnet, liegen Hunderte von viereckigen kleinen Matratzen, darauf Kissen in allen möglichen Farben, Strickpullover, Decken, Tücher, Hefte, Thermoskannen. Dahinter mehrere Reihen weiße Plastikstühle, dieselbe Sorte wie in jedem Straßencafé. Wie ein Spinnennetz überziehen Kabel mit Kopfhörern den Boden des gesamten Zelts, in den Ecken stehen die bekannten Holzwegweiser mit den verschiedenen Sprachen.

Erst jetzt entdecke ich eine blonde Frau in einem weißen Sommerkleid, die mit geschlossenen Augen bewegungslos auf ihrem Kissen sitzt.

Eine Tausendstelsekunde lang denke ich, es ist Claudia. Ja natürlich, sie ist uns vorausgeflogen, sie wollte uns überraschen, sie traut mir nicht zu, daß ich das allein schaffe, sie will mich kontrollieren; sie will mit uns sein und nicht allein, sie ist gekommen, um mir zu sagen, wie sehr sie mich noch liebt, sie will mir sagen, daß sie sich scheiden lassen will – aber nein, diese Frau hat kurze dünne Zöpfe, sie ist jünger, dünner, sie ist nicht Claudia. Leider, denke ich und Gott sei Dank. Beides gleichzeitig. Wie kann man das aushalten, wie damit weiterleben, daß nichts mehr einfach und eindeutig ist zwischen uns!

Die fremde Frau läßt eine Mala, einen buddhistischen Rosenkranz, durch ihre Finger gleiten, ganz leicht höre ich die Holzperlen klicken. Als Claudia eines Tages mit diesem Ding ums Handgelenk aus ihrer Meditationsstunde kam, fing ich an, mir ernsthaft Sorgen zu machen. Ihre Mala trug zwar kein Bild des Gurus wie bei den Sanyasin, sah für mich aber dennoch aus wie ein Clubabzeichen, und ich mag nun mal keine Clubs, denn jeder Club ist nur dazu da, andere auszuschließen.

Claudia faselte seltsames Zeug von der Heilkraft des Rezitierens von Mantras, die Töne und Silben nach uraltem Muster in deinem Inneren schwingen lassen und alles wieder in eine kosmische Ordnung bringen oder so ähnlich. Und als ich das anzweifelte, beschimpfte sie mich als ewigen Zweifler. Meine Haltung zum Leben sei ein ständiges ›lieber nicht‹ statt eines *›just do it‹*. Mit dem Slogan meiner eigenen Turnschuhe versuchte sie mich zu schlagen.

Wie satt ich es habe, in deine Negativität hineingezogen zu werden wie in ein schwarzes Loch! schimpfte sie.

Was Claudia über schwarze Löcher wußte, hatte sie aus dem Deutschen Museum, wohin wir uns an zahllosen grauen Winterwochenenden mit Franka geflüchtet hatten, als sie noch klein und neugierig war. Als sie noch wissen wollte, wie die Welt funktioniert. In der astronomischen Abteilung gab es die Simulation eines schwarzen Loches durch einen Wasserstrudel, der wie ein kleiner Tornado aussah, wenn man die Nase dicht ans Glas drückte. *Ein schwarzes Loch ist ein Raum, aus dem innerhalb des Ereignishorizonts weder Materie noch Strahlung entweichen kann.* Das konnte ich nach all den Besuchen auswendig. Mir konnte man also nicht entweichen? Ich war Claudias Ereignishorizont? Ich war fast ein bißchen geschmeichelt.

Weißt du, wie ich mich fühle?

Zum Glück wartete sie keine Antwort ab, denn ich hatte keine Ahnung, wie sie sich wohl fühlte.

Ich fühle mich wie dieser kleine Astronaut im Deutschen Museum, der in ein schwarzes Loch fällt und den es erst ganz furchtbar in die Länge zieht und dann…

Zerreißt, ergänzte ich.

Ja, sagte sie.

Ich lachte auf und schlug die Arme unter. Und ich habe es satt, in deiner positivistischen Schlagsahne Erstickungsanfälle zu bekommen!

Sie sah mich erschrocken an und fummelte an der Mala an ihrem Handgelenk. Ihre spitze Nase sah spitzer aus als sonst.

Ich bin froh, daß du es endlich mal ausgesprochen hast, sagte sie leise, ging auf Katzenpfoten ins Wohnzimmer und fing an, sich einhundertachtmal auf den Teppich zu werfen.

Ich ging hinterher, setzte mich aufs Sofa und zählte mit. Sie kam zusehends ins Keuchen. Hundertachtmal auf die Knie, der Länge nach auf den Teppich und wieder hoch. Hundertacht Perlen hat die Mala. Sie hat mir mal erklärt, warum, aber ich hab's vergessen. Langsam wurde sie puterrot, Schweißperlen traten ihr auf die Stirn. Ich liebte sie plötzlich heftig für ihre Anstrengung, unserem kleinen, mittelmäßigen Leben entrinnen zu wollen.

Schwarzes Loch trifft Schlagsahne, sagte ich. Schwarzweiß, Yin-Yang. Paßt doch zu uns.

Sie sah mich an, während sie sich zum achtundfünfzigsten Mal auf die Knie fallen ließ.

Ach, Fred, sagte sie keuchend, du und dein verdammter

Zynismus. Wer dir zu nahe kommt, wird verschluckt. Verschwindet.

Und damit rutschte sie auf dem Bauch über den Teppich und blieb liegen.

Hey, sagte ich, aber sie rührte sich nicht. Ihr Rücken zuckte. Sie weinte.

Ich war erstaunt über die Macht, die sie mir zubilligte. Aus meiner Sicht waren wir eher in Gefahr, an ihrem erzwungenen Optimismus zu ersticken, durch ihre ständige Aufforderung, den Sonnenschein zu genießen, depressiv zu werden. Aber genau das hatte mich ursprünglich an ihr angezogen. Ich war ein düsterer Filmstudent gewesen, der sich in die weiße Köchin, wenn schon nicht Göttin, verliebt hatte.

Ich konnte nichts tun. Gar nichts. Vielleicht war es das, was sie als das schwarze Loch bezeichnete. Ich konnte sie nicht retten, nicht erlösen, genausowenig wie Franka oder mich selbst.

Sie erhob sich langsam und wischte sich die Tränen ab.

Ich muß tun, was ich tue, damit ich mich nicht umbringe, sagte sie, atmete tief ein und fuhr mit ihren Niederwerfungen fort.

## 17

Die Frau im Zelt hat dünne blonde Zöpfe, die ihr etwas Mädchenhaftes geben, obwohl sie bestimmt Ende Dreißig ist. Oder älter. Nur ein ganz klein wenig jünger als Claudia vielleicht.

Sie hat ein schmales Modigliani-Gesicht. So schmal, daß ihre lange, gerade Nase kaum Platz darin hat. Interessant geschwungene, volle Lippen, mit denen sie ein Mantra vor sich hin murmelt. Allein in diesem Zelt wirkt sie verloren wie ein Kind im Wald. Ich taufe sie Gretel. Sie klappt die Augen auf und sieht mich an. Murmelt weiter. Ich halte ihrem Blick nur kurz stand, dann lasse ich die Zeltplane fallen.

Ein Pulk tibetischer Mönche in dunkelroten und gelben Kutten geht an mir vorbei. Ich weiß gar nicht, ob sie wirklich Mönche sind, denn sie haben keine rasierten Schädel, sondern dicke schwarze Stoppelhaare. Sie lachen laut und plappern wie eine Schulklasse. Pelge könnte einer von ihnen sein.

Sie streben auf den Küchenbau zu, wo sich jetzt innerhalb von wenigen Minuten lange Schlangen gebildet haben. Die Batikhosen sind weit in der Überzahl, bestimmt dreihundert. Dazwischen immer wieder Mönche und Nonnen aus verschiedenen asiatischen Ländern. Die grau und braun gekleideten scheinen aus Vietnam zu kommen, ich kann mich erinnern, ihre Tracht gesehen zu haben, als wir in Saigon waren. Sie gehörten so selbstverständlich zum Straßenbild wie die Vespafahrerinnen mit ihren weißen langen Handschuhen und ihren Calvin-Klein-Baseballmützen. Die gelb gewandeten kommen wahrscheinlich aus Sri Lanka und Thailand, und ein Mönch in einem schwarzen Kimono und einer Art lila Lätzchen um den Hals muß aus Japan sein. Wie schlanke elegante Ausrufezeichen stehen sie zwischen den häßlichen westlichen Gestalten, die so gar keine Haltung haben und förmlich zerfließen in ihren Schlabberklamotten.

Weil ich wirklich Hunger habe, reihe ich mich widerwillig in eine Schlange ein. Ständig scheint man hier Schlange stehen zu müssen.

Kleine Kinder greinen vor sich hin, die größeren rennen laut brüllend herum und werden von ihren Eltern sanft ermahnt, leise zu sein. Sanfte Eltern machen mich sofort aggressiv. Ich glaube ihnen kein Wort, halte sie für Schwächlinge, die sich von ihren Kindern terrorisieren lassen.

Im Schneckentempo bewegt sich die Schlange vorwärts. Endlich, endlich kommt die Reihe an mich. Auf langen Holztischen stehen riesige verbeulte Kochtöpfe. Erwartungsvoll trete ich mit meinem Teller in der Hand näher. In den Töpfen sehe ich braunen Reis und eine schwache Gemüsebrühe.

Mir sinkt das Herz. Insgeheim hatte ich wohl doch gehofft, all meine düsteren Vorahnungen würden widerlegt werden. In einem dritten Topf gab es wohl Salat, aber bis auf ein einziges Blatt ist davon nichts mehr übrig.

Enttäuscht schaufle ich mir Reis auf den Teller, sehe mich nach Sojasauce um, die es aber auch nicht zu geben scheint.

Hallo, Paps, höre ich ein Flüstern. Ich sehe auf, und da ist Franka. Sie steht hinter dem Tisch, ich hätte sie sehen müssen, aber ich hatte nur Augen für die Kochtöpfe. Sie trägt eine lange weiße Schürze und ein weißes T-Shirt, was mich an ihr fast blendet, denn normalerweise trägt sie nur Schwarz. Ihre Haare sind frisch gewaschen und mit einer Klammer zurückgesteckt. Sie wirkt völlig verändert und könnte genausogut Bedienung in einem Restaurant sein.

Franka! rufe ich laut, aber da wandert der unvermeintliche Zeigefinger auch an ihre Lippen. Ich will sie quer über den Tisch hinweg wenigstens küssen, aber sie weicht zurück, legt die Handflächen aneinander und verbeugt sich.

Meine Tochter verbeugt sich vor mir! Ich fasse es nicht. Hinter mir wird gedrängelt. Franka winkt mich weiter wie ein Verkehrspolizist.

Sojasoße? flüstere ich. Sie schüttelt den Kopf. Salz? Auch das nicht. Ich verdrehe die Augen. Sie lacht.

Mit dem Teller in der Hand wandere ich zu einem der langen Holztische, setze mich und fange an, den trockenen Reis zu essen. Schmeckt wie Packpapier. Ich schlinge das Zeug dennoch hinunter, weil mein Magen knurrt, und erst nach ein paar Minuten fällt mir auf, daß außer mir niemand ißt. Wie die Ölgötzen sitzen alle vor ihren gefüllten Tellern und Schalen und schweigen. Nur die Kinder plärren und meckern vor sich hin.

Eine junge westliche Nonne in einer braunen Kutte setzt

sich mir gegenüber. Sie hat einen rasierten Kopf, rund wie eine Billardkugel, und große hellblaue Puppenaugen. Höchstens zwanzig Jahre alt, schätze ich. Sie verbeugt sich vor ihrer Schale und starrt dann bewegungslos vor sich hin.

Worauf warten alle? So unauffällig wie möglich lege ich meinen Löffel wieder hin. Ich drehe mich um und sehe Norbert und Theo nebeneinander sitzen. Norbert hebt die Hand und winkt mir langsam und herablassend zu. Er weiß natürlich schon wieder, was hier abgeht, dieses angepaßte Arschloch.

Der Reis, der eh nur lauwarm war, wird kalt. Wir warten. Keine Ahnung, worauf.

Ein vietnamesischer Mönch geht in Zeitlupe zu einem großen Gong, der vor dem Küchenbau steht, verbeugt sich, schlägt ihn dreimal und verbeugt sich wieder. Jetzt endlich fangen alle an zu essen. Aber auch das geschieht in Zeitlupe. Wie die Kühe kauen alle gemächlich vor sich hin. Die blauäugige Nonne schließt bei jedem Bissen die Augen und lächelt verzückt.

Ich schlinge den Rest in mich hinein, und da mein Magen immer noch knurrt, stehe ich auf und hole mir nach. Der Zeitpunkt ist günstig, da außer mir noch niemand soweit ist. Franka bewacht die Töpfe.

Dad, flüstert sie entsetzt, du darfst erst bei der zweiten Glocke aufstehen und Nachschlag holen.

Ich nehme mir trotzdem. Kannst du nicht ein bißchen Ketchup organisieren oder wenigstens Salz? bitte ich sie. Franka schüttelt den Kopf und geht zurück in die Küche. Ich öffne ein paar wacklige Schränke. Ikea, stelle ich fest, richtet auch buddhistische Klöster ein. Aber von Salz oder Sojasoße keine Spur.

Franka kommt zurück. Zwischen Zeigefinger und Daumen hält sie ein paar Körner Salz, die sie auf meinen Reis streut.

Ich gebe ihr einen Kuß. Wo ist dein Pelge? flüstere ich in ihr Ohr.

Sie zeigt auf eine Bank, auf der die tibetischen Mönche sitzen.

Welcher? frage ich. Sie lächelt. Rate mal, flüstert sie und wendet sich ab. Ich gehe mit meinem Reis zurück zur verzückten Nonne, deren Schale noch genauso voll aussieht wie zuvor.

Wie ein Fausthieb in den Bauch trifft mich die Erkenntnis, daß Franka beschließen könnte, hierzubleiben und Nonne zu werden. Sie könnte sanft und heilig werden. Das wäre schrecklich. Schlimmer als aufsässig und renitent. Sie könnte sich in den Kopf setzen, niemals Sex haben zu wollen, und das würde mich mehr bekümmern, als wenn sie mehrere Liebhaber auf einmal hätte. Sie könnte einfach das genaue Gegenteil ihrer Eltern, besonders ihres Vaters werden wollen.

Die verzückte Nonne lächelt mich sanft an wie ein Lamm. Ich zähle mit. Sie kaut jeden Bissen exakt dreißigmal.

Claudia, denke ich, kennst du die, die kleine Jeanne d'Arc mit dem heiligen Blick?

Ich höre Claudia auflachen. Natürlich. Die mit den wasserblauen Augen und den heilig flatternden Augenlidern.

Früher habe ich nichts mehr genossen, als mit Claudia

zu klatschen, zu lästern, zu reden. Ihre Welt war so anders als meine, um so vieles farbiger. Sie sah Dinge, denen ich allein nicht die geringste Aufmerksamkeit geschenkt hätte. Und als Franka dazukam, potenzierte sich dieser Blick.

Die beiden waren Spezialisten im Aufspüren von Wundern. Sie machten mich auf phantastische Muster im Rotkohl aufmerksam, auf die Regenbogenfarben von Ölflecken auf der Straße, auf seltsame Hüte von alten Damen und golden lackierte Fingernägel. Sie zeigten mir den Formenreichtum von Cornflakes, den Ordnungssinn von Regentropfen auf einer Scheibe, den Minihurrikan im Abfluß der Badewanne und die weite Welt der Barbieschuhe.

Sie hatten ein Spiel erfunden: ›die fünf wunderbaren Dinge‹. Jeden Abend mußte man fünf wunderbare Dinge auflisten, die man den Tag über gesehen und erlebt hatte. Die beiden sprudelten nur so, während ich jedesmal Mühe hatte, fünf wunderbare Dinge zusammenzukratzen. Sie betrachteten mich dann nachsichtig und warteten geduldig ab, bis ich endlich fünf Wunder des Tages gefunden hatte, aber oft fiel mir einfach überhaupt nichts ein. Ihnen immer. Das Muster von Milch und Schokolade im Kakao, die vier Regentropfen in einer geraden Reihe auf einem Grashalm, die Schneeflocke auf dem Ärmel, die einbeinige Taube, der Ton von Reiscrispies in Milch, der Geruch von neuen Wachsmalstiften.

Ohne sie kam ich mir blind vor, ich, der ich doch eigentlich die Welt als Filmemacher hatte abbilden wollen. Aber ich sah die Welt nicht, sondern fühlte mich durch sie beobachtet, und vielleicht ist das der wahre Grund, warum ich es nie geschafft habe, einen Film zu machen, sondern immer nur davon geredet habe.

Nach wenigen Semestern an der Filmhochschule dämmerte mir, daß ich nicht wirklich Talent besaß. Da gab es Kommilitonen, die in Bildern denken konnten, die eine Art permanenten Comic strip aus der Welt machten, die sie sahen, und sofort wußten, wo und wie sie die Kamera hinzustellen hatten.

Ich dagegen war mir unschlüssig. Wußte nie, was eine gute Einstellung abgab und was nicht. Konnte nie von meiner flauen Rundumwahrnehmung absehen, die so beliebig war, so unspektakulär, so langweilig und geheimnislos.

Ein Freund fragte mich bei seinem Abschlußfilm um Rat. Er mußte kürzen und wußte nicht, wo. Sein Film war von schlafwandlerischer Sicherheit. Perfekt im Timing, komisch und tragisch zugleich, geheimnisvoll und klar. Nur ein bißchen zu lang. Ich war eifersüchtig auf seine Fähigkeiten, wußte, daß ich nie so mit der Kamera würde erzählen können, und so verunsicherte ich ihn absichtlich, lachte an den falschen Stellen, wirkte unaufmerksam in den besten Momenten. Er flehte mich um Rat an, am Ende riet ich ihm scheinbar zögernd, zwei der besten Szenen rauszuschneiden, was er zu meiner Überraschung auch tat. Er traute meinem Urteil.

Der Film war danach zwar immer noch ungewöhnlich, aber er verlor seine Balance, er ging von da an am Stock, wurde banaler, normaler, blasser. Er wurde so wie ich.

Nach fünfzehn Minuten schlägt der Mönch abermals den Gong, und jetzt plappern und schwatzen alle mit einem Mal und springen auf, um noch ein bißchen braunen Reis zu ergattern.

Ich stehe auf, um meinen Teller zu den Plastikspülbecken zu tragen, da klingelt in der Küche das Telefon, und es geschieht etwas ganz und gar Seltsames. Alle halten plötzlich in der Bewegung inne wie erstarrt und verstummen, als wären sie durch das Klingeln in einen Dornröschenschlaf versetzt worden. Ich sehe Franka mit einem Besen in der Hand aufrecht und starr dastehen, so aufrecht, wie ich sie seit Jahren nicht mehr gesehen habe, denn normalerweise hält sie den Kopf gesenkt, und ihre Haare verbergen ihr Gesicht.

Niemand scheint ans Telefon zu gehen. Ich weiß nicht, was ich tun soll. Es ist mir peinlich, mich als einziger weiterzubewegen, also bleibe ich auch stehen, den Teller in der Hand. Früher, beim Kindergeburtstag, gab es ein Spiel, wo man plötzlich zu erstarren hatte, ganz gleich, welche Bewegung man gerade ausführte. Sollte jetzt irgend jemand im Zelt – Gott bewahre – am Vögeln sein, halten auch sie inne und warten?

Nach sieben- oder achtmaligem Klingeln erwachen plötzlich alle wieder zum Leben und machen weiter, als sei nichts geschehen. Ich gehe schnurstracks zu Franka und beschwere mich.

Du hättest mir wenigstens mal die Regeln hier erklären können. Ich komme mir vor wie der letzte Depp. Was zum Teufel war das eben?

Das wirst du schon noch rausfinden, Dad, flüstert sie.

Und dieses ewige Geflüstere geht mir auch auf den Keks, sage ich laut.

Sie lacht und läßt mich einfach stehen.

An den Spülbecken muß offensichtlich jeder selbst

seinen Teller abwaschen, ihn in eine stinkende, lauwarme Brühe tauchen und dem Nachbarn weiterreichen, der ihn wiederum in eine nur geringfügig weniger stinkende Brühe taucht und wieder weiterreicht. In der Zwischenzeit geht man zum Ende der Spülschlange, nimmt seinen Teller in Empfang und trocknet ihn mit einem schon nassen und nicht besonders sauberen Handtuch ab. Die Hygiene läßt arg zu wünschen übrig. In meinen *Bagelshops* hätte ich schon längst das Gesundheitsamt am Hals.

Bakterienparadies, murmele ich vor mich hin.

Ein Mann mit grauen Haaren und Brille in weißen Jeans und weißem T-Shirt, der so aussieht, als wäre er der Notarzt hier, nickt und sagt mit dickem Schweizer Akzent: Darüber darf man gar nicht weiter nachdenken.

Wie über das meiste hier nicht, ergänze ich.

Er sieht mich belustigt an. Bist du neu hier?

Ich nicke unglücklich. Wo gibt's denn hier 'nen Kaffee?

Er winkt mich zu einem Tisch um die Ecke, auf dem Tassen stehen und ein Bottich mit kochendem Wasser. Kaffee sehe ich keinen.

Der Hagebuttentee ist gut, sagt der Notarzt.

Kein Kaffee, was?

Er lacht. Auch den Eisenhuttee kann ich empfehlen. Ich bin der Ueli. Aus Bern, stellt er sich vor, neunter Tag.

Zählt man hier die Tage wie im Knast?

Manchmal schon. Bist du gerade angekommen?

Ich nicke.

Hätte ich mir denken können. Du bist noch so schnell.

Am wievielten Tag verwandelt man sich denn in eine Camp-Schnecke?

So zwischen dem dritten und fünften, erwidert er ernsthaft.

Als Schweizer muß ihm das leichter fallen als den meisten anderen.

Und geht es einem dann besser als Schnecke?

Ja, aber darum geht es doch! lacht er mich aus.

Um was geht es bitte?

Anzuhalten. Stopp! ruft er emphatisch.

Anhalten.

Innehalten. Nichts tun, erklärt Ueli.

Und dann?

Keine Angst bekommen. Und dann keine Angst bekommen. Er nickt vor sich hin und schlürft seinen Hibiskustee. Zu welcher Familie gehörst du?

Ich verstehe die Frage nicht.

Er sieht mich mißtrauisch an, als sei ich ein Spion, der sich hier eingeschlichen und den er gerade entlarvt hat. Aber dann führt er mich zu einer weißen Tafel, auf der alle Teilnehmer unter bunten Bildchen von Vögeln und Insekten in Gruppen aufgelistet sind wie im Kindergarten. Ich finde meinen Namen unter einem Grashüpfer, ebenso die von Norbert und Theo.

Du gehörst zur Grashüpferfamilie, erklärt Ueli. Die Grashüpferfamilie muß heute Gemüse putzen.

Was bist denn du?

Libelle, sagt Ueli ernsthaft. Ich bin heute mit Kloputzen dran.

Ich kichere hysterisch. Ueli beobachtet mich besorgt. Es wird besser, sagt er. Am dritten Tag wird es besser. Dann wird am fünften noch mal alles ein bißchen schlimmer bis zum siebten, und ab dem neunten wird's dann viel leichter.

So ähnlich wie beim Skilaufen, sage ich. Warum bist du hier?

Ueli schlürft seinen Hibiskustee, und als ich schon keine Antwort mehr erwarte, sagt er überraschend schnell: Meine Frau ist in den Wechseljahren, und ich habe mit meiner Firma Bankrott gemacht. Wir fürchten uns beide. Er starrt in seine Tasse. Ich fülle jetzt auch eine Tasse mit heißem Wasser und hänge einen Hibiskusteebeutel hinein. In der Not trinkt der Teufel Hibiskustee. Das Wasser errötet sanft.

Wir schlürfen unseren Tee und betrachten den Lotusteich, um den schon wieder ein paar Gestalten in Zeitlupe wandeln.

Ich versuche, zu lernen, daß sich alles verändern muß, damit es lebendig bleibt, seufzt Ueli.

Und muß man dafür so schneckenlangsam sein? frage ich.

Gehmeditation, erklärt mir Ueli. Ein Schritt, ein Atemzug. Ich gebe zu, es sieht ein bißchen blöd aus.

Wir lachen. Ueli hat ein dröhnendes, herzhaftes Lachen. Ein Gong ertönt. Er bricht ab. Alle erstarren wie gehabt. Die blauäugige Nonne, die gerade ihren Teller in die Küche trägt, bleibt erschrocken stehen wie ein Reh mitten auf der Straße im Licht der Autoscheinwerfer.

Norbert und Theo schleppen bereits Weidenkörbe mit Kartoffeln, Karotten und Zucchini aus der Küche auf die Terrasse. Norbert wirkt bereits, als sei er schon seit Ewigkeiten hier. Franka verteilt die Messer. Arbeitsmeditation, flüstert sie mir ins Ohr. Kartoffelschälen und Klappe halten. Sie grinst.

Was ist mit diesem Mädchen los? Sie wirkt so aufgeräumt. Was ist hier der Trick? Oder ist es einfach Pelge, den ich endlich zu Gesicht bekommen möchte, damit ich ihm tief in die Augen sehen kann und er ein und für allemal weiß, daß er nicht einfach so mein Baby nach Indien abschleppen kann.

Ich will endlich deinen Lama kennenlernen, flüstere ich. Sie nickt.

Pscht, sagt sie.

Dieses Schweigen ist für manche Leute sehr praktisch.

Ich setze mich seufzend an einen Tisch, und Norbert schüttet einen Berg Kartoffeln vor mir aus. Widerwillig mache ich mich ans Kartoffelschälen. Der Geruch und der Sand zwischen den Fingern erinnern mich an die ersten Jahre im Siebten Himmel. Seite an Seite mit Claudia habe ich Kartoffeln geschält bis spät in die Nacht für unseren berühmten Spinatkartoffelgratin für sieben achtzig. Das waren schöne Zeiten, so kommt es mir jetzt vor, friedlich und unbeschwert.

Ich kann ziemlich schnell Kartoffeln schälen. Und gut. Mit sehr dünner Pelle. Als ich wieder aufblicke, sitzt Gretel aus dem Zelt mir gegenüber. Mein Herz macht einen kleinen Satz, als würde es über eine Pfütze springen.

Gretel schabt mit gesenktem Kopf und wippenden Zöpfen Karotten. Ihre Haare sind entweder teuer gefärbt oder skandinavisch blond. Sie könnte Schwedin sein. Ihr weißes Kleid, stelle ich dankbar fest, ist ziemlich eng, und sie trägt einen BH. Eine BH-Trägerin ist hier so selten wie eine Tulpe in der Wüste. Gretel ist anders. So wie ich. Meine englischen Schnürschuhe und ihr BH. Keine schlechte Basis.

Ich schüttle den Kopf. Staune über die Gedanken, die mein Hirn einfach so vor sich hin produziert, wenn ich nicht aufpasse. Sie sieht kurz auf, nur den Bruchteil einer Sekunde. Kleine silberne Delphine baumeln an ihren Ohren. Sie hat wunderschöne, honigfarbene Augen. Akazienhonig, nein, dunkler, eher Kastanienhonig. Mit Honig kenne ich mich aus. Zucker war im Siebten Himmel natürlich verpönt. Sie senkt den Blick wieder auf ihre Karotten.

Alle putzen langsam und konzentriert Gemüse, als gelte es, eine neue olympische Disziplin zu erfinden. Theo schneidet mit der Präzision eines Chirurgen Zucchini in schmale Stifte, Norbert liebkost förmlich einen Weißkohl, den er zärtlicher entblättert als wahrscheinlich jemals seine Frau.

Neben ihm sitzen zwei Frauen Mitte Fünfzig mit exakt der gleichen hennaroten Hippiedauerwelle, die eine in Orangerot gekleidet, die andere in Apfelgrün. Sie könnten Zwillinge sein. Langsam und demütig putzen sie Lauch.

Ich fühle mich wie in einem Zeitlupentraum gefangen. Mit Kartoffeln möchte ich um mich schmeißen, ihnen allen an die Köpfe, sie aufwecken aus ihrem Tran, sie aggressiv machen, sie zum Brüllen bringen.

Gretel, guck mich an, flehe ich, guck mich an, und sag mir, daß hier alle spinnen.

Aber Gretel sieht mich nicht an. Komm, schenk mir einen Blick. Ich brauche einen Verbündeten unter all den Verrückten, sonst halte ich das hier nicht durch.

Aber nein. Sie starrt auf ihre blöden Karotten. Schrapp, schrapp, schrapp.

Sie will nicht. Sie will mich nicht ansehen, weil sie mich unsympathisch findet, unattraktiv, weil ich stinke. Seit unserer Abfahrt in München habe ich nicht mehr duschen können. Ich werde sofort nach dem Gemüseputzen eine Dusche suchen, meine Haare shampoonieren, sofort, wenn du mich angesehen hast, lauf ich los.

Keinen Millimeter hebt sie das blonde Haupt. Blöde Kuh. Dann eben nicht. War eh nicht ernst gemeint. Schäl Karotten, bis du schwarz wirst oder erleuchtet. Ist mir doch egal.

Ich lege das Messer hin, schiebe die Kartoffelschalen zurück in den Korb. Hab schließlich nie versprochen, den ganzen Zirkus hier mitzumachen. Ich stehe auf – da sieht sie mich an mit ihren Kastanienhonigaugen. Ganz ruhig und unverwandt.

Prompt setze ich mich wieder hin.

Können wir tauschen? flüstert sie mit einem Akzent, der holländisch sein muß und alles immer gleich so viel netter klingen läßt. Einfach süß. Hätte sie mich auf schwäbisch oder hessisch gefragt – keine Chance.

Eine Sprachfärbung, für die sie überhaupt nichts kann, hält mich an meinem Platz. Und ihr Honigblick.

Wortlos schiebe ich ihr meinen Kartoffelberg rüber und sie mir ihren Karottenhaufen.

Ich hasse Karotten, flüstert sie.

Und ich Kartoffeln, flüstere ich zurück. Dabei stimmt es gar nicht.

Sie lächelt ein winziges, eigentlich nur mit der Lupe zu

entdeckendes Lächeln – aber ich hab's gesehen. Sie hat eine kleine Zahnlücke, was ihr etwas Wildes gibt. Energisch fängt sie an, Kartoffeln zu schälen.

Claudia steht mit untergeschlagenen Armen neben mir und sieht ihr zu. Gretel kann es nicht besonders gut. Vor allem schält sie die Schale viel zu dick. Und die schwarzen Kartoffelaugen sticht sie auch nicht aus. Claudia, verschwinde! Ich flirte nur ein bißchen, um dieses verdammte Camp zu überstehen. Hast du das nicht getan, als du hier warst?

Theo sieht mich aus der Entfernung prüfend an. Ich grinse ihm übertrieben zu. Keine Ahnung, was du ihm alles über mich erzählt hast. Der war doch Ostern auch hier, oder nicht?

Kiloweise schabe ich Karotten in der Hoffnung auf einen weiteren Honigblick, aber Gretel versinkt in ihrem Kartoffelschälen, als wäre es die interessanteste Tätigkeit der Welt.

Ich hätte sooooo gern einen Kaffee, flüstere ich. Sie schält weiter.

Ich hatte gehofft, sie würde wispern, ich auch. Ich sah uns schon ins Auto springen, ins nächste Café eilen, unter Platanen sitzen und aus großen Tassen Kaffee schlürfen – aber nichts dergleichen. Gar nichts. An meinem Zeigefinger bildet sich eine Blase.

Als endlich der Gong ertönt, steht Gretel nach der üblichen Erstarrungsphase, die ich schon fast mitmache, auf und räumt die Karotten und die Abfälle weg, ohne mich noch einmal anzusehen.

Wie ein Trottel sitze ich da, und mit einemmal überfällt

mich die Lust auf eine Zigarette mit einer solchen Macht, daß ich fast anfange zu schwanken. Das blöde Gemüseputzen hat mich fast das Rauchen vergessen lassen! Unfaßbar. Seit meiner Ankunft vor mehr als fünf Stunden habe ich noch keine einzige Zigarette geraucht.

## 18

Ich renne zum Parkplatz, setze mich in mein glühendheißes Auto und stecke mir eine an. Verräterisch dringt der Qualm aus dem geöffneten Fenster. Ich kurbele das Fenster wieder hoch und ersticke fast in der Hitze, aber ich habe wenig Lust, von einer wohlmeinenden Batikkuh ermahnt zu werden.

Rauchen in der Sauna. Der Schweiß läuft mir in den Nacken, es sind mit Sicherheit über vierzig Grad im Auto. DU BIST ANGEKOMMEN. FREU DICH AN DEINEM ATEM. SCHWEIGE. Wenn ich eine Knarre hätte, würde ich auf das Schild schießen. Ich drehe das Radio laut auf, überlege, was ich noch an verbotenen Dingen erledigen könnte, na klar, telefonieren!

Ich ziehe das Handy aus der Tasche, gebe meinen PIN-Code ein und starre entsetzt auf zwei kleine Wörter, die auf dem Display aufleuchten wie eine ironische Botschaft der Buddhisten: *No Network.* Mein Handy hat keinen Empfang!

Ich bin abgeschnitten. Das verfluchte Buddhacamp liegt in einem Empfangsloch. Meine Verbindung zur Welt ist abgerissen.

Aber zu welcher Welt? Zu Claudia? Zu Marisol, die mich sowieso nie anruft? Zu meiner Arbeit? Zu einer

Handvoll Bekannter? Meine Welt kann gut auf mich verzichten. Sie wird mich nicht vermissen. Ihr wird es schnurzpiepe sein, daß sie keine Verbindung mehr zu mir hat. Deprimiert klicke ich auf meinem lahmgelegten Telefon herum.

Ich könnte auf die nächste Anhöhe fahren, wo es wahrscheinlich wieder ein Netz gibt, und dort mit Claudia telefonieren. Plötzlich sehne ich mich nach ihr. Diese blöde Gesetzmäßigkeit, die aus uns Männern eine Herde Pawlowscher Hunde macht: Eine Frau, die nicht verfügbar ist, ist immer attraktiver als die, die da ist. Biologischer Reflex, weil wir anscheinend jagen müssen und uns langweilen, wenn wir das Wild erlegt haben. Ich finde uns Männer manchmal so unerträglich vorhersehbar – aber das glaubt mir natürlich keine Frau.

Gerade als ich den Schlüssel ins Zündschloß stecke, klopft es an der Rückscheibe. Keine fünf Minuten hat man hier seine Ruhe.

Unwillig drehe ich mich um: Es ist Theo. Er sitzt auf einem roten Rennrad und macht eine Geste, als ob er rauchen würde. Ich brauche eine Weile, bevor ich verstehe, daß er mich nicht ermahnen will, sondern eine Zigarette haben möchte.

Ich nicke, Theo steigt sichtlich erleichtert vom Rad und läßt sich auf den Beifahrersitz fallen. Er sieht lächerlich aus in seinen ebenfalls roten Radlerhosen und knallengem Hemd, das seinen Kugelbauch so richtig zur Geltung bringt. Ich kenne sein After-Shave. Es ist das gleiche wie meins. *L'eau d'Issey.* Richtig ausgesprochen bedeutet es ›die Odyssee‹. Aber hierher hätte es selbst Odysseus nicht verschlagen, er wäre rechtzeitig abgebogen. Diesen Quatsch hätte er nicht mitgemacht.

Tief inhaliert Theo den Zigarettenrauch.

Das erste Zigarettchen seit neun Tagen, seufzt er zufrieden, das zieht fast so gut durch wie ein Joint. Wunderbar.

Sein leicht holländischer Akzent, den ich gerade noch an Gretel so bezaubernd fand, gibt ihm etwas seltsam Mädchenhaftes. Zigarettchen. Dieser lächerliche Hang zur Verkleinerungsform. Er hat blaue ›Äuglein‹ mit strohblonden Wimpern. Schöne Lippen. Frauen finden ihn wahrscheinlich trotz seiner Körperfülle und seiner Glatze sexy. Er hat etwas Selbstbewußtes. Das gefällt ihnen. Weiß der Teufel. Wahrscheinlich hat er auch ein nettes ›Schwänzchen‹. Könntest du mir einen Gefallen tun? fragt er. Könntest du unserer Familie sagen, daß ich heute nicht komme?

Zu was nicht kommst?

Zur Diskussion.

Welche Diskussion?

Er sieht auf die Uhr. Eine goldene Rolex mit rotem Zifferblatt. In sieben Minuten geht's los, sagt er, die tägliche Familiendiskussion.

Diskutieren mit der Grashüpferfamilie?

Er lacht. Man wird durch das edle Schweigen hier zu einer Art Dampfkochtopf, und wenn nicht einmal am Tag ein bißchen Dampf abgelassen wird, fliegt der Topf irgendwann in die Luft.

Ich hätte große Lust auf eine kleine Prügelei mit all diesen Pfeifen, sage ich.

Er sieht mich belustigt an. Ja, sagt er, so siehst du aus. Deshalb gehe ich fahrradfahren.

Um dich nicht zu prügeln?

Kann ich noch ein Zigarettchen haben?

Wenn er doch bloß nicht Zigarettchen sagen würde! Ich halte ihm die Packung hin. Wir rauchen beide noch eine. Sitzen im Qualm im bestialisch heißen Auto und starren auf das Holzschild vor uns auf dem Rasen: DU BIST ANGEKOMMEN. FREU DICH AN DEINEM ATEM. SCHWEIGE.

Wenn man hier ist, merkt man erst, wie oft man gewalttätige Gedanken hat, sagt Theo grinsend. Das ist wie ein endloses Tonband, das sich im Kopf abspult.

Stimmt, sage ich. Ich finde einfach nicht den Knopf, um's abzustellen.

Ich übe, zumindest nicht mehr hinzuhören, sagt er. Nicht mehr zuzuschlagen, wenn's mir schlechtgeht.

Theo ein Schläger? Prügelt er seine Frau? Sein Kind? Seine Geliebte? Trinkt er sich einen Rausch an und randaliert? Er wirkt nicht gerade wie ein Gewalttäter, aber da kann man sich täuschen.

Als meine kleine Nichte gerade laufen lernte, hat sie oft, wenn sie hingefallen ist, vor Wut den Nächstbesten gehauen, erzählt er.

Stimmt, lache ich, daran kann ich mich bei meiner Tochter auch erinnern.

Theo bläst einen Rauchkringel in die Luft. Wir ändern uns nicht. Wenn uns was weh tut, schlagen wir zu. Der Nächstbeste kriegt es ab. Der Autofahrer, den wir beschimpfen, die Sekretärin, die wir schlecht behandeln, das Kind, das wir anschreien…

Na ja, gebe ich zu bedenken, manchmal haben wir auch recht.

Theo wirkt bedrückt. Selten, sagt er, nur ganz selten. Wie… wie geht es Claudia?

Die Frage kommt so überraschend, daß ich ins Stammeln gerate. Gut, sage ich, ganz gut.

Er nickt und zupft an seiner Radlerhose herum.

Warst du Ostern auch hier? frage ich ihn.

Er sieht überrascht auf. Ja, klar.

Aha.

Was, aha?

Ach, Claudia hat gar nichts von dir erzählt.

Oh, sagt er, und sieht aus dem Fenster, wir haben uns nicht so oft gesehen. Weil er bei diesem Satz aus dem Fenster sieht, weiß ich, daß er lügt. War Claudia Theos Ferienschwarm? Ich grinse in mich hinein. Dieser kleine Edamer hat mit meiner Frau geflirtet.

Ach, seufzt Theo, jetzt noch ein Rotweinchen, und ich wäre glücklich. Er hat tatsächlich Rotweinchen gesagt.

Ich habe ein Bierchen im Kofferraum, biete ich an, aber es ist wahrscheinlich vierzig Grad warm.

Theo schüttelt den Kopf und sieht auf seine Rolex. Du mußt los, sagt er zu mir.

Ich weiß nicht, ob ich auf zehn Dampfkochtöpfe Lust habe.

Theo klopft mir väterlich auf die Schulter. Mach mal, sagt er, manchmal tut es einfach gut, zu sehen, daß man nicht das einzige Arschloch auf diesem Planeten ist.

Ich weiß nicht recht, wie ich diesen Satz verstehen soll, und sehe ihm zu, wie er aussteigt, sich auf sein Rennrad schwingt und davonradelt.

Wie eine Fliege im Weckglas bleibe ich im Auto zurück. Ich könnte noch eine rauchen. Noch ein ›Zigarettchen‹.

Ich habe nichts zu diskutieren mit den Grashüpfern. Aber gehört nicht auch Gretel zu unserer ›Familie‹?

Ich werfe die Kippe aus dem Fenster, steige aus, hebe sie schuldbewußt wieder auf und werfe sie in den Autoaschenbecher. Schon fünf Minuten zu spät dran. Ich laufe. Die blauäugige Nonne kommt mir entgegen, verbeugt sich lächelnd vor mir und bedeutet mir, langsam zu gehen. *Enjoy your breath,* empfiehlt sie mir. Dumme Kuh, aber gehorsam verlangsame ich meinen Schritt.

# 19

Die Grashüpfer sitzen auf weißen Plastikstühlen unter einer großen Eiche im Kreis. Maja, eine alte Hippietante in lila indischem Gewand und mit narbiger tiefgebräunter Haut, stellt sich als unsere Mutter vor. Na prima, so eine Mutter habe ich mir immer gewünscht. Wir haben zwei neue Mitglieder in unserer Familie, flötet sie, und ich bitte euch, euch vorzustellen.

Norbert steht auf, verbeugt sich und sagt mit ehrfurchtsvoll zitternder Stimme seinen Namen. Die häßlichen Zwillinge in Apfelgrün und Orange sind Renate und Ilse aus Stuttgart, ein fadendünner ellenlanger vietnamesischer Mönch heißt Nhiem, neben ihm sitzt ein blasses junges Pärchen aus Hannover, Tim und Sabine, die beide aussehen wie zwölf, dann kommt der dicke Giovanni, etwa dreißig, Arzt aus Bozen, eine kleine, drahtige Frau mit kurzen roten Haaren, Ingeborg, Yogalehrerin aus Köln – und dann ich. Zwei Stühle neben mir sind noch frei. Ich entschuldige Theo, was Mutter Maja stillschweigend zur Kenntnis nimmt. Aber wo ist Gretel? Unruhig sehe ich mich um. Nur ihretwegen bin ich doch hier.

Als hätte ich sie herbeigezaubert, kommt sie auch schon über die Wiese gelaufen. Wie in einer Rama-Reklame, blond im weißen Kleid mit schwingenden Zöpfen.

*Sorry,* sagt sie und lächelt mit ihrer sexy Zahnlücke in die Runde. Sie setzt sich neben mich und scharrt mit den Füßen im Gras. Ich erkenne die weißen Prada-Sandalen aus unserem Schuhhaufen an ihren schmalen, braungebrannten Füßen wieder. Das wird ja immer besser. Sie wohnt also auch im Vollmondhaus.

Ich bin dran, mich vorzustellen, und einen kurzen Moment überlege ich, ob ich einen falschen Namen nennen sollte, damit mich niemand jemals wiedererkennt, aber es fällt mir keiner ein, und außerdem ist es völlig unlogisch. Also sage ich nur: Fred. München.

Und du bist zum ersten Mal hier, Fred? säuselt Mutter Maja.

Ich nicke, sie läßt es dabei bleiben und wendet sich an Gretel.

Ich bin Antje aus Amsterdam, sagt Gretel.

Gretel heißt Antje. Antje aus Amsterdam. Das kann man ja sofort singen, *Antje aus Amsterdam,* dazu schunkeln und Tulpen hochhalten wie andere Leute Feuerzeuge.

Wie geht es euch heute? fragt Maja und sieht mütterlich besorgt in die Runde. Ich jaule innerlich auf wie ein Hund. Komme mir vor wie bei den Anonymen Alkoholikern. Wie jemand mit einem *Problem.*

Überraschend meldet sich Antje und erzählt in ihrem entzückenden Akzent, ihr Tag sei schrecklich gewesen. Nachts habe es durch die Dachluke in ihr Zimmer geregnet, sie habe kaum geschlafen, bei der Morgenmeditation sei sie von Mücken attackiert worden, und zwar nur sie und sonst niemand, beim Vortrag von Tubten Rinpoche sei sie eingeschlafen, beim Mittagessen sei sie so hungrig und ungeduldig gewesen, daß sie zum Kindertisch gegangen und dort zwei Stück Tofu geklaut habe. Und beim Gemüseputzen habe sie die ganze Zeit über an etwas anderes gedacht. An mich, denke ich sofort, sie hat an mich gedacht. Wenn ich ein Hund wäre, würde ich jetzt ihre weißen Prada-Sandalen abschlecken.

Antje beendet ihre Klage, indem sie sich verbeugt. Alle grinsen. Maja fragt, wem es ähnlich gehe, und überraschenderweise melden sich alle – außer Norbert.

Fragend sieht Mutter Maja ihn an, und da bläst er sich schon auf wie ein Airbag: Also mir geht es so gut wie schon lange nicht mehr, trompetet er. Wie schon ewig nicht mehr – obwohl ich erst ein paar Stunden hier bin.

Der alte Radfahrer. Streber. Bin gespannt, wann er seine Flöte auspackt und allen was vorspielt.

Zum ersten Mal seit langer Zeit komme ich mir wieder sinnvoll vor, fährt er fort, habe kein schlechtes Gewissen, keine Angst, etwas falsch zu machen, kritisiert und abgelehnt zu werden...

Seine Unterlippe zittert bedenklich. Ich weiß, jetzt kommt die Geschichte von Gabi, und prompt fließen bei Norbert die Tränen, als hätte man einen Wasserhahn aufgedreht.

Schweigend wartet die Gruppe ab. Die apfelgrüne Renate zückt ein Papiertaschentuch und reicht es ihm. Er schluchzt.

Ich betrachte den Kinderspielplatz, der etwas abseits an einem Bambushain liegt. Die Kleinen streiten sich um die Schaukel. Drei etwa zwölfjährige Mädchen bürsten sich gegenseitig die Haare, ein paar Mönche spielen mit den

Jungen Volleyball. Sie bewegen sich präzise und anmutig in ihren Kutten wie Tänzer.

Ich habe das dringende Bedürfnis, aufzustehen und mich ihnen anzuschließen, aber da fährt Norbert endlich unter Schluchzern fort: Seit einem Jahr darf ich nicht mehr arbeiten. Es gab einen Unfall an meiner Schule. In meinem Klassenzimmer hat jemand einen Kanister mit Nitroverdünner für Malerarbeiten abgestellt. Ich habe noch einen Zettel geschrieben: Achtung – Feuergefährlich! Aber ein paar Jugendliche haben aus purem Übermut eine Zigarette dran gehalten…

Wir halten alle gleichzeitig den Atem an, als säßen wir im Kino und zählten mit bis zur Explosion. Eins, zwei, drei…

Norbert holt tief Luft. Dann sagt er ganz leise: Drei Kinder kamen um. Zwei Jungen, ein Mädchen. Ich bin wegen Totschlags angeklagt und warte auf meinen Prozeß. Er macht eine kleine Pause. Und vorgestern hat mich meine Frau verlassen.

Er verbeugt sich. Er ist fertig. Die Gruppe schweigt erschrocken.

Ich bin wütend. Da rette ich diesen Mann aus dem Mövenpick, fahre mit ihm achtundvierzig Stunden lang über die Autobahn, singe Bob-Dylan-Lieder mit ihm und feiere seinen vierzigsten Geburtstag – und er erzählt mir nichts. Gar nichts. Nur daß Gabi immer das Portemonnaie hatte.

Ich habe alles verloren, sagt Norbert nüchtern und putzt sich die Nase. Ich habe keine Arbeit mehr, keine Kinder, keine Frau, kein Zuhause.

Schweigen. Alle sehen betreten zu Boden, da verbeugt sich der dünne Mönch Nhiem und sagt auf englisch: Solange du dich im gegenwärtigen Augenblick aufhältst, hast du ein Zuhause.

Er lächelt mit großen gelben Pferdezähnen und verbeugt sich abermals.

Norbert nickt, als hätte er verstanden. Ich habe keine Ahnung, was zum Teufel Nhiem meint. Ich bekomme bald Ausschlag von dieser esoterischen Rätselparade.

Ich bin mit siebzehn aus Vietnam nach Kanada geflohen, fährt Nhiem fort. Dort habe ich zwanzig Jahre lang als Kellner in einem chinesischen Restaurant gearbeitet. Nach der Arbeit bin ich nach Hause gegangen und habe ferngesehen. Ich hatte keine Freunde, keine Familie, nur meinen Fernseher. Eines Tages, am 17. September 1997, habe ich mit einemmal gewußt, daß ich mehr tot als lebendig war. Ich war nie da, wo mein Körper war. Mit meinen Gedanken war ich in Vietnam, und mein Körper saß in Kanada auf der Couch und sah fern. Ich wollte zurück in meinen Körper. Also habe ich den Fernseher verschenkt – er kichert wie ein kleiner Junge – und alles, was ich sonst noch besaß, und bin ins Kloster gegangen.

Er lächelt Norbert an und schlägt dann den Blick nieder wie eine schüchterne Fünfzehnjährige. Ich bin sicher, daß Nhiem stockschwul ist, vielleicht ohne es selbst zu wissen, aber ich bin überrascht, daß jemand anders außer mir das Gefühl kennt, sich mit seinen Gedanken ständig an einem anderen Ort aufzuhalten als mit seinem Körper.

Nhiem verbeugt sich, eigentlich wäre es jetzt Zeit für Applaus und die Werbung.

Beides bleibt aus, dafür meldet sich die orangerote Ilse aus Stuttgart. Das Fernsehen hat meine Ehe zerstört, sagt sie anklagend in schwerstem Schwäbisch. Mein Mann hat nur vor dem Kasten gesessen, tagein, tagaus. Ich habe ihn angefleht, das Ding auszumachen, gebettelt, gedroht, diskutiert. Aber der Fernseher war stärker als ich. Wie eine böse Macht saß dieser schwarze Kasten im Wohnzimmer und hat alles, was einmal zwischen uns war, in sich hineingesaugt. Am Ende konnte ich das Zimmer nicht mehr betreten, weil ich Angst hatte, von dem Ding verschluckt zu werden.

Die apfelgrüne Renate nickt, aber auch Ingeborg und selbst Gretel-Antje sehen Ilse verständnisvoll an. Ich fühle mich wie auf einer Achterbahn. Fand ich eben noch Norbert bestürzend und Nhiem rührend, könnte ich Ilse für ihre blöde Fernsehgeschichte eine knallen. Ich sehe ihren Mann vor mir, der sich Abend für Abend zu seinem Fernseher flüchtet wie zu einem guten Freund, der ihm bereitwillig und ohne Fragen zu stellen, Gesellschaft leistet, und Renate, wie sie vorwurfsvoll in der Tür steht und nichts versteht, gar nichts.

Fernsehen ist wie im Wilden Westen ins Feuer oder in den fünfziger Jahren auf ein Kissen gestützt aus dem Fenster gucken. Fernsehen ist Meditation, die Zeit hält an, nichts ist mehr wichtig, wenn man sich auf das bunte Viereck konzentriert. Claudia begreift das einfach nicht. Genausowenig wie Ilse und Renate.

Am liebsten sind mir Unterwasserfilme. Zum Glück gibt es jeden Abend mindestens einen. Das blasse Blau des Wassers, das Glucksen und Röcheln des Atems der Taucher und der sonore Ton des Kommentators, der über Langusten berichtet, die acht Jahre brauchen, um heranzuwachsen, oder Gelbschwanzmakrelen, die weit über den Pazifik im Humboldtstrom schwimmen, Muränen, die niemals ihr gefräßiges Maul schließen – das ist Entspannung pur. Die reinste Droge.

Fische können ihre Körpertemperatur nicht unabhängig von der Wassertemperatur regeln, und genauso geht es mir vorm Fernseher. Ich verschmelze mit dem jeweiligen Programm, trete aus meinen Grenzen heraus, höre auf, ich selbst zu sein, bin nur noch elektromagnetische Welle. Ist das nicht genau dasselbe wie meditieren?

Nein, faucht Claudia, das ist Autismus.

Ein Mann braucht in Wirklichkeit nicht viel mehr als Sex, was zu essen und Stille. Das halten Frauen für Autismus.

Um uns zu retten, hatte Claudia uns zum Spanischkurs angemeldet. Marisol.

Aber was soll man denn tun, wenn der andere nur fernsieht, fragt die junge Sabine schüchtern und wird dabei rot. In ihrer Stimme schwingt Angst. Ihr Freund Tim starrt schuldbewußt zu Boden.

Maja sinnt auf Antwort. Ja, ich denke, man sollte versuchen, den Fernseher auszuschalten, sagt sie, er lenkt uns nur von uns selbst ab …

Na logisch, will ich brüllen, dafür ist er doch da! Das ist ja das Gute!

Eine uralte vietnamesische Nonne mit einem ganz und gar zerknitterten Gesicht wie ein zerknülltes Stück Papier kommt vorbeigeschwebt. Maja fuchtelt aufgeregt mit den Armen. *Sister,* ruft sie, *Sister,* wir haben eine Frage.

Die Nonne schwebt langsam heran, aber bei ihr stört mich das langsame Gehen nicht, bei ihr wirkt es elegant. Sie hat Haltung, ist dadurch eine schöne Frau, jenseits von Jugend und Alter.

Aufmerksam hört sie sich die Frage an, streicht sich über den rasierten Kopf, denkt nach und dann lacht sie, daß ihre kleinen Augen fast völlig verschwinden.

Oh, sagt sie leichthin, ich denke, man sollte sich neben seinen Liebsten setzen und ihn genießen, weil er am Leben ist. Fernsehen kann wie Schweigen sein...

Genau, Schwester, will ich rufen, der Himmel sei gepriesen! Sie haben's begriffen! Fernsehen ist wie edles Schweigen! Edles Fernsehen könnte man auch sagen...

Die Nonne lächelt, verbeugt sich und schwebt davon.

Die Gruppe ist geschockt. Renate und Ilse sehen verwirrt in die Runde. So hatten sie sich den Rat der Nonne nicht vorgestellt. Bedrücktes Schweigen. Nur ich jubiliere innerlich. In dem Augenblick greifen die Mücken an.

Wahre Geschwader stürzen sich auf meine Knöchel, meinen Nacken, meine Hände. Die Frauen zücken fast gleichzeitig bestialisch stinkende Mückenmilch und reiben sich hektisch ein.

Antje gibt mir wortlos ihre Flasche. Bald rieche ich wie alle, aber den Mücken ist das vollkommen gleichgültig. Wild schlage ich um mich, erwische eine auf meinem Handrücken, das Blut spritzt, die Gruppe starrt mich erschrocken an wie einen Schlächter. Ich habe eine Mücke umgebracht.

Ich bin ein Killer, und alle haben es gesehen. Schuldbewußt lasse ich die Mörderhand sinken und möchte nichts lieber tun als gleich noch mal zuschlagen. Hilflos wedele ich herum, das Sirren der Peiniger im Ohr.

Aus dem Augenwinkel sehe ich Nhiem, der vollkommen ruhig dasitzt, die Hände im Schoß, und es lächelnd geschehen läßt, daß eine Mücke auf seinem nackten Kopf landet und es sich so richtig gemütlich macht, bevor sie zusticht. Ich möchte ausholen und sie zermalmen, töten will ich, töten! Ich versuche Nhiem auf die Mücke auf seiner Glatze aufmerksam zu machen, was erst beim dritten Anlauf gelingt, lächelnd nickt er – und tut nichts. Einfach nichts. Nicht das geringste.

Vorsätzlich und absichtlich läßt er sich stechen. Fassungslos schaue ich ihm zu wie einem Fakir.

Als Kind habe ich einmal in einem Flohzirkus ebenso fassungslos zugeschaut, wie der Flohzirkusdirektor seine Flöhe fütterte, indem er sich von ihnen beißen ließ. Ich wußte sehr genau, wie gemein Flohstiche jucken, denn ab und zu hatte ich auch schon mal einen mit nach Haus gebracht, und es war mir rätselhaft, wie man diese Pein freiwillig hinnehmen konnte. Er kam mir auf geheimnisvolle Weise stark vor, stärker als Herkules, der stärkste Mann der Welt im Nachbarzelt, der Eisenstangen verbiegen konnte. Ich ahnte, daß ich niemals und nie und nimmer diese Stärke besitzen würde, die Stärke, Opfer zu bringen. Ich konnte vielleicht meine Muskeln trainieren, um so zu werden wie Herkules, aber nichts konnte ich tun, um jemals so zu werden wie der Flohzirkusdirektor. Fasziniert und abgestoßen zugleich starrte ich auf seine fleischigen Arme mit den feuerroten Flohbissen, und jeder weitere Biß, den er hinnahm, machte mich zunehmend wütender, weil ich wußte, daß die Willenskraft, Qualen hinzunehmen, nicht in meiner Natur lag. Ich war ein Feigling.

Später fand ich heraus, daß ich noch nicht einmal Schwierigkeiten hinnehmen konnte, geschweige denn Qualen.

Ganz genauso wie der Flohzirkusdirektor macht mich jetzt Nhiem wütend, schütteln will ich ihn, den schwulen Kellner aus einem Chinarestaurant in Kanada, ihn anbrüllen, verdammt noch mal ein Kerl zu sein und zuzuschlagen. Ich ertrage es nicht länger, springe auf, verbeuge mich knapp – worüber ich mich selbst wundere – und laufe davon, das heißt, ich bemühe mich, nicht zu laufen, sondern zu schweben, aber das so schnell wie möglich. Über den Kiesweg am Bambushain und an dem Lotusteich vorbei zum Parkplatz. Der blöde Lotusteich wird schuld sein an der verfluchten Mückenplage.

Wie in eine Schutzburg werfe ich mich in mein Auto, schlage die Tür zu. Ich bin in Sicherheit. Vor den Mücken und vor den Buddhisten. Schadenfroh sehe ich zu, wie die Mücken in der purpurroten Abenddämmerung draußen um mein Auto schwirren. Ich zünde mir eine Zigarette an, atme auf.

Als mein Blick zufällig das Schild DU BIST ANGEKOMMEN. FREU DICH AN DEINEM ATEM streift, lasse ich den Motor an. Ziellos fahre ich über die kleinen Straßen durch die rosafarbene Luft, die Stoppelfelder glühen golden, ich schätze, es ist schön hier, aber ich will weg, nur weg von hier.

Als ich eine Anhöhe überquere, piepst mein Handy. Empfang! Ich bin wieder auf Empfang! Sofort fahre ich rechts ran und zerre das Telefon aus meiner Jackentasche. Der kleine Briefumschlag blinkt, ich habe Post! RUF MAL AN, steht dort.

An der Telefonnummer erkenne ich, daß die Post von Claudia ist, ich brauche nur auf eine Taste zu drücken, schon bin ich verbunden.

Claudia, schimpfe ich, ohne sie weiter zu begrüßen, ich hasse es hier! Ich will weg! Ich finde es entsetzlich! Es gibt keinen Kaffee! Das Essen ist beschissen! Die Leute sind doof und häßlich! Ich könnte sie alle umbringen! Es gibt Mücken!

Claudia kichert. Sie kichert!

Und dann gehen alle so langsam, als hätten sie Valium geschluckt, und das Essen kauen sie hundertfünfzigmal. Ich könnte Amok laufen...

Das ist normal, unterbricht mich Claudia.

Was ist normal?

Die ersten Tage läuft man Amok. Ich habe mir mindestens eine Woche lang eine Pumpgun gewünscht.

Du?

Wieso nicht ich?

Du übst den Quatsch doch schon ewig.

Das hilft aber nicht viel.

Ich dachte: Wozu dann das Ganze?

Wie geht es Franka?

Okay, sage ich, das ist das wirklich Seltsame. Ihr geht es gut. Sie grinst und arbeitet in der Küche. Mit Schürze.

Oh, sagt Claudia leise, und ich höre, wie ihr ein Zementsack vom Herzen fällt. Dann kannst du ja ruhig ein bißchen vor dich hin wüten, dann hat es sich doch gelohnt...

Pelge habe ich noch nicht zu Gesicht bekommen, wende ich ein.

Ach, sagt Claudia, Hauptsache, es geht ihr gut.

Was? Was soll denn das jetzt? Ich denke, ich bin hier, um aufzupassen, daß sie nicht türmt mit dem Lama...

Dir wird es auch guttun.

Nein, das wird es garantiert nicht. Ich werde Gott für immer dankbar sein, wenn ich hier nicht zum Serienmörder werde.

Claudia lacht. Ich habe sie, glaube ich, schon lange nicht mehr lachen hören.

Und du lachst dich tot.

Ich versuche gerade, dich mir vorzustellen, wie du ganz langsam braunen Reis kaust.

Und gelogen habt ihr auch. Habt was von Salat und vietnamesischem Essen erzählt... Sie kichert schon wieder. Was machst du gerade?

Ich liege auf dem Sofa und telefoniere mit dir.

Ich würde mich jetzt gern neben sie legen, ihren Geruch einatmen, mein Gesicht an ihren Busen drücken.

War der Holländer auch hier, als du da warst?

Welcher Holländer?

Welcher Holländer! Der, der dir die Adresse vom Buddhacamp hier gegeben hat, der an allem schuld ist, wenn man's genau nimmt...

Ach, Theo...

Ja, Theo. War er auch hier? Das frage ich so leichthin, wie ich nur kann, puste ihr diese Frage wie einen Windhauch ins Ohr. Sie zögert nur eine Hundertstelsekunde, aber sie zögert. Ich hab's genau gemerkt.

Ja. Warum?

Der ist jetzt auch da.

Ah ja. Pause. Grüß ihn schön von mir.

Okay. Wenn ich ihn sehe.

Wir schweigen für 1.15 DM pro Minute.

Hast du schon die erste edle Wahrheit von Buddha gelernt?

Ne, nur das edle Schweigen, und das geht mir schon gewaltig auf den Keks. Dauernd wird man ermahnt wie im Kindergarten. Freu dich an deinem Atem! Da bleibt mir vor Wut glatt die Luft weg.

Rauchst du gerade?

Ich antworte nicht.

Du könntest doch die Gelegenheit nutzen, um aufzuhören ...

Also was ist die erste edle Wahrheit?

Daß das Leben kein Picknick ist, sagt sie wie aus der Pistole geschossen.

Sagt Buddha? frage ich.

Ja. Das Leben ist kein Picknick, man leidet, und das ist ganz normal.

Ich leide ja sogar, *wenn* es ein Picknick ist.

Weißt du, was das bedeutet?

Ne.

Man braucht sich nicht weiter drüber aufzuregen. Man leidet wie alle anderen auch. Also kann man es leichter nehmen. Darüber lachen.

Claudia, erzähl doch keinen Mist. Nimmst du etwa das Leben leichter, seit du hier gelernt hast, daß das Leben ›kein Picknick‹ ist?

Ja, sagt sie. Du hast es nur noch nicht gemerkt. – Küß Franka von mir.

Ja.

Mach's gut, mein Schatz.

Ja.

Oh, und vergiß nicht, dich an deinem Atem zu freuen. Sie kichert und legt auf.

Ich bin schlagartig unglücklich. Ich fühle mich einsam. Meine Tochter ist glücklich, meine Frau anscheinend auch, nur ich bin es nicht. Ohne nachzudenken, wähle ich Marisols Nummer.

Jaaa, meldet sie sich gedehnt mit ihrer rauchigen, spanischen Stimme, die mir immer noch direkt in die Unterhose fährt. Ich spüre Marisols weißes Fleisch, ihre schwarzen Haare, die wie ein Vorhang über mich fallen, ihre sexuelle Gier wie ein großes weiches Kissen, in das ich mich zu jeder Tages- und Nachtzeit fallen lassen konnte.

Erschrocken lege ich auf. Nein, nicht noch mehr Komplikationen.

Fasse mir statt dessen in die Hose, hole mir einen runter. Der Himmel über meinem Plexiglasverdeck färbt sich lila. Ich langweile mich, warte ungeduldig darauf, daß ich endlich fertig bin. Ich schließe die Augen. Stelle mir Marisol vor. Ihre aufreizende Trägheit. Es klappt nicht. Noch nicht einmal das klappt mehr. Als ich die Augen wieder öffne, ist der Himmel grünblau. Der Abendstern ist aufgegangen.

Ich richte mich auf und sehe im Außenspiegel ein Fahrrad, das sich nähert. Wie eine kleine Taschenlampe fährt der Kegel der Fahrradlampe über die jetzt dunkle Straße.

Es ist Theo, der im Schrittempo den Hügel heraufkeucht. Ich überlege, ob ich, um nicht mit ihm zusammenzutreffen, schnell weiterfahren soll, aber er ist schon zu nah. Wenn er mein Auto erkennt, sähe es aus wie Flucht. Ich ducke mich und beobachte ihn über den Außenspiegel.

Fünfzig Meter hinter meinem Auto bleibt er stehen, steigt ab, läßt achtlos das Rad auf die Straße fallen, steht vornübergebeugt da und hält sich die Seiten. Sein Rücken bewegt sich heftig, er scheint schwer zu schnaufen.

An meinem Außenspiegel steht: *Objects in mirror are closer than they appear.* Objekte im Spiegel sind näher, als sie erscheinen. Diese simple Warnung von Toyota erscheint mir wie die Zusammenfassung meiner Wahrnehmung von der Welt. Ich halte mir die Welt auf Abstand, aber sie ist mir dichter auf den Fersen, als ich denke, und ich laufe und laufe, um ihr zu entkommen. *Objects in mirror are closer than they appear.* Könnte ein Liedtext von Bob Dylan sein.

Ich drehe mich auf den Rücken und starre in den immer dunkler werdenden Himmel über mir.

Als ich wieder aufwache, ist es Nacht. Theo ist verschwunden. 22 Uhr, 26 Grad Außentemperatur meldet die Armatur. Ich öffne das Fenster, die warme Nachtluft weht herein wie ein dunkles, schweres Tuch. Mein Magen knurrt. Das Abendessen habe ich verpaßt, aber es gab bestimmt wieder nur braunen Reis.

Auf dem Rücksitz finde ich einen zerdrückten Müsliriegel von Franka und eine halbe Flasche lauwarmes Wasser. Ob das Kloster irgendwann abgeschlossen wird? Ich fahre los, fühle mich benommen, als hätte ich getrunken.

Ich folge dem Licht meiner Scheinwerfer, als würden sie mich führen. Fahre zu schnell, fast trägt es mich aus den

Kurven, aber ich habe keine Lust, langsamer zu fahren, einfach keine Lust.

Ein kleines dunkles Tier hockt mitten auf der Straße, abbremsen kann ich nicht mehr, ausweichen auch nicht. Es gibt einen dumpfen Schlag. Ich habe keine Ahnung, was es gewesen sein könnte. Eine Katze, ein Kaninchen? Franka würde mich jetzt zwingen umzudrehen. Claudia ebenso. Also drehe ich um, suche die Straße ab, bis ich einen kleinen, grauen Haufen entdecke.

Die Scheinwerfer auf den Haufen gerichtet, steige ich aus, stupse ihn an, drehe ihn mit der Fußspitze um. Es ist eine Eule. Ich habe noch nie eine Eule aus der Nähe gesehen. Mit aufgerissenen, zitronengelben Augen starrt sie mich ruhig an, klappt dann ganz, ganz langsam die Lider zu und wieder auf wie eine Puppe. Ich hocke mich neben sie, unverwandt sieht mich die Eule an. Ihr Körper ist eine zuckende graue fedrige Masse.

Du hast mich umgebracht, du Armleuchter, sagt die Eule.

Mir bleibt fast das Herz stehen.

Es tut mir so leid, flüstere ich.

Sie starrt mich an. Armleuchter, sagt sie.

Es tut mir so wahnsinnig leid.

Halt die Klappe. Sie macht die Augen wieder zu, und als ich schon nicht mehr glaube, daß sie sie noch einmal öffnen wird, klappt sie sie ein letztes Mal wieder auf, die Pupillen wie kleine scharfe Messer in der gelben Iris. Sei glücklich, du Armleuchter, sagt die Eule und verabschiedet sich. Ihr Körper ist nur noch ein Haufen Federn, nichts weiter.

Ich stehe auf, mein Herz klopft, als wäre ich gerannt. Ich

bin reif für die Klapsmühle. Eine Eule befiehlt mir, glücklich zu sein.

Kopfschüttelnd bugsiere ich den grauen Federhaufen an den Straßenrand, reiße im Dunkeln ein paar Gräser aus, die mir unangenehm in die Handflächen schneiden, und streue sie über die Eule. Ich hocke mich neben sie und sehe zu, wie tiefe Verzweiflung sich in mir ausbreitet wie ein Tintenspritzer in einem Glas Wasser.

Was ist los mit mir? Was macht mich so traurig? Mein kreuznormales, kleines, verpfuschtes Leben? Sei glücklich, du Armleuchter.

Wo das Glück ist, ist das Glück, höre ich meine Mutter. Schon ewig habe ich nicht mehr an sie gedacht. Sie lebt mit einem cholerischen ehemaligen Heizungsinstallateur in der Nähe von Frankfurt. Wir telefonieren nur selten. Der Heizungsinstallateur ist eifersüchtig auf ihre Vergangenheit. Wo das Glück ist, ist das Glück, sagt meine Mutter, das ist doch meine Rede.

Mutter, Mutter, wie weit soll ich reisen? flüstere ich in die Nacht.

Ich muß endgültig verrückt geworden sein. Erst rede ich mit einer Eule, jetzt mit meiner Mutter. Aber meine Mutter schweigt. Ich wiederhole meine Frage. Mutter, Mutter, wie weit soll ich reisen?

Ich spüre, wie sie mir über die Stirn streicht, als hätte ich Fieber, und dann höre ich sie, höre das Lächeln in ihrer Stimme. Fredie, sagt sie, ach Fredie, wohin willst du denn immer reisen?

Keine Ahnung, Mutter. Das ist es ja gerade, ich habe keine Ahnung.

Ich lege den Kopf in den Nacken, damit sie mir noch einmal über die Stirn streicht, aber da ist nichts mehr, nur die dunkle, schwere Nacht und ein paar einsame Sterne, die es bereits schon nicht mehr gibt, aber deren Licht immer noch unterwegs ist, um an einem Abend zu Beginn des dritten Jahrtausends an einer einsamen Landstraße in Frankreich auf meine Netzhaut zu treffen.

Als ich ins Zimmer stolpere und mir natürlich den Kopf am Giebel anschlage, schlafen die beiden anderen schon. Norbert schnarcht, und fast bin ich dankbar für dieses vertraute Geräusch. Theo liegt unter einem Moskitonetz. Profi, denke ich haßerfüllt, das hat er wahrscheinlich an Ostern gelernt. Morgen nehme ich ihn mir zur Brust, frage ihn, ob er meine Frau angebaggert hat. Dieses Zögern in Claudias Stimme, sein Blick aus dem Fenster sind eigentlich schon der Beweis.

Ohne Licht zu machen, ziehe ich mich aus und lege mich auf die dünne Matratze. Es ist stickig heiß in unserer Zelle. Ich wälze mich von einer Seite auf die andere, spüre jeden Knochen meines Körpers.

Sirrend nähert sich eine Mücke. Wild um mich schlagend, bilde ich mir ein, schon gestochen zu sein, alles juckt, ich kratze, vom Kratzen juckt es noch mehr. Die Mücke hat aber noch lange nicht genug, ihr Sirren wird lauter und lauter, ganz nah an meinem Ohr, wieder und wieder nähert sie sich zum Angriff, ich springe auf, knipse das Licht an.

Grunzend dreht sich Theo auf die andere Seite. Im schwachen Licht der nackten Glühbirne suche ich die Wände ab. Nichts. Keine Mücke, nirgends. In den Spalten der unbehauenen Steine, mit denen das Fenster eingefaßt ist, sitzen sie wahrscheinlich, die Schweine.

Ich schnappe mir Theos holländische Ausgabe von *Wie du glücklich sein kannst, wenn du es nicht bist* – auf der Rückseite sitzt der Lama ganz genauso wie auf der deutschen mit seiner gelben Dose in der Hand. Mit dem Buch fächele ich über die Steine, und tatsächlich kommt eine Mücke herausgeschwirrt. Ich hechte ihr nach, springe wie Michael Jordan in die Höhe und schnappe sie mit der Hand, hab sie! Versuche, sie in der Faust zu zerquetschen, erst als ich sicher bin, daß es sie erwischt hat, öffne ich die Faust, aber da sehe ich sie gerade noch davonfliegen, verliere sie kurz, entdecke sie dann, wie sie sich auf dem weißen Türrahmen niederläßt. Wunderbar, da kann ich sie gut sehen. Langsam pirsche ich mich heran, hole aus, klatsche mit der flachen Hand auf die Tür, daß es einen Knall gibt wie von einem Pistolenschuß, ha! In einer Blutlache klebt das erlegte Tier an der weißen Tür. Siegestaumel.

Was zum Teufel machst du denn da? flüstert Norbert.

Ich drehe mich um. Norbert und Theo sitzen aufrecht im Bett wie kleine Kinder und glotzen mich vorwurfsvoll an. Theo unter seinem Moskitonetz wie unter der feinmaschigen Käsehaube meiner Großmutter.

Ich erschlage eure reinkarnierten Verwandten, flüstere ich zurück. Weil sie mich zuerst angegriffen haben, füge ich hinzu, als müßte ich mich rechtfertigen.

Norbert streckt die Hand aus und deutet mit dem Finger anklagend auf mich. Da, sagt er, da ist noch eine.

Aufgeregt zeigt er auf meine Jacke, die an der Bambusstange hängt. Auf dem Ärmel sitzt ein riesiges Mückenvieh. Ich pirsche mich an, Norbert reicht mir Theos Buch, ich hebe das Buch, da fliegt die Mücke auf.

Nein, stöhnt Norbert enttäuscht, steht jetzt selbst auf und verfolgt die Mücke hektisch mit seinem Blick. Da, da, da! stößt er hervor wie ein lallendes Kleinkind. An der Decke! Heb mich hoch!

Ich hebe Norbert, der schockierend leicht ist, einen halben Meter hoch, reiche ihm das Buch, er holt aus und schlägt mit aller Kraft zu. Es gibt einen Knall, der das ganze Haus erschüttert. Die dünnen Rigipswände wackeln.

Triumphierend präsentiert Norbert die Mücke, die direkt auf dem Bauch des Lamas klebt. Theo gluckst unter seinem Moskitonetz vor sich hin.

Wie du glücklich sein kannst, wenn du es nicht bist, kichert er.

Wir brechen allesamt in schallendes Gelächter aus, das wir verzweifelt versuchen zu ersticken, um nicht endgültig alle aufzuwecken. Theo prustet wie ein niesender Elefant in sein Kissen, Norbert wirft sich auf den Bauch und schluchzt vor Lachen, ich quieke wie ein Schwein, uns ist nicht zu helfen, wir lachen, bis uns alles weh tut.

Norbert steckt den Kopf in seinen Schlafsack, um seine Lachsalven zu ersticken, sein ganzer Körper bebt. Grölend sehe ich ihm dabei zu und versuche mich an all das zu erinnern, was ich über ihn weiß, an seinen riesengroßen Kummer, seine Verzweiflung, seine Tränen. Aber jetzt, in diesem Augenblick, ist nichts davon zu spüren. Selbstvergessen gibt er sich seinem Lachen hin wie einem orgiastischen Geschlechtsakt.

Nebenan klopft jemand erbost an die Wand, und schon

wieder geht es los. Mit hochroten Köpfen keuchen wir, als kämen wir gemeinsam, o Gott, o mein Gott, Hilfe, oh, oh, oh! Erschöpft und mit Tränen in den Augen liegen wir schwer atmend auf unseren Matratzen und genießen den freien Raum, den uns das Lachen geschenkt hat. Eigentlich besser als Sex, denke ich noch, dann schlafe ich ein.

## 20

Mitten in der Nacht rüttelt mich Norbert wach. Es ist Viertel nach fünf, flüstert er, aufstehen! Meditieren!

Grunzend drehe ich mich um, kann aber, einmal geweckt, nicht wieder einschlafen. Fluchend setze ich mich auf. Theo hockt auf seiner Matratze, gießt kochendes Wasser aus einer Thermoskanne in eine Tasse und holt Nescafé aus seiner Tasche. Kaffee! Sehnsüchtig atme ich den Geruch ein. Er sieht meinen Blick. Ein Käffchen? fragt er, und er reicht mir seine Tasse für einen Schluck, einen wunderbaren, herrlichen Schluck.

Mit einem Kopfdeuten fordert er mich auf, ihm zu folgen, und so steige ich in meine Hosen und stolpere die Treppe hinter ihm her, nicht ohne mir schon wieder die Birne anzuhauen.

Ich steige in meine Schuhe, die sich langsam als doch sehr unpraktisch erweisen, weil ich sie dauernd auf- und zuschnüren muß. Verschlafen latsche ich aus dem Haus und erblicke ein Morgengrauen, so zart wie der allererste Kuß.

Von überall her schweben Gestalten im Zeitlupentempo auf das weiße Zelt zu, eine Glocke wird geläutet, und dazu singt eine Nonne auf vietnamesisch. Ihr Gesang und dieses Babyrosa des Himmels sind zusammen süßer als Zucker, schlichtweg betörend, und so schwebe auf einmal auch ich langsam die Stufen hinunter zum Zelt.

Schuhe wieder aus, allen bin ich im Weg, weil ich endlos lange brauche, um die Schnürsenkel aufzubekommen. Vielleicht hätte ich mir doch ein paar blöde Sandalen für diesen Trip zulegen sollen.

Stumm suchen alle ihre Kissen. Ich setze mich auf eins in der Nähe der Zelttür, damit ich fliehen kann, es ist furchtbar flach und durchgesessen, die Matte darunter stinkt nach Schweißfüßen. Ein Gongschlag, und von da an bewegt sich niemand mehr – außer mir.

Der Schneidersitz, den ich eingenommen habe, stellt sich nach wenigen Minuten als äußerst unbequem heraus, unauffällig versuche ich, meine Position zu verändern, was aber peinlich laute Geräusche verursacht: Meine Knochen knacken, der Boden knarzt, das Kissen schabt – alle anderen sind mucksmäuschenstill. Keine Ahnung, wie sie das machen. Meine Knie schmerzen nach weiteren fünf Minuten so sehr, daß ich schreien möchte. Wieder verändere ich meinen Sitz, dafür tut mir jetzt das Kreuz weh. Als ich die Beschwerden einigermaßen behoben habe, schläft mir der rechte Fuß ein. Ich kann nur noch an ihn denken, bis mir eine Mücke um die Ohren surrt und ich vor mich hin puste, um sie zu verscheuchen, aber auch das macht Lärm in dieser ehrfurchtsvollen Stille. Der Schmerz zieht mir in die Oberschenkel, mein linker Fuß schließt sich dem rechten an und schläft ebenfalls ein. Ich verdrehe das Handgelenk, um auf die Uhr zu sehen. Es sind noch keine zehn Minuten vergangen. Das halte ich nicht aus. Von Claudia weiß ich, was zu tun wäre: die Gedanken einfach ziehen lassen.

Wie soll das gehen, wenn ich nur noch über meine diversen Beschwerden nachdenken kann? Die Mücke lenkt mich allenfalls von meinen eingeschlafenen Füßen ab, der Schmerz in den Knien wiederum von der Mücke und die eingeschlafenen Füße von den Schmerzen in den Knien.

Das, denke ich, ist eigentlich interessant, daß mich ein Schmerz vom anderen ablenkt, daß die eine Hölle die nächste ablöst. Gibt es keine Pause?

Offensichtlich war dieser Gedanke die Pause, denn solange ich ihn gedacht habe, habe ich weder Knie, Füße oder Mücke gespürt. Da er aber jetzt zu Ende ist, geht das Karussell von vorne los. Es kommen verkrampfte Schultern, eine zweite Mücke, ein plötzlicher Niesreiz und ein schier unerträgliches Jucken an den Eiern hinzu. Wenn ich mich nicht sofort kratzen kann, werde ich hysterisch.

Kurz bevor ich den Punkt erreicht habe, tut mir mein linkes Knie so weh, daß ich das Jucken wiederum vergesse.

Meditieren ist die reinste Folter. Wie soll ich das eineinhalb Stunden durchhalten? Es ist besser, ich stehe jetzt gleich auf und gehe.

Vorsichtig sehe ich nach rechts und links. Zwei Kissen weiter sitzt Antje. Sie sieht hübsch verschlafen aus. Was geht in ihrem Kopf vor? Was geht in all diesen stoisch dasitzenden Menschen vor? Wie halten die das bloß aus?

Ich nicht. Schluß, aus. Gerade als ich aufstehen will, erklingt wieder der Gong, alle recken sich und strecken sich, stehen auf. Na prima. Vorbei. In Zeitlupe gehen wir hintereinander her, so langsam, daß ich drohe meinem Vordermann auf die Haxen zu treten, schleichen wir im Gänsemarsch durch das ganze Zelt, ich denke, zum Ausgang, aber nein, beim nächsten Gongschlag halten alle vor ihren Kissen und setzen sich wieder hin.

Eine Sekunde länger als alle anderen stehe ich herum, unschlüssig, wie es jetzt weitergehen soll, ich könnte durchaus über alle hinwegstaksen und das Zelt verlassen, es wäre überhaupt nichts dabei. Aber ich wäre ein Versager, ein Schwächling. Also setze ich mich wieder hin, und die nächste Folterperiode nimmt ihren Lauf.

Das Ganze wiederholt sich viermal, und ich mache nur deshalb weiter, weil ich ganz und gar unverhofft in der zweiten Sitzperiode einen winzigen Moment erwische, der sich mir öffnet wie eine Schatztruhe auf dem Meeresgrund.

Draußen auf dem Rasen, wo das Licht langsam immer heller wird, sehe ich eine Amsel hüpfen, und plötzlich höre ich die Vögel.

Ich höre sie, als hätte ich just in diesem Augenblick Ohren verliehen bekommen. Da ich keine Ahnung von Vögeln habe, kann ich sie nicht identifizieren, aber ich höre sie nicht als beiläufiges Gezwitscher wie sonst, sondern als einmalige, in dieser Form unwiederholbare Angelegenheit. Dieses Vogelkonzert wird es so nur ein einziges Mal geben, jetzt, in diesem Augenblick, und wenn ich es jetzt nicht höre, werde ich es nie wieder hören, ich hätte es ein für allemal verpaßt.

So euphorisch mich das auch stimmt, so sehr schmettert mich die Erkenntnis gleichzeitig nieder, denn sie bedeutet, daß ich ständig mein eigenes, einzigartiges Leben verpasse, weil ich blind und taub bin.

Nach eineinhalb Stunden taumele ich aus dem Zelt wie ein Zombie. Mit Mühe nur kann ich mich bücken, um mir die Schuhe anzuziehen. Wieder werde ich von allen Seiten angerempelt, weil ich der einzige bin, der seine Schuhe schnüren muß.

Die Dusche im Gemeinschaftsbad tröpfelt nur, das Wasser ist lauwarm, aber ich fühle mich, als hätte ich eine große Tat vollbracht. Ich bin ein Held. Ich habe eineinhalb Stunden – fast – bewegungslos im Schneidersitz zugebracht und bin nicht schreiend davongelaufen. Mein ganzer Körper schmerzt, mein Kopf ist leer. Ich lasse das Wasser über meine Birne tröpfeln und starre auf ein handgeschriebenes Schild in drei Sprachen, das an der Tür hängt: *Brüder und Schwestern, bitte holt eure Haare aus dem Abfluß, wenn ihr fertig seid.*

Beim Zähneputzen lese ich: *Brüder und Schwestern, geht achtsam mit dem Wasser um.*

Auf dem Klo: *Brüder und Schwestern, werft kein Papier in die Toilette. Verstopfungsgefahr!*

Wenn ich eins am Süden hasse, dann sind es die kleinen Mülleimer auf dem Klo mit überquellendem verschissenem Klopapier. Niemals werde ich mich dieser entsetzlichen Sitte anschließen. Mein benutztes Klopapier schmeiße ich ins Klo, und damit basta.

Als ich herauskomme, sehe ich Norbert, der mit einem Handtuch um die Hüften in einer Duschkabine verschwindet. Norbert mit den drei Eiern, wegen Totschlag angeklagt, von seiner Frau verlassen. Er entdeckt mich und hebt freudig die Hand zum Gruß. Ich will schon den Mund öffnen, ich muß ihm doch endlich etwas sagen zu seiner entsetzlichen Geschichte, irgendeine Reaktion zeigen, aber welche? Da fällt mir gerade noch rechtzeitig das edle Schweigen ein, und so hebe ich ebenfalls die Hand, und wir winken uns majestätisch zu.

Zum Frühstück komme ich zu spät. Das Meditieren hat die Truppe nicht unbedingt schöner gemacht. Grau, übermüdet, zerknittert sitzen sie in ihren Vliesjacken und -hosen vor ihrem Müsli und starren mich an wie eine wiederkäuende Kuhherde. Die Kinder ungewaschen, quengelig und bekleckert. Der Frühstückstisch ist bereits abgegrast, die Müslischüssel bis auf den letzten Rest leer gekratzt. Außer einem Stückchen Vollkornbrot (in Frankreich!) und ein bißchen Marmelade finde ich nichts mehr, dazu Sojamilch oder Kräutertee. Obwohl ich weiß, daß es keinen Kaffee gibt, suche ich danach wie nach dem heiligen Gral. Ähnlich erfolgreich.

Ich setze mich und mümmle an meinem Stück Brot. Tiefe Trostlosigkeit überfällt mich. Wo zum Teufel ist Franka? Ohne sie fühle ich mich hier so verloren, als flöge ich mutterseelenallein durch den Weltraum. Es ist noch nicht einmal acht Uhr.

Ein endloser Tag liegt vor mir.

Ich spüre einen Windhauch im Nacken, greife lachend mit beiden Händen hinter mich, ohne mich umzudrehen, da ist sie ja endlich! Ich erwische zwei feste, schlanke Oberschenkel, an die ich mich nicht erinnern kann. Franka gehören sie nicht. Sie hat – zum Kummer ihrer Mutter – Beine wie dorische Säulen. Zögernd löse ich meinen Griff und drehe mich um.

Hinter mir steht Antje.

Entschuldigung, ich dachte, Sie wären…

Sie legt den Finger an die Lippen und bedeutet mir, mit ihr mitzukommen. Ich lächle entschuldigend in die wiederkäuende Runde, stehe auf und gehe neugierig hinter Antje her.

Kaum sind wir um das Küchengebäude gebogen, wo uns niemand mehr sieht, fängt sie an zu laufen. Über den Kiesweg, am Lotusteich vorbei bis zum Parkplatz. Keuchend hole ich sie ein.

Welches Auto ist deins? fragt sie.

Ich deute auf mein Auto, schließe auf, sie läßt sich auf den Beifahrersitz fallen, zieht einen Lippenstift aus der Tasche, klappt die Sonnenblende runter und schminkt sich die Lippen klatschmohnrot.

Lächelnd sieht sie mich an und sagt: *Un grand café au lait, s'il vous plaît.* Ich lasse den Motor an.

## 21

Wir gehen über den sonnenüberfluteten Marktplatz wie ein Paar auf Urlaubsreise. Normale Menschen kommen uns entgegen in normaler Kleidung. Diese Menschen haben nicht meditiert, haben ihr Essen nicht fünfzigmal gekaut, sie gehen zu schnell, und sie freuen sich nicht an ihrem Atem. Sie sind wie ich, und ich atme auf. Endlich wieder unter meinesgleichen.

Vor zwei Tagen noch waren sie nicht meinesgleichen, da waren sie spießige Spielzeugfranzosen.

Wie ein Pferd in den Stall strebe ich eilig auf das nächste Café zu. Da läuten die Kirchenglocken, und Antje bleibt wie angewurzelt stehen. Rührt sich nicht von der Stelle, sondern steht mit niedergeschlagenen Augen bewegungslos da. Ich sehe mich um, ob uns jemand beobachtet, aber die Kleinstadt folgt ihrem eigenen Rhythmus und hat keine Zeit, sich um durchgeknallte Touristen zu kümmern. Beim letzten Glockenschlag erwacht Antje aus ihrer Erstarrung, sieht mich lächelnd an und setzt sich wieder in Bewegung, als sei nichts geschehen.

Was soll dieser andauernde Dornröschenschlaf, wenn es irgendwo klingelt?

Oh, sagt sie nüchtern, man nimmt die Glocken oder das Telefonklingeln nur als Anlaß, um anzuhalten und alle Gedanken, alle Pläne, alle Gefühle fallenzulassen. Alles, was wir uns ständig über die anderen und über uns selbst so ausdenken.

Unsere gesamte menschliche Wahrnehmung fallenlassen? frage ich empört. Was bleibt dann von uns übrig?

Nein, sie schüttelt den Kopf, nur unsere Vorstellung von der Welt.

Ich mag, wie sie das Wort ›Vorstellung‹ ausspricht mit ihrem holländischen Akzent, so als wäre es ganz heiß und sie könne sich den Mund daran verbrennen.

Ich wünschte, ich könnte eine fremde Sprache so perfekt sprechen wie sie. Ich möchte, daß sie noch einmal das Wort ›Vorstellung‹ sagt. Erklär mir das, sage ich. Was ist der Unterschied zwischen meiner Wahrnehmung und meiner Vorstellung?

Zielstrebig steuert sie auf ein Café unter Platanen zu, deren Blätter dekorative Schatten auf die weißen Tischdecken werfen, und setzt sich. Skeptisch betrachtet sie mich, als wolle sie abschätzen, ob ich intelligent genug für die Antwort bin. Die meiste Zeit, sagt sie dann, haben wir eine Meinung von den Dingen, aber wir nehmen sie nicht wirklich wahr.

Sie zeigt auf eine ältere Frau, die schwer bepackt mit Plastiktüten über den Platz watschelt. Ich sehe die Frau, fährt sie fort, und denke zum Beispiel: Was hat die denn für krumme Beine, und dieser Rock! Unmögliche Farbe und viel zu kurz für ihr Alter. Man sollte in dem Alter keine kurzen Röcke anziehen. Ob meine Beine noch gut genug sind für kurze Röcke? Ich hatte doch mal einen blauen Rock. Wo ist eigentlich mein blauer Rock? Ich hätte jetzt zu gern meinen blauen Rock an. Aber wenn ich dann so aussähe wie die da... Sie stützt den Kopf in die Hände und blinzelt mich an.

Ich lache.

Wirklich wahrgenommen habe ich die Frau aber nicht. Nur meine Konzepte über Röcke und Beine und das Alter... Ich bin gefangen in meinen Vorstellungen, verstehst du?

Ich sage ja, aber wenn sie mich so ansieht, würde ich zu vielem ja sagen. Ein junges Mädchen in Frankas Alter bedient uns. Sie trägt einen weißen Häkelpullover über enormen Brüsten und eine enggebundene weiße Schürze über einem kleinen Kugelbauch. Ihre Füße stecken in Plateauschuhen, die an Hufe erinnern und dem Mädchen etwas von einem linkischen Fohlen verleihen.

Jetzt bist du dran, sagt Antje.

Junge Französin, hat wahrscheinlich keine Lehrstelle, muß im Café ihrer Eltern arbeiten, träumt davon, Kosmetikerin zu werden.

Nein, das gilt nicht, protestiert Antje. Du mußt sagen, was dir wirklich durch den Kopf geht.

Ich zögere.

Na, komm. Komm schon.

Ich seufze.

Bitte, sagt sie.

Okay. Aber ich übernehme keine Verantwortung für meine Gedanken.

Abgemacht.

Kleine geile Französin, sage ich. Toller Busen, wahrscheinlich leicht umzulegen, würde auch ein bißchen Geld für einen neuen Pullover nicht ablehnen. Ich hätte nix dagegen, sie fühlt sich bestimmt gut an, schreit auf französisch, *maintenant, viens!* dieses Lied von Jane Birkin, schon lange nicht mehr gehört. Was macht eigentlich Jane Birkin? Sie war die Frau meiner Träume. Die Kleine mag aber bestimmt keine deutschen Männer, außerdem könnte ich leicht ihr Vater sein, ich habe eine Tochter im selben Alter. Was macht eigentlich gerade meine Tochter?

Ich verstumme, atme aus wie nach einem 100-Meter-Spurt. Entschuldigung, das war nicht ich, nur mein Kopf.

Antje nickt befriedigt. Sie lehnt sich zurück und läßt ihre Zöpfe über die Stuhllehne baumeln. Nichts quält uns mehr als unser eigener Kopf. Es ist wunderbar, nichts zu denken, sagt sie mit geschlossenen Augen, das muß man den Buddhisten lassen, der Trick ist einfach wunderbar.

Aber es gibt keinen Kaffee.

Buddhismus *und* Kaffee, das wär's, seufzt sie.

Mademoiselle im Häkelpulli trabt wie auf Stichwort mit unserem Kaffee heran. Antje riecht ihn mit geschlossenen Augen und lächelt selig.

Gierig schütte ich ihn in mich hinein, obwohl ich mir dabei die Zunge verbrenne.

Sie richtet sich auf, nimmt ihre Tasse in beide Hände und trinkt den Kaffee in winzigen Schlückchen wie amerikanische Schauspielerinnen in Liebesfilmen. Fehlt nur noch das übergroße Sweatshirt und dicke Socken an den Füßen.

Ich bin eigentlich nur hier wegen meinem Mann, sagt sie und sieht in ihre Tasse. Er hat eine Affäre. Sie blickt auf und sieht mich mit ihren Honigaugen an, ich falle in sie hinein wie in einen Honigtopf und komme aus eigener Kraft nicht mehr raus.

Ich hatte auch eine, sage ich. Eine Affäre, meine ich.

Sie zuckt nicht mit der Wimper. Ich muß wahnsinnig geworden sein. Sie sieht mich immer noch an. Sie hat Sommersprossen auf der Nase und eine kleine Narbe auf dem Jochbein. Ich spüre, wie ich rot werde. Ich kann mich nicht erinnern, wann ich das letzte Mal rot geworden bin. Interessiert zieht sie die Augenbrauen hoch, und es bleibt mir nichts weiter übrig, als weiterzusprechen. Eine Affäre mit einer Fünfundzwanzigjährigen, stottere ich leise.

Toller Sex? fragt sie ebenso leise zurück.

Ich nicke. Es ging nur um Sex. Wie ein plötzlicher Heißhunger, den ich nicht kontrollieren konnte. Dabei habe ich ein ziemlich normales Eheleben. Es hat mit meiner Frau nicht das geringste zu tun.

Sie lacht mich aus.

Ich habe mich selbst nicht mehr wiedererkannt. Ich habe mich plötzlich wie ein wild gewordener Schimpanse verhalten. Und ich verstehe nicht, warum.

Mein Mann versteht, warum, sagt sie trocken. Bei ihm ist es Liebe.

Tut mir leid, sage ich, aber es tut mir überhaupt nicht leid. Im Gegenteil. Ich wittere Morgenluft. Ihr Alter hat nicht nur eine Affäre, er hat sich auch noch verliebt.

Aber war ich nicht verliebt? Wie oft habe ich in Marisols Ohr geflüstert: *Te quiero. Te adoro.* Natürlich war ich verliebt.

Antje nippt an ihrem Kaffee.

Er hat sie hier bei den Buddhisten kennengelernt. Ist hergefahren, um etwas gegen seinen Streß im Beruf und seine Depressionen zu tun. Und bumm.

Tut mir leid, wiederhole ich wie ein Schaf.

Sie sieht mich abwesend an.

Und ist sie hier?

Sie schüttelt den Kopf. Jetzt versuche ich hier zu lernen, was diese Frau so interessant gemacht hat. Blöd, was?

Ich zucke vorsichtig die Achseln.

Sie ist so… so gelassen, so großzügig… so frei, so eine richtige Buddhistin, sagt sie mit beißender Ironie. So zu sein, habe ich zwar noch nicht gelernt, aber wenigstens kann ich schon eine Tasse Kaffee ganz anders genießen als vorher.

O ja, sage ich, dankbar, daß wir das Thema der Affären und der Liebe hinter uns gelassen haben. Das Glück der Armen und Benachteiligten. Sie brauchen so wenig.

Sie starrt in ihre Kaffeetasse, und ich merke, wie sie sich zurückzieht. Ich habe etwas Falsches gesagt, habe sie verjagt, wie ein Fuchs das Reh.

Wir schweigen. Ich überlege, wie ich sie wieder aus der Reserve locken kann. Sie bestellt eine zweite Tasse Kaffee, ohne mich anzusehen und ohne mich zu fragen, ob ich auch noch eine will.

Es wird bei ihm aufhören wie bei mir, versuche ich sie zu trösten und bin doch froh, daß sie offensichtlich Trost braucht. Bei mir hat es einfach eines Tages aufgehört, so als hätte ich mich überfressen. (Ist doch gar nicht wahr. Erst gestern habe ich Marisol wieder angerufen.)

Eben, flüstert sie.

Das Reh kommt vorsichtig aus dem Wald zurück auf die Lichtung. Was eben? frage ich leise mit einer Stimme aus Samt, um es nicht erneut zu verschrecken.

Liebe hört eben nicht einfach auf. Oh, ich… sie ballt die

Hände zu Fäusten, ich könnte diese Frau... ich könnte sie... ich würde sie am liebsten schlachten und in kleine Konservendosen stopfen.

Sehr buddhistisch, necke ich sie.

O ja. Ich töte auch Mücken. Und Fliegen. Und Spinnen, sagt Antje mit zusammengekniffenen Augen.

Ich auch.

Sie lächelt kurz. Mit dem Finger schleckt sie den letzten Rest Kaffee aus ihrer Tasse, dann stellt sie die Tasse energisch ab. Er hängt so an ihr, sagt sie. Er hängt an ihr wie eine Klette. Und das, obwohl Tubten Rinpoche ständig erklärt, daß man an nichts hängen, nichts festhalten soll. Er hat das so gezeigt:

Sie umschließt ihren Kaffeelöffel mit der Faust, streckt den Arm aus und hält die Faust so fest geschlossen, daß sie rot anläuft. Etwas so festzuhalten ist ganz schön anstrengend, stößt sie zwischen zusammengebissenen Zähnen hervor. Dabei wäre es so viel leichter: Sie dreht die Faust um, öffnet sie und balanciert den Löffel auf der Handfläche. Sie seufzt.

Ich nehme den Löffel aus ihrer Hand. Aber so kann ihn dir jemand wegnehmen, sage ich.

Aber ewig festhalten kann ich meinen Mann ja auch nicht, erwidert sie.

Ich lege den Löffel vorsichtig auf das Tischtuch und überlege, wer von uns beiden der Kaffeelöffel ist, Claudia oder ich.

Scheiße, murmelt sie und macht eine Handbewegung, als wolle sie eine Fliege verscheuchen. Und du, warum bist du hier?

Ich erzähle ihr von meiner Tochter und dem Lama.

Sie lacht. Wir beide sind wahrscheinlich die einzigen, die nicht aus freien Stücken hier sind. Manchmal möchte ich schreiend davonlaufen.

Ich auch.

Wir schweigen und lächeln uns schüchtern zu. Dann stelle ich eine dumme Frage. Und dein Mann? Wo ist der?

Sie sieht mich überrascht an. Du kennst ihn doch.

Was?

Du wohnst doch in einem Zimmer mit ihm.

Ich fahre mir über die Haare, sehe schnell zur Seite, versuche, meinen Schrecken zu verbergen. Sie ist Theos Frau! Theo aus Amsterdam. Antje aus Amsterdam. Natürlich! Wie unglaublich blöd ich doch bin!

Ja, ja, sage ich lahm, und merke plötzlich, wie schwül die Luft ist, wie ein feuchtes Handtuch senkt sie sich auf mich herab, und ich bin mit einemmal ganz müde.

Lange sagen wir gar nichts, bis Antje ihre Hand wie einen fremden Gegenstand über die Tischdecke schiebt. Reflexartig, ganz so wie ein Frosch nach einer Fliege schnappt, schnappt meine Hand nach ihrer, legt sich auf sie. Hab sie.

Antje beugt sich über den Tisch, sieht mich ganz genau an, und ich versuche, interessant, tiefgründig und sensibel zugleich auszusehen. Ihre Hand liegt unter meiner wie ein kleines gefangenes Tier, und erst jetzt, während wir uns anstarren, keimt ein furchtbarer Verdacht in mir, steigt wie eine schnell wachsende Giftpflanze aus meinem Bauch in den Kopf und geht dort zu voller Blüte auf: Wer ist die Frau, die Theo liebt?

# 22

An der Hand zerrt Franka mich ins große Zelt. Ungeduldig zupft sie an mir, während ich mir die Schuhe ausziehe. Es ist bereits gerammelt voll. Mindestens vierhundert Menschen sitzen andächtig im Schneidersitz im Halbrund und warten auf den Chef-Lama. Ich versuche, Antje zu entdecken, aber vergebens.

Ich werfe meine Schuhe in eine Ecke und stakse hinter Franka her quer über die Sitzmatten, da tippt mich ein dicker Mann mit grauem Pferdeschwanz auf die Schulter und deutet auf meine Schuhe. Mit untergeschlagenen Armen sieht er mir zu, wie ich meine Schuhe wieder aufklaube und sie ordentlich in Reih und Glied mit Hunderten von anderen Schuhen stelle. Das ist mir seit meiner Schulzeit nicht mehr passiert. Ich schäume vor Wut. Buddhapolizei, denke ich erbost.

Franka sieht mir kopfschüttelnd zu und zerrt mich auf ein winziges Sitzkissen, auf dem kaum mein Hintern Platz hat. Ich verdrehe meine Beine wie ein Fakir, stoße meine Knie meinem Vordermann ins Kreuz, der sich daraufhin langsam umdreht und mich mit einem Blick voller Verachtung bedenkt.

Es herrscht angespannte Stille. Fliegen surren wie kleine Flugzeuge laut durch die heiße Luft. Leicht wehen die Zeltplanen im Wind. Vierhundert Menschen sind mucksmäuschenstill. Plötzlich geht ein Tuscheln durch die Menge, alle rappeln sich auf und verharren mit gesenktem Kopf.

Ich stelle mich auf die Zehenspitzen und sehe Lama Tubten Rinpoche, den Mann mit der Dose von Claudias Buch, wie er durch die Menge schwebt. Nicht so wie die Batikdamen um den See, nein, dieser Mann schwebt wirklich. Sein Körper bewegt sich beim Gehen nicht auf und ab, sondern gleitet wie ein Schiff ganz langsam an der Menge seiner andächtig gebeugten Anhänger vorbei.

Er wird gefolgt von einem jungen Mönch mit schwarzer Meckifrisur, der einen Teebecher trägt. Franka hebt ein wenig den Kopf, strahlt den jungen Mönch an – und da weiß ich, daß das wohl Pelge sein muß. Er macht auf die Entfernung einen netten und sehr, sehr jungen Eindruck.

Tubten Rinpoche schwebt auf seinen gelben Thron zu, nimmt im Schneidersitz Platz, rafft sein rotes Gewand, legt es achtsam in Falten, richtet sich auf und bedeutet der Menge mit einer kleinen Handbewegung, sich zu setzen.

Um mich herum werfen sich nun alle dreimal hintereinander schwitzend und keuchend zu Boden, während ich wie angewurzelt dastehe wie der letzte Depp. Es erinnert mich ein wenig an die quälenden Schulkonzerte, in denen ich als Geigenschüler mitspielen mußte und bei denen ich regelmäßig dadurch auffiel, daß mein Geigenbogen in die Höhe ging, wenn alle anderen nach unten zogen. Ich hatte keine Möglichkeit mehr, diesen Fehler zu korrigieren, immer wieder schob sich mein Bogen nach oben, alle anderen nach unten, so wie ich auch jetzt keine Chance habe, mich ebenfalls zu Boden zu werfen, denn ich hätte unweigerlich den falschen Rhythmus. Alle anderen wären oben, während ich mich auf die Knie werfen würde, und wäre ich wieder oben, wären sie auf den Knien. Ich ziehe entschuldigend die Schultern hoch, aber Lama Tubten Rinpoche sieht mich nur freundlich an.

Endlich sitzen alle, und er lächelt weiter in die Runde. Alle halten den Atem an. Minutenlang mustert er die Menge und lächelt. Nichts geschieht. Gar nichts. Ich gähne hinter vorgehaltener Hand. Tubten Rinpoche sieht mich an. Er fixiert mich, sieht wirklich mich unter all diesen Menschen an, lächelt und fragt *mich* in einem weichen, indisch gefärbten Englisch: Hast du den schönsten Moment deines Lebens schon erlebt?

Der Satz kommt auf mich zugesaust wie ein Pfeil, und unwillkürlich weiche ich aus, aber da hat er mich schon getroffen. Mitten rein ins weiche, verletzliche Fleisch. Der schönste Moment meines Lebens? Meines ganzen Lebens? Ich hoffe nicht. Bisher gab es ein paar schöne Augenblicke, klar. Fröschefangen als Kind, bei meiner Mutter auf dem Schoß sitzen, Autofahren mit Musik in der Nacht, verliebt sein, vögeln und danach rauchen, die Geburt von dem Menschen, der jetzt neben mir sitzt und den ich nur noch ab und zu als meine Tochter wiedererkenne.

Als sie ausschlüpfte, dachte ich: Das hier, das ist der schönste Moment meines Lebens.

Dieses winzige, uralte und völlig neue Wesen, das von weit her zu kommen schien, um mir zu erzählen, worum es eigentlich geht. In der Nacht, als sie geboren wurde, dachte ich, ich hätte es begriffen. Ein für allemal.

Schönster Augenblick? Als ein Frosch in meiner hohlen

Hand auf und ab sprang, als ich in meinem ersten Auto, einem grünen 2CV, nach Frankreich fuhr, die Hand mit einer Gauloise aus dem Fenster hängend, der warme Fahrtwind an meinem Arm und das Gefühl, daß alles, alles in meinem Leben von jetzt an immer nur größer und aufregender werden würde. Ein Kuß von Claudia, ganz am Anfang. Süß wie Halva. An einem Strand in Spanien, den heißen Sand am Rücken, *Stairway to heaven* im Transistorradio. Genauso kam ich mir damals vor: in großen Schritten dem Himmel entgegengehend. Die erste große Enttäuschung – mein Versagen an der Filmhochschule. Aber dafür Claudia, die Retterin, und Franka, die winzige Franka im Waschbecken als Säugling, nachts in unserem Bett wie ein kleiner Alien, im Schlafsack, in einem roten Samtkleidchen, wie sie in meine Arme läuft, einen Löwenzahnstrauß in der Hand. Ich werde von Schnappschüssen meines Lebens überflutet, aber den schönsten, allerallerallerschönsten Moment finde ich nicht, und das ist mir nur recht so, denn ehrlich gesagt hoffe ich, daß das Glück in meinem Leben nicht schon verlebt ist und er noch kommen muß, ich ihn immer noch vor mir habe, den schönsten Augenblick meines Lebens.

Viele Menschen sind der Ansicht, der schönste Moment ihres Lebens müsse noch kommen, fährt Tubten Rinpoche fort, irgendwann in der Zukunft. Und dann lacht er aus vollem Hals, als hätte ihm jemand einen guten Witz erzählt.

Morgen, prustet er, übermorgen, nächstes Jahr. Wenn ich erst meine Ausbildung fertig habe, wenn ich erst wieder gesund bin, wenn ich erst ein Kind habe, wenn ich den richtigen Mann oder die richtige Frau finde, wenn ich genug Geld habe, dann, dann, dann… Er will sich ausschütten vor Lachen. Er lacht uns aus. Lacht mich aus. Mich persönlich. Ich bemerke, wie ich kritisch den Kopf schief halte und die Augenbrauen hochziehe.

Wenn, wenn, wenn, lacht er, dann, dann, dann. Sieht es so in eurem Kopf aus? Ja?

Mmm. Und? Was ist daran so schlimm?

Tubten Rinpoche hört auf zu lachen. Der schönste Augenblick eures Lebens, sagt er zärtlich, der schönste Augenblick ist – jetzt.

Jetzt?

*The best moment of your life is right now,* wiederholt er und lehnt sich zurück.

Was bitte soll an diesem Augenblick, jetzt, in diesem heißen, überfüllten Zelt mit Hunderten von neurotischen Menschen so schön sein? Warum? fragt Tubten Rinpoche. Sehr einfach. Weil es der einzige eures Lebens ist. Dieser Augenblick jetzt kommt nie wieder. Und wenn ihr ihn verpaßt, verpaßt ihr euer Leben.

Erstaunt bemerke ich, wie mir Tränen in die Augen schießen wie kleine Fontänen.

Hört auf zu rennen, sagt Rinpoche leise, wie zu einem Kind, das aufhören soll, mit seinem Essen zu spielen. Hört auf, der Zukunft hinterherzurennen. Die Vergangenheit ist vorbei, die Zukunft ist noch nicht da, die Gegenwart ist euer Zuhause.

Völlig unerklärlicherweise laufen mir die Tränen übers Gesicht. Eine schmale Hand greift nach meiner und hält sie fest. Die Hand meiner Tochter. Da sitzt ihr alter Vater, der sie vor tibetischen Verführern beschützen soll, und hat nichts Besseres zu tun, als zu flennen.

Sie grinst, verlegen grinse ich zurück und hoffe, sie wird meine Hand nicht loslassen. In ihrer großen, fast erwachsenen Hand spüre ich ihre unfaßbare winzige Säuglingshand mit perfekten Miniaturfingernägeln, die nach meinem Zeigefinger griff wie ein Äffchen nach einer Liane; später ihre kleine fette Patschpfote, die sie mir manchmal auf die Backe legte, kurz bevor ich aufwachte; die schmale Hand einer großen dünnen Sechsjährigen, die sie vertrauensvoll an jeder Ampel in meine legte; diese weiche, so zarte und zerbrechliche Kinderhand, die mich, ihren großen dummen Vater, beschützen will.

Den Rest des Vortrags bekomme ich nicht mehr recht mit, mir wird leicht schwindlig von der Hitze und der Vorstellung, daß ich jeden verdammten Moment meines Lebens genießen soll. Wirklich jeden?

Es wird dann noch viel tibetisch gesungen, Franka klappt eine Art Gesangbuch auf und singt inbrünstig mit. Ob sie versteht, was sie da singt? Ist es nicht etwas seltsam, wenn vierhundert Europäer plötzlich tibetisch singen? Man stelle sich vierhundert Tibeter vor, die deutsche Kirchenlieder singen, ohne ein Wort Deutsch zu können.

Ich versuche, ein bißchen mitzusummen, um nicht unangenehm aufzufallen, komme mir dann aber so blöd vor, daß ich es wieder lasse. Ein paar Reihen vor mir erkenne ich den Rücken von Theo, und der Anblick seines blauen T-Shirts über dem weichen, fetten Fleisch läßt mir genauso unvermittelt, wie ich zuvor geheult habe, das Blut kochen. Dieser kleine dicke Holländer, der meine Frau gevögelt hat – davon bin ich inzwischen überzeugt –, soll in der Hölle braten. Dieser schwabbelige Zwerg, der sich mit buddhistischen Weisheiten an meine Frau herangewanzt hat. Wahrscheinlich hat er ihr ins Ohr geflüstert: Dies ist der schönste Augenblick deines Lebens. Jetzt. Ja, ja, jetzt!

Ich spüre Schweißperlen auf meiner Stirn, ich muß an mich halten, um nicht aufzuspringen und ihm die Nase blutig zu hauen. Da, das ist die Gegenwart, verpaß sie nicht, du kleines speckiges Arschloch, du!

Sein Rücken zittert vor Ehrerbietung. Er singt aus vollem Hals. Seine abfallenden Schultern heben und senken sich im Takt.

Claudia kann doch nicht im Ernst... Nein, das ist völlig unmöglich. Und dennoch sehe ich in der nächsten Sekunde, wie sie ihre langen Beine um Theos Schmerbauch schlingt, sein rundes, rotes Schweinsgesicht schweißgebadet, keuchend. Sie sieht gelangweilt zur Decke, Spaß hat sie nicht. Ganz bestimmt nicht. Theo hat doch gar keine Ahnung, wer Claudia wirklich ist. Sie hat hier die spirituelle Blondine mit den langen Beinen gegeben, da bin ich sicher, aber ich habe mit ihr siebzehn Jahre meines Lebens verbracht. Auf jede schöne Frau in dieser Welt kommt ein Mann, dem es über die Jahre ziemlich langweilig wird, sie zu ficken. Ja, das denkt man nicht, ist aber so. Selbst die Möse von Cindy Crawford oder Naomi Campbell und wie sie alle heißen, wird irgendeinem Kumpel auf dieser Welt, gerade in diesem Moment, ziemlich fad.

Und so schön ist Claudia noch nicht mal. Attraktiv, ja. Immer noch. Aber es gehört eine Menge Standhaftigkeit, Ausdauer und Geduld dazu, sie zu ertragen. Und ich ertrage sie. Mit geradezu buddhistischer Gelassenheit. Das mach mir erst mal nach, du Tulpenzwiebel.

Und wenn sie doch Spaß hatte? Mehr Spaß, als ich mir vorstellen kann, weil sie mit mir schon lange keinen mehr hat?

*Spaß.* Ja, Claudia lächelt und wiederholt ein ums andere Mal, wie wahnsinnig viel Spaß sie hat und wie gut es ihr geht und wie glücklich sie ist. Immer schön positiv sein, aber in Wirklichkeit hat sie keinen Spaß. In Gedanken räumt sie bereits schon wieder auf. Zieht die Laken ab, wäscht, bügelt, faltet sie, legt sie ordentlich in den Schrank. Während du dich noch abmühst, ihr Spaß zu bereiten, räumt sie alles schon wieder weg. Das kann dich fertigmachen, das sage ich dir. Du tanzt mit ihr, und sie bringt schon die Schuhe zum Schuster. Du reist mit ihr, und sie schreibt im Geist bereits die Postkarten. Du sitzt am Strand mit ihr, und sie schüttelt schon allen Sand aus den Kleidern und fegt ihn zu kleinen Häufchen zusammen. Und weil du das spürst, beeilst du dich, denn du weißt insgeheim, daß sie keinen Spaß hat, bis nicht alles wieder schön ordentlich ist, und weil du dich so beeilst, hast du selbst keinen. Ich hoffe, Theo ist es ebenso ergangen.

*Ordnung.* Sie ist süchtig nach Ordnung. Ihre T-Shirts im Schrank sind nach Farben sortiert, und die Blumen in den Balkonkästen tragen kleine Namensschilder. Wenn es die ›Anonymen Aufräumer‹ gäbe, würde ich sie am liebsten täglich zur Suchtsitzung schicken. In regelmäßigen Abständen läuft sie durch die Wohnung und schreit: Ich schmeiße jetzt alles weg, was rumliegt. Alles schmeiße ich weg! Franka und ich werfen uns dann auf unsere Habseligkeiten und warten, bis ihr Anfall vorbei ist, aber nicht alles können wir vor ihrer Wegwerfwut schützen. Barbie-Pferde mit drei Beinen müssen ebenso dran glauben wie meine heißgeliebten Wired-Hefte und mein alter Mantel aus Istanbul von 1973. Nur Claudias Ordnung gilt. Sie bestimmt, was Ordnung ist.

Sie hat sich Franka gegenüber zu dem Satz hinreißen lassen: So wie es in deinem Zimmer aussieht, sieht es auch in deinem Kopf aus. Und während Franka sie als Faschistin beschimpfte, dachte ich bei mir, ja, das, genau das ist der Grund, warum ich mich in dich verliebt habe. Du hattest deine kleine Wohnung im Griff, deinen kleinen vegetarischen Imbiß und dein kleines Gehirn. Alles prima aufgeräumt. Du warst nicht hilflos der Welt ausgeliefert wie ich. Du konntest Ordnung schaffen für uns beide, und ich war selig, daß ich mich endlich zurechtfand. Selbst mitten in der Nacht wußte ich, wo ich war, und auch, wer ich war. Wer ich mit Claudia war. Sie hat mich an der Hand genommen und mein Zimmer in dieser Welt gründlich aufgeräumt, was ihr gefallen hat, denn sie liebt aufgeräumte Zimmer. Meine Schwäche ist ihre Stärke. Aber ihre Schwäche ist nicht meine Stärke.

Inzwischen wird mir ihre Vorstellung von einer aufgeräumten Welt immer suspekter, denn sie hat wenig mit der Wahrheit zu tun. Aber Claudia will keine Wahrheit. Sie will aufräumen. Hat sie nie deine Zelle aufgeräumt, Tulpenzwiebel?

*Gefühle.* Oh, über Gefühle redet sie am liebsten, und wie ich dich einschätze, kleine dicke holländische Tomate, hast du das ausreichend mit ihr gemacht. Das findet sie besser als Sex. Dauert auch länger. Am liebsten allerdings redet sie über ihre eigenen Gefühle. Darüber, wie sie sich fühlt, wenn man etwas Bestimmtes getan hat oder auch nicht getan hat. Weißt du eigentlich, wie ich mich fühle? Oder für Franka und mich bestimmt: Wißt ihr beide eigentlich…?

Streng werden wir von ihr befragt wie auf dem Polizeirevier, stumm und starr stehen wir dann da und müssen zugeben, daß wir keine Ahnung haben, wie Claudia sich fühlt. Wir wissen nur, daß alles, wirklich alles, was wir tun, eine Auswirkung auf ihre Gefühle hat.

Sie fragt also, weißt du eigentlich, wie ich mich fühle, wenn du nur fernsiehst, wenn du nach deinem Orgasmus sofort einschläfst, wenn du nicht anrufst, wenn du mich nicht ansiehst, wenn du nicht teilnimmst an unserer Familie – und dann wartet man natürlich anfangs recht gespannt auf eine Antwort, aber diese Antwort kommt nie.

Statt dessen geht sie aus dem Zimmer, schläft auf der Couch, oder sie geht zum Sport oder meditiert. Aber die Frage, wie sie sich denn nun fühlt, beantwortet sie nie.

Inzwischen bin ich, ehrlich gesagt, auch nicht mehr so erpicht auf eine Antwort, denn Claudias Welt scheint aus sehr vielen unterschiedlichen Gefühlen zu bestehen, die sich so schnell verändern, als drehe man wie wild an einem Radiosender. Gerade gab es noch friedliche klassische Musik, und du willst dich entspannt zurücklehnen, schon schaltet sie um auf Hiphop, und wenn du gerade den Rhythmus gefunden hast, gibt's statt dessen Easy listening und gleich darauf ein Jazz-Programm. Du weißt also nie, was kommt, und machst deshalb ständig alles falsch. Und dann kommt die Frage: »Weißt du eigentlich, wie ich mich fühle ...?«

Hat sie dich das nie gefragt? Wenn nicht, dann nur deshalb, weil du die große Ausnahme bist und auf ihre Gefühle keinerlei Auswirkung hast.

*Diäten.* So weit seid ihr wahrscheinlich nicht gekommen, denn das Essen in dem Laden hier ist ja bereits die reinste Schlankheitskur. Ich dagegen mußte über die Jahre Hunderte von verschiedenen Diäten erdulden, die Claudia immer dann in Angriff nimmt, wenn sie sich von mir ungeliebt fühlt und deshalb häßlich und zu dick. In Wirklichkeit also ist es eine Attacke gegen mich, wenn sie eine neue Diät anfängt. Sie kündigt diese niemals an, sondern setzt sich betont munter zu mir und Franka an den Eßtisch und mümmelt dann wie ein Schaf an einem Salätchen, behauptet, sie habe gar keinen Hunger, während Franka und ich schuldbewußt an unserer Pizza würgen. Sie rührt Pülverchen in Wasser und ißt nur noch Tofu oder Obst, oder überhaupt kein Obst und nur Kartoffeln, sie trennt Kohlenhydrate von Eiweiß oder ißt nur noch Eiweiß – was immer vorher Bedingung war, ist garantiert beim nächsten Mal strengstens verboten.

Es wäre mir gleichgültig, wenn sie beschließen würde, nur noch Papier zu essen, weil es gesund und umweltfreundlich ist, wenn sie es nicht jedesmal fertigbringen würde, daß ich mich schuldig fühle.

Sie kündigt mir die Freundschaft auf, indem sie nicht mehr mit mir ißt, und jedesmal wieder falle ich drauf rein. Ich kaufe ihr ihre Lieblingspralinen, weil ich doch weiß, daß sie, kurz bevor sie ihre Tage bekommt, Lust auf Süßigkeiten hat – und plötzlich rührt sie sie nicht mehr an. Ich habe mich an Sojamilch gewöhnt, und mit einemmal ist Eiweiß untersagt, selbst das von Sojabohnen. Ich murre nicht mehr, daß wir nur noch Rohkost essen, da darf es plötzlich nur noch gekochtes Gemüse sein. Es kann nicht darum gehen, daß sie ein paar Kilo abnimmt (was sowieso lächerlich ist, denn sie hat eine gute Figur, und ich bemerke den Unterschied nie, ob sie sich nun gerade dick oder dünn fühlt), es ist auch nicht ihre Gesundheit, die sie mit ihren Diäten zu schützen vorgibt, nein, jede Diät ist eine Kriegserklärung an mich. Ich habe versagt. Ich habe sie nicht genug und richtig geliebt.

Aber so weit seid ihr bestimmt nicht gekommen…

*Schlaflosigkeit.* Wie hast du geschlafen? Wenn du ihr nicht als allererstes am Morgen diese Frage stellst, bist du unsensibel und egozentrisch. Auf diese Frage hat Claudia ausnahmsweise immer eine Antwort, auch wenn es meist dieselbe ist, nämlich: schlecht.

Seit Frankas Geburt hat Claudia Schlafstörungen, sie behauptet, das sei biologisch, Frauen hätten einen leichteren Schlaf, um ihre vor Hunger winselnden Säuglinge zu hören. Bilde ich es mir ein, oder ist da der versteckte Vorwurf, daß ich in Frankas Säuglingsphase zu oft und zu fest geschlafen habe? Aber wie oft habe ich das greinende, quengelnde Kind auf dem Arm spazierengetragen, bin über den Flur getrabt, habe es im Auto durch die Gegend gefahren?

Nicht genug, nicht oft genug, alles nie genug.

Claudia kann nicht einschlafen, sie hört jedes Geräusch,

selbst wenn die Nachbarn über uns die Lichtschalter betätigen, und das ist kein Witz. Sie ist deshalb abhängig von Ohropax, was zwar das Klicken der Lichtschalter ausblendet, nicht aber mein Schnarchen. Gegen mein Schnarchen hilft nichts, gar nichts. Sie hat es mit einer White-Noise-Maschine versucht, die Wasserfälle, Ozeanbrandung und verschieden starke Regenfälle nonstop spielt, eine Zeitlang hat sie mir Schnarchpflaster auf die Nase geklebt, sie hat Schlaftabletten genommen und mir homöopathisches Opium gegeben, vorm Einschlafen auf meinen Rat hin ein bißchen Haschisch in warmer Milch aufgelöst, Akupressurpflaster an den Handgelenken getragen, Baldrian in rauhen Mengen geschluckt, meditiert, abends kein Eiweiß mehr gegessen, Mozart gehört, ihre Gedanken auf kleine Schiffchen gesetzt und wegschwimmen lassen – nichts hat geholfen.

Das Fatale ist, daß ich ihre schlaflosen Nächte nicht mitbekomme, ebensowenig wie Franka, denn wir schlafen beide wie die Murmeltiere. Jeden Morgen habe ich ein schlechtes Gewissen, weil ich geschlafen habe und sie nicht.

Claudia ist immer müde, und alles ist deshalb eine Anstrengung für sie. Diese ständige Müdigkeit ist ähnlich belastend wie eine schleichende Krankheit, denn immer muß auf Claudia Rücksicht genommen werden. Geht es noch? Kannst du noch? Bist du noch nicht zu müde? Und tapfer, ach so tapfer, sagt sie dann: Nein, nein, kein Problem, und unterdrückt mühsam ein Gähnen.

Aber ihr beide zusammen seid wahrscheinlich nie müde, denn ihr seid ja die Erwachten. Viel Spaß mit meiner Frau wünsche ich dir, du kleiner Goudafresser, viel Spaß. Du wirst dich noch wundern.

Theos blaues T-Shirt bewegt sich verschwommen vor meinen Augen im Takt des tibetischen Gesangs auf und nieder, und während ich noch in meiner Wut und in meinem Haß schwimme wie in einem vergifteten See, sehe ich Claudia, wie sie nackt durch die Wohnung geht, ein Handtuch um den Kopf geschlungen, eine Tasse Kaffee in der Hand, ich sehe ihre Grübchen im Po, ihren langen Rücken, den schmalen Nacken, ich sehe sie im Liegestuhl auf dem Balkon liegen und zu mir hochblinzeln, ich sehe sie unter mir und auf mir, ich rieche sie. Als nächstes spüre ich, wie sich mein Schwanz gegen meine Unterhose stemmt.

Tubten Rinpoche hört auf zu singen. Die Hölle, sagt er, sind nicht die anderen, sondern ihr. Euer Kopf, sagt er, *your mind, your mind.* Er macht eine lange Pause. Die Fliegen summen durch die Luft wie wild gewordene Gedanken. Aber wenn euch euer Kopf die Hölle bereiten kann, warum nicht das Paradies? fährt er fort. Ihr müßt euch nur entscheiden, ob ihr glücklich sein wollt. Und wenn ihr euch entschieden habt, müßt ihr es einfach üben. Er lächelt und steht unvermittelt auf. Die Menge rappelt sich überrascht auf, wirft sich mit knackenden Knochen wiederum dreimal zu Boden, aber da ist er schon aus dem Zelt geschwebt.

Gerade will ich mich wieder auf meinen Haß und meine Eifersucht konzentrieren und suche Theo in der Masse, denn jetzt ist der Moment gekommen, wo ich ihn mir zur Brust nehmen werde, da greift Franka nach meinem Arm und zieht mich aufgeregt mit sich, so daß ich Theo aus den Augen verliere. Sie führt mich um den Schrein herum, und da steht Pelge und sammelt das Teegeschirr von Tubten Rinpoche ein. Sie stupst ihn sanft an, er richtet sich auf, wir sehen uns in die Augen. Seine sind wach und schwarz, vollkommen alterslos, so ruhig, so verteufelt ruhig. Ich blinzle aufgeregt.

*My Dad,* sagt Franka strahlend.

Ich strecke die Hand aus, aber Pelge ergreift sie nicht, sondern verbeugt sich tief vor mir, und also verbeuge ich mich auch ein wenig. Aufmerksam sieht er mich an und lächelt. Was denkt er unter seinem Meckihaarschnitt? Was sieht er in Franka? Bewundert er ihre weiße Haut? Ihre Trampligkeit? Ihre Lautstärke? Ihre Launen?

Er wirkt seltsam vertrauenerweckend, sofort würde ich ihm mein Portemonnaie anvertrauen. Aber meine Tochter?

Ich nicke ihm schüchtern zu, dieser fünfundzwanzigjährige Tibeter macht mich tatsächlich schüchtern. Ich grinse, Franka grinst, wir grinsen ein wenig zu dritt, es gibt offensichtlich nichts zu sagen. Stumm grinsen wir vor uns hin, ich lausche meinem Atem, und vielleicht ist es die Hitze in dem Zelt, aber alles verlangsamt sich ein wenig, und ich bin völlig zufrieden, nur ein- und auszuatmen und vor mich hin zu grinsen, ein wenig so, als hätte ich mir die Rübe vollgekifft, was ich schon ewig nicht mehr gemacht habe. Ruhig und zufrieden stehen wir so da, und nach einer Weile verbeugen wir uns alle drei wieder und gehen unserer Wege.

Na, dem habe ich ja schön meine Meinung gesagt. Claudia wird mir was husten. Anstatt dem jungen Kerl zu verbieten, unsere Tochter anzubaggern, habe ich mich vor ihm verbeugt! Hab ihn noch nicht mal gefragt, ob er nun eigentlich Mönch ist oder nicht und wie er es mit seinem Keuschheitsgelübde hält. Wie ein Schaf hab ich dagestanden, wie ein zufriedenes Schaf!

Ich stolpere aus dem Zelt ins gleißend helle Licht und sehe mich nach Theo um, aber der ist natürlich längst verschwunden. Ich muß ein wenig nachdenken, um meine Eifersucht und meine Wut wiederzufinden, so als hätte ich sie in dem kurzen Moment mit Pelge verlegt wie einen Schlüssel.

## 23

Die Tür zu unserer Zelle stoße ich auf wie in einem Actionfilm, stehe im Türrahmen wie Clint Eastwood. Theo liegt zusammengekrümmt wie ein Baby auf seiner Matratze und schläft. Sacht schwingt das zusammengeknotete Moskitonetz im Luftzug der Tür über ihm hin und her. Ich beuge mich dicht über ihn, rieche an ihm schwach mein eigenes After-Shave. Schweißperlen stehen auf seiner Stirn, auf der Nase hat er Sommersprossen, seine Bartstoppeln sind blondweiß gesprenkelt. Auf der Halbglatze verstreute kleine Leberflecke, wie Fliegendreck. Er muß ungefähr so alt sein wie ich, nicht mehr jung und noch nicht alt. Er wirkt unschuldig und alterslos in seinem Schlaf. Ich könnte ihm jetzt die Gurgel zudrücken, ihn mit einem Kissen ersticken. Sein Atem kitzelt mein Kinn. Er schnarcht kaum hörbar, aber er schnarcht. Das erleichtert mich. Mit ihm würde Claudia so wenig ihren Schlaf finden wie mit mir. Theo lächelt. Vielleicht träumt er von Claudia.

Ich setze mich auf den Boden. Es ist ganz still. Hier ist es immer so still. Ich spüre unangenehm, wie mein Herz klopft und wie meine Gedanken und Gefühle sich in mir bewegen wie Ameisen. Sie werden durch verborgene Kanäle in mein Gehirn getragen und von da wieder zurück zu meinem Herzen, in meinen Magen, meinen Mund, meine

Hände, selbst in meinen Füßen spüre ich Gefühle. Sie sind seltsam taub und fremd.

Daß Claudia mit Theo eine Affäre hat oder hatte, ist meinem Körper schon lang Gewißheit, das merke ich erst jetzt. Wie die meisten Betrogenen war ich blind und taub, aber mein Körper wußte Bescheid, und auch jetzt weiß er, was er zu tun hat. Nur mein Gehirn wehrt sich noch, einen Schlafenden zu schlagen.

Ich werde ihn wecken und dann zuschlagen. Ich habe meine Ehre. Theo hält die Hände vorm Gesicht, sein dicker Bauch liegt ungeschützt auf der Seite. Ich probiere aus, ob ich mit rechts oder eher mit links besser treffe, schlage einige Male durch die Luft, und den Lufthauch muß er wohl gespürt haben, denn er klappt seine Babyaugen auf und sieht mich erstaunt an.

Ich hechte erschrocken auf meine Matratze und ärgere mich. Er richtet sich auf und reibt sich die Augen. Wie spät? flüstert er, wie spät ist es? Anstatt zu brüllen und zu prügeln, sehe ich gehorsam auf meine Armbanduhr und melde ihm ebenso flüsternd die Zeit.

*Godverdomme,* flucht Theo auf niederländisch, fährt in seine Hosen und eilt zur Tür. Bevor er hinausgeht, dreht er sich noch einmal zu mir um. Erklärung der fünf Richtlinien, sagt er, und ich Trottel habe mich für die dritte gemeldet. Was ist die dritte Richtlinie? frage ich ihn, obwohl ich ihn doch eigentlich hauen will.

Keuschheit, grinst er, und schon ist er aus der Tür.

Die fünf Richtlinien also. Ich habe keine Ahnung, was das heißen soll. Ich bin nur hier, um meinen Feind zu bewachen. Es stinkt im Zelt schwach nach Fußschweiß und Mückenmilch. In der Mittagshitze sind selbst die Fliegen müde geworden.

Mutter Maja, Ueli, Theo und zwei Frauen, die ich nicht kenne, sitzen inmitten der deutschen Gruppe und lesen mit Emphase etwas aus einem zerfledderten kleinen Büchlein vor. Rechts und links von mir findet dasselbe auf englisch und französisch statt. Norbert hebt grüßend die Hand, die häßlichen Zwillinge aus meiner Grashüpferfamilie lächeln mir freudig zu wie einem tatsächlichen Verwandten. Widerstrebend setze ich mich schon wieder in den Schneidersitz. Alle meine Knochen stöhnen vor Pein.

Mutter Maja holt tief Luft und beginnt: Erste Richtlinie. Du sollst nicht töten. Nutze jede Möglichkeit, Leben zu schützen. Übe keinen Beruf aus, der Mensch und Natur schadet.

Ja, sagt Mutter Maja gedehnt… ich fange dann mal an. Und dann erzählt sie mit leiser Stimme, wie sie vor sieben Jahren krank und durcheinander aus Indien zurückkam und bei einer Freundin in Heidelberg Unterschlupf fand, die einen kleinen Hund hatte, den sie abgöttisch liebte. Der Hund jedoch haßte Maja, und Maja haßte ihn. Eines Tages legte sich der Hund auf Majas Bett, und Maja wurde so wütend, daß sie ihn packte und gegen die Wand schleuderte. Am Nachmittag, als die Freundin nach Hause kam, erbrach sich der Hund, er wurde zum Tierarzt gebracht, und der stellte eine Schädelfraktur fest. Wie um Himmels willen hatte sich der Hund eine Schädelfraktur geholt? Maja schwieg eisern. Der Hund lebte noch ein paar Wochen, dann starb er. Die Freundin war untröstlich.

Und ich habe ihn getötet und es ihr bis heute nicht gesagt, flüstert Maja, und dicke Tränen rollen ihr über das zerfurchte Hippiegesicht.

Betreten sehen alle zu Boden, nur ich platze innerlich fast vor Lachen. Ich bin ein schlechter Mensch, ich habe keinerlei Mitleid mit dem kleinen Hund und seiner Schädelfraktur und mit Maja, der Mörderin.

Maja reicht das Mikrofon an Ueli weiter, der auf schwyzerdütsch vor sich hin murmelt, er sei ein Dieb, denn er habe mal eine Swissairdecke mitgehen lassen, schummle bei der Brotkorbabrechnung im Restaurant, und auf der Fahrt ins Kloster habe er tatsächlich in einem Bistro eine gelbe Ricardflasche gemopst. Sie war so hübsch, setzte er entschuldigend hinzu.

Die fünf Richtlinien scheinen eine buddhistische Version der Zehn Gebote zu sein. Töten und Stehlen hatten wir schon, kommt nicht als nächstes der Neid auf die Kuh, die Frau und das Einfamilienhaus mit Pool vom Nachbarn? Ueli gibt das Mikrofon an Theo weiter, widerwillig bemerke ich, wie mein Herz schneller schlägt.

Mit gesenktem Kopf liest Theo vor: Dritte Richtlinie: Sex sollte nicht ohne Liebe und ohne langfristige Verantwortung erfolgen. Sei dir darüber im klaren, wieviel Leiden du durch dein Handeln verursachen kannst.

Er macht eine lange Kunstpause, seine Glatze färbt sich puterrot. Tomate, denke ich. Du holländische Treibhaustomate, du.

Ich bin besessen, sagt er. Besessen von einer Frau. Ich glaube, es ist Liebe, aber ich frage mich, wo in meinem Körper die Liebe sitzt. Denn Sex ohne den Kopf wäre nicht viel anders als Nasebohren. Alles passiert im Kopf. *The mind, the mind,* sagt er und lächelt kurz. Und in meinem Kopf wohnt seit ungefähr vier Monaten diese Frau, die ich mehr begehre, als ich jemals eine Frau begehrt habe.

Ich höre mich schnaufen wie einen Stier. Meine Nachbarin wirft mir einen besorgten Blick zu.

Diese Frau, sagt Theo, ist nicht meine Frau. Sie gehört einem anderen. Ich habe selbst eine Frau. Wir sind schon lange verheiratet. Glücklich verheiratet. Ich verstehe deshalb nicht, wie diese andere Frau in meinen Kopf hereinkommen konnte. Es vergeht keine Sekunde, in der ich nicht an sie denke. Dabei ist sie nicht schöner als meine Frau, nicht jünger, nicht intelligenter, auch nicht besser im Bett.

Meine Nachbarin legt mir die Hand auf den Arm. Ist alles in Ordnung? flüstert sie. Idiotischerweise werde ich rot, so als würden gleich alle mit dem Finger auf mich zeigen und den Gehörnten auslachen. Wirklich alles okay? fragt meine Nachbarin. Ich nicke und schließe die Augen, um sie abzuwehren. Mit geschlossenen Augen höre ich Theo zu, wie er von meiner Frau spricht. Sein holländischer Akzent verzuckert alles, was er sagt, auf eine widerliche, klebrige Art.

Ich weiß nicht, was es ist, sagt er, aber wenn ich an diese Frau denke, zerreißt es mich vor Sehnsucht. Ich möchte nur bei ihr sein. Ich verletze meine Frau, und ich kann nichts dagegen tun. Mein Kopf macht mit mir, was er will. Biochemiker behaupten, daß es bestimmte Geruchsstoffe sind, die uns aneinander binden, daß wir, wenn wir uns verlieben oder fremdgehen, nur auf der Suche nach dem bestmöglichen Erbmaterial sind, Psychotherapeuten würden mir wahrscheinlich erklären, daß ich auf der Suche nach meiner Mutter bin … Ich weiß nur, daß ich bei dieser Frau sein will, koste es, was es wolle.

Ich öffne die Augen wieder und sehe, daß Theo jetzt leichenblaß ist. Ich entschuldige mich bei meiner Frau, sagt er leise und senkt den Kopf.

Buddhas Empfehlung, schnieft er, alle Anhaftungen und Begierden zu durchschneiden, an nichts mehr festzuhalten, um das Leiden aller zu vermindern, kann ich nicht folgen, denn ich *will* an dieser anderen Frau festhalten. Mit all meiner Kraft will ich sie festhalten. Und so produziere ich Leiden. Was soll ich tun? Er sieht in die Runde, als bäte er uns darum, ihm bei einem Reifenwechsel zu helfen.

Ich hasse ihn mit Inbrunst, denn er läßt nicht nur Antje, sondern auch mich leiden, und es macht es nicht gerade besser, daß ich vor genau vier Monaten ähnliches gedacht habe wie er, als ich jeden Tag mit Marisol im Bett lag.

Woher nur kommt diese Besessenheit, habe ich mich damals gefragt, welche Ecke in meinem Kopf produziert sie, und warum das alles, wenn doch am Ende alle nur darunter leiden? Es war eine fast masochistische Lust, wie wenn man mit der Zunge immer wieder die schmerzende Stelle an einem Zahn erkunden muß, obwohl man doch weiß, daß der Schmerz dadurch nur vergrößert wird.

Meine Nachbarin meldet sich, die sich gerade so treusorgend um mich kümmern wollte, eine Frau Anfang Dreißig mit langen braunen Haaren, die hübsch sein könnte, wenn sie sich ihren Oberlippenbart entfernen, einen BH anziehen und sich ein wenig schminken würde. Sie steht auf, die Sonne scheint durch ihr grünes Schlabberkleid, deutlich kann man ihre Schenkel sehen.

Also ich hatte die letzte sexuelle Beziehung vor drei Jahren, sagt sie strahlend, und ich fühle mich ohne Sex viel wohler und freier. Und wenn er mir wirklich einmal fehlt, dann... dann, sie kichert und schlägt die Hände vors Gesicht, dann stelle ich mich splitternackt nachts auf den Balkon – ich wohne in einem Hochhaus in Berlin –, und wenn dann der Wind so um meinen Körper weht und mich streichelt, dann ist das besser als Sex.

Sie nickt Theo zu und setzt sich wieder. Theo lächelt schwach, und zu meinem Erstaunen spüre ich nun Sympathie und Verbundenheit mit ihm. Ein Kumpel. Hier versteht doch kein Mensch, wovon er überhaupt redet. Soll er sich jetzt in Amsterdam nackt auf den Balkon stellen?

Und ich mich vielleicht auch? Männer und Frauen nackt auf den Balkons in den Großstädten der westlichen Welt. Sollen wir es alle in Zukunft nur noch mit dem Wind treiben? Was sind das alles für Penner hier? Ein Leben ohne Sex? Komm, Theo, laß uns gehen und ein Rotweinchen, wie du es nennst, trinken.

Theo fährt sich mit der Hand unter sein T-Shirt und reibt sich die haarige Brust, und mein Fünkchen Solidarität verfliegt im selben Moment, denn ich spüre mit einemmal Claudias Hand auf meiner Brust und dann auf seiner, sie kneift meine Brustwarzen, und dann sehe ich, wie sie Theos Brustwarzen kneift, und mit einem unterdrückten Aufschrei springe ich auf, trete aus Versehen auf die Zehen meiner Nachbarin aus Berlin, die ebenso aufschreit, und unter den baß erstaunten Blicken aller renne ich aus dem Zelt.

# 24

Ich finde Antje auf der Terrasse. Sie sitzt vor einem Hagebuttentee und sieht klein und verheult aus. Ich bin froh, daß außerhalb des Zelts Schweigegebot herrscht und ich jetzt nicht reden, nichts erklären muß, und so setze ich mich ihr gegenüber und reiche ihr stumm meine Hand, um sie und zugleich mich zu trösten. Wir sind allein. Alle anderen sitzen im Zelt und hören unserer gemeinsamen Geschichte als Beispiel für sexuelles Fehlverhalten zu. Hier draußen ist das alles nicht wahr. Bienen summen, langsam geht eine Katze vorbei, wenig später ähnlich elegant und lautlos die überirdisch schöne Nonne vom Empfangszelt.

Instinktiv will ich meine Hand aus Antjes Hand ziehen, um der schönen Nonne zu signalisieren, daß ich noch zu haben bin – was bin ich nur für ein instinktgetriebenes, sexistisches Schwein –, aber Antje hat mich fest im Griff, und so sitzen wir also da wie ein Paar, und die schöne Nonne nickt uns freundlich zu und schwebt hinweg.

Nach einer Weile wird es ein bißchen stickig und schwitzig unter Antjes Hand, ich drehe sie um und ergreife nun ihre. Dies versteht Antje als Aufforderung, sie steht auf und zieht mich hinter sich her zum Zeltplatz.

Wir liegen in einem winzigen himmelblauen Zelt am Boden. Jedes Steinchen spüre ich in meinem Kreuz. Antje hält anscheinend nichts von Isomatten, die stickige Luft riecht nach Gummi und Deodorant, und ich habe Schwierigkeiten, mich zu konzentrieren. Antjes Zöpfe schwingen im Takt. Sie hat ihre schönen Honigaugen, mit denen sie mich hierher gelockt hat, geschlossen, sie beißt sich auf die Lippen und knurrt wie ein Hund.

Ich tue nichts. Gar nichts. Meine Hände hat sie abgewehrt und mir unter den Kopf geschoben. Ich betrachte sie und habe nichts mit der ganzen Angelegenheit zu tun. Sie hat sich nicht ausgezogen. In ihrem weißen Kleid bewegt sie sich auf mir auf und ab, als würde sie fahrradfahren. Alle Holländer fahren doch Fahrrad. Bilder von Holländern auf Fahrrädern, die an Tulpenfeldern vorbeiflitzen, geistern durch meinen Kopf.

Ich bin Antjes Fahrrad. Ich funktioniere, das ist nicht das Problem. Alles funktioniert, so wie es sollte, und dennoch funktioniert es nicht. Nasebohren würde es ihr Mann vielleicht nennen. Es fehlt die ›Anhaftung‹, vielleicht ist es das. Sie tut mir leid, wie sie sich so abmüht, so ganz allein da oben über mir, und da wir nicht vorankommen, keiner von uns beiden, umfasse ich ihre Taille und bugsiere sie mühsam auf den Rücken, was ihr wohl gar nicht so recht ist, denn sie gibt ein leichtes Murren von sich. Am Ende siegt die Schwerkraft, und ich liege nun auf ihr, jetzt muß ich mich bewegen, was ich bei der Hitze nicht gern tue. Außerdem bohren sich die kleinen Steinchen unangenehm in meine Kniescheiben, aber immerhin wird die Reibung intensiver, und damit kommt ein Ende dieser Veranstaltung in Sicht. Sie sieht mich mißtrauisch an, ihr Kopf schiebt sich bei jeder Bewegung dicht an die Zeltwand und buchtet sie aus, ich bewege mich stärker, sie klappt die Augen wieder zu und läßt mich machen.

Sehnsüchtig warte ich auf den Moment, wo ich die Steinchen vergessen und nicht mehr denken werde, und während ich mich mit geschlossenen Augen schwitzend auf und ab bewege, fällt mir auf, daß ich mich bereits nicht mehr an die Person erinnern kann, in der ich mich befinde. Ich habe die Wahl, diese Tatsache als angenehm zu empfinden und so weiterzumachen oder mich wie ein aufgeklärter, moderner Mann zu verhalten. Aber dazu habe ich, wenn ich ehrlich bin, gar keine Lust und will gar nicht daran denken, aber damit habe ich mir den berühmten weißen Elefanten eingehandelt, an den man sofort denken muß, wenn einem verboten wird, an ihn zu denken, und ich weiß, aus der ganzen Sache wird nichts mehr. Pflichtbewußt bewege ich mich dennoch weiter, ich öffne die Augen und sehe Antje zu, deren Kopf rhythmisch gegen die Zeltwand geschoben wird. Nüchtern sieht sie mich an und sagt: Es klappt nicht.

Ich steige ab und lasse mich keuchend neben sie rollen, wische mir mit meinem Hemd den Schweiß von der Stirn. Wir liegen dicht aneinandergedrängt in dem blauen Zelt wie in einem blauen Luftballon. Um uns herum findet das Leben statt, aber wir sind gefangen in der Sehnsucht, durch eine andere Person von uns selbst erlöst zu werden.

Tut mir leid, sage ich.

Sie wedelt mit der Hand durch die Luft. Tja, sagt sie vage.

Wir lauschen den Geräuschen um uns herum. Schritte knirschen im Kies, ein Kind brüllt, eine Hummel brummt ums Zelt.

Beim Niesen, beim Sterben und beim Orgasmus ist man dem Zustand der Erleuchtung am nächsten, sagt Antje. In den kurzen Momenten hält man an nichts mehr fest.

Und alles drei kann man ganz allein, sage ich.

Stimmt, sagt sie, und es klingt erstaunt.

Eine Philosophie für Autisten, sage ich.

Sie seufzt. Hat halt nicht geklappt.

Tut mir leid, wiederhole ich.

Es liegt an mir, sagt sie traurig.

Nein, an mir, beeile ich mich zu sagen und sehne mich nach Marisol. Sie hat mich wenigstens für kurze Momente erlöst.

Der Umriß einer Figur nähert sich der blauen Zeltwand und schlägt dagegen. Antje?

Sie antwortet auf holländisch. Jetzt erkenne ich Theos Stimme. Ich halte die Luft an. Sie öffnet das Zelt einen Spalt und streckt den Kopf hinaus. Ich sehe ein Stückchen von Theos bloßem Bein und seiner roten Radlerhose und Radspeichen. Er kann mich nicht sehen. Mit klopfendem Herzen überlege ich, ob ich mich bemerkbar machen soll, um ihm anzutun, was er mir angetan hat. Es würde ihn härter treffen als ein Fausthieb. Bin ich nur deshalb hier? Aus gemeiner Rachlust? Und dann habe ich es noch nicht mal geschafft? Was bin ich nur für ein elender Versager!

Nach kurzem Palaver auf holländisch zieht Antje ihren Kopf zurück, und ich höre, wie er davonradelt.

Er fährt Fahrrad, um nicht vor Geilheit auf diese Frau zu explodieren, sagt sie verächtlich. Ständig fährt er Fahrrad. Es ist lächerlich. Und ich hasse diese Hosen, die er dabei trägt, stößt sie hervor.

Sie sieht mich eine Weile nachdenklich an, dann zieht sie sich ihr Kleid über den Kopf. Ich fürchte mich. Sie trägt einen weißen billigen BH, den sie aufhakt und abschüttelt. Sie legt sich neben mich und nimmt meinen Schwanz in die Hand. Drückt ihn wie eine Hupe. Nichts passiert. Warum nicht? Warum nicht bei ihr? Bei Marisol reichte allein der Gedanke. Vielleicht, weil Marisol so jung und so frei war von den Verletzungen, die sich mit zunehmendem Alter ansammeln wie Müll auf einer Halde, auf der wir unser ganzes Leben lang hockenbleiben und in der wir wie die Aasgeier ständig herumstochern: Das hat mich verletzt, und die und der und das überlebe ich nicht noch mal und das auch nicht und das auch nicht. Mit langen Hälsen recken wir uns eifersüchtig nach denen, deren Müllhalde der Schmerzen noch klein ist oder die einen geheimnisvollen Deal mit der Müllabfuhr haben.

Vielleicht ist es das, was die Nonnen und Mönche hier so schwerelos erscheinen läßt. Die Vergangenheit aufgeben und nicht auf die Zukunft hoffen. Vielleicht ist es das.

Wo das Glück ist, ist das Glück. Das hat meine Mutter immer gesagt. Habe ich nie wirklich verstanden. Ich verstehe die Wörter, aber ich verstehe nicht, wie man es *macht.*

Wo das Glück ist, ist das Glück, sage ich laut.

Antje hält inne und nimmt die Hand von meinem Schwanz. Wie bitte?

Verstehst du das?

Sie denkt nach, richtet sich auf und zieht sich ihren BH wieder an. Wenn man erst mal glücklich ist, dann kommt das nächste Glück von selbst. Und wenn man's nicht ist, wird man's auch nicht. So vielleicht, sagt sie.

Sie dreht sich um und sieht auf mich, den Versager herab, läßt ihren Blick von meinem Geschlecht über meine Brust zu meinem Gesicht wandern. Sie wirft ihre Zöpfe hinter sich und seufzt.

Ich streiche ihr leicht mit der Hand über den Rücken, aber sie entzieht sich und knöpft ihr Kleid wieder zu. Ich wäre so gern wieder glücklich, sagt sie leise, aber mein Glück hängt von Theo ab. Sie streicht ihren Rock glatt.

Ich ziehe mir ebenfalls mein T-Shirt wieder an. Ich bin wütend, wütend auf uns alle. Was fällt uns ein, so unglücklich zu sein? Was für ein idiotischer Luxus! Was für ein Selbstmitleid!

Hör zu, sage ich heftig und packe sie am Arm, dein Theo vögelt...

...meine Frau! will ich sagen, aber im letzten Moment beiße ich mir auf die Zunge, weil sie die Tatsache, daß ich jetzt nackt in ihrem Zelt liege, dann ganz bestimmt nur als miesen, kleinen Racheversuch auffassen würde.

Dein Theo vögelt noch ein bißchen herum, sage ich also. Er hält es noch ein Weilchen für Liebe, und dann ist es wieder vorbei. Glaub mir. Alles geht vorbei.

Aber ich kann doch nicht immer darauf warten, daß alles vorbeigeht! ruft sie wütend.

Ich weiß, wovon ich spreche, sage ich.

Aber wenn alles vorbeigeht, dann geht doch auch meine Liebe irgendwann vorbei!

Wahrscheinlich, sage ich kühl.

Ach du, schnaubt sie, du... du bist ein... ein zynisches Arschloch.

Alle Frauen rächen sich, wenn man sie nicht befriedigt.

Sie tun zwar erst verständnisvoll, aber man braucht nur langsam bis zehn zu zählen, dann kommt unweigerlich die Rache.

Sie zieht den Reißverschluß des Zelts auf, robbt hinaus und stapft aufgebracht davon.

# 25

Ich krieche aus dem Zelt, das dicht am Waldrand steht, gehe barfuß hinter einen Baum, um zu pinkeln, als ich Norbert und die heilige blauäugige Nonne eng nebeneinander in Zeitlupe über einen Waldweg schweben sehe. Fast sieht es so aus, als würden sie sich an den Händen halten.

Langsam und im Gleichtakt setzen die beiden einen Fuß vor den anderen und entschweben meinem Blick.

Die machen es richtig, denke ich wütend, durch den Wald schweben statt Sex. Da gibt es wenigstens keine Enttäuschungen. Norberts weiße Beine strahlen im dunklen Wald. Norbert, der Kummernorbert, scheint vor Glück zu leuchten. Neid nagt an mir wie eine gefräßige Ratte, allen anderen geht es prima, nur ich bin ein sexueller und spiritueller Versager.

Ich bin so niedergeschlagen, daß ich das Gefühl habe, mich nie wieder davon erholen zu können. Claudia, höre ich mich flüstern, Claudia, hilf mir.

Mir ist durchaus bewußt, wie unverschämt es ist, ausgerechnet jetzt nach ihr zu jammern, aber stünde sie jetzt vor mir, würde ich mich bei ihr beklagen wie ein Kind, das hingefallen ist.

Da sie aber nicht da ist, weiß ich vor Unglück nicht, wohin mit mir. Ich scharre mit den bloßen Füßen in den Tannennadeln, spüre das leichte Prickeln an meinen Fußsohlen, das klebrige Harz. Vielleicht sollte ich dieses idiotische Schweben mal probieren.

Ich drehe mich um, schaue nach, ob jemand guckt, aber nur in der Entfernung nestelt jemand an seinem Zelt herum. Vorsichtig setze ich einen Fuß vor den anderen. Weich gibt der Waldboden nach. Niemand sieht mich, ich werde mutiger. Ein Schritt, ein Atemzug. Ein – aus. Schritt für Schritt.

Zuletzt bin ich, glaube ich, als kleiner Junge barfuß durch den Wald gegangen. Trockene Blätter und kleine Zweige knacken unter meinen Füßen, das Moos ist kühl und feucht, dann wieder spüre ich sonnengewärmte Flekken an meinen Fußsohlen. Ein – aus. Es ist gar nicht so schwierig, nur gerate ich bei dem Tempo ein wenig ins Schwanken, als hätte ich zuviel getrunken. Wenn ich allerdings nur ans Atmen denke, geht es besser. Langsam gehe ich in den Wald hinein, Schritt für Schritt, und mit einemmal habe ich tatsächlich das Gefühl, ein wenig zu schweben.

Ich kichere vor Überraschung, schwebe weiter. Schritt für Schritt. Atemzug für Atemzug. Gedanken und Gefühle fallen von mir ab wie Fetzen einer alten Haut. Ich lasse sie hinter mir und hebe sie nicht wieder auf, entferne mich von meinem Müllhaufen, Schritt für Schritt.

Ich gehe weiter und weiter. Nach einer Weile denke ich nicht mehr über die Koordination von Atem und Schritten nach. Ich gehe, das ist alles. Es gibt nur noch mich und diesen Wald, und nach einer Weile gibt es nur noch den Wald. Den weichen Boden, die Temperaturunterschiede der Luft, je nachdem, wie dicht die Bäume zusammenstehen, die Silberfäden der Spinnennetze im Gegenlicht, das Surren der Insekten, die Rufe der Vögel. Ich gehe und vergesse mich und bemerke zu meinem Erstaunen, daß ich glücklich bin. Grundlos glücklich, was mir mit einemmal als das größte Glück überhaupt erscheint. Es hat keinerlei Ursprung außer der Tatsache, daß ich *jetzt hier* bin.

Ich hab's begriffen, denke ich, jetzt hab ich's! Aber dieser Gedanke ist wie Treibsand, in dem das gerade gefundene Glück in Windeseile versinkt. Denken beendet offensichtlich das Glück. Ein Gedanke zieht den nächsten nach sich, und schon entdecke ich eine Krampfader an meiner Wade, denke an den unaufhörlichen Verfall meines Körpers, mein Alter, meinen immer größer werdenden Jammer. Ich habe meine Frau verloren, meine Tochter, und der Name unseres Steuerberaters will mir seit Tagen nicht einfallen. Ich bin nur noch ein Schrotthaufen. Ich gehöre auf den Müll. Das Glück von nur einer Nanosekunde zuvor ist so weit entfernt wie der Nordpol. *Your mind, your mind.*

Erschöpft lasse ich mich in das Gras einer Waldlichtung fallen. In der Ferne führt eine kleine Straße vorbei. Kaum kann ich mich jetzt noch an das Glück von eben erinnern. Wie ein Idiot bin ich durch den Wald geschlurft. Auf ihre Tricks bin ich reingefallen. Wirklich genützt hat es nichts. Jetzt fühle ich mich deprimiert und einsam.

Mit der Einsamkeit habe ich mich nie anfreunden können. Ständig ist sie mir auf den Fersen. Sie ist mir unheimlich und unangenehm. Ich mag sie nicht. Sie setzt sich neben mich und sieht mich spöttisch an. Na, sagt sie, verunsichere ich dich? Weißt du nicht, was du allein mit mir anfangen sollst?

Sie bringt mich dazu, daß ich ständig versuche, mich abzulenken. Früher mit Frauen, später mit Arbeit, jetzt wieder mit Frauen. Das scheint der normale Weg der meisten Männer in meinem Alter zu sein. Und wir alle wissen, daß es nicht funktioniert. Ich brauche eine Zigarette, sofort. Ich springe auf, zünde mir eine an, gehe in Richtung Straße.

Ein klappriger Renault mit einer Nonne am Steuer fährt vorbei. Wie ein kleiner Junge verberge ich die Zigarette hinter dem Rücken, die Nonne hebt eine Hand und verbeugt sich leicht hinterm Steuer. Ich verbeuge mich ebenfalls schnell und ungelenk, aber da ist sie schon vorbei. Der heiße Asphalt brennt unter meinen bloßen Füßen und zwingt mich, schneller zu gehen.

Ich flüchte in den Schatten einer Platane und lehne mich an den silbrigen Stamm. Ein Fahrradfahrer kommt die Straße entlanggesaust. Ich erkenne ihn an seinen roten Radlerhosen. Es ist Theo. Ich springe hinter den Baumstamm, höre das Klicken seiner Gangschaltung, sein Keuchen, als er an mir vorbeifährt.

Sein Anblick bringt mein Blut prompt in Wallung, als hätte ich den Kochtopf mit meiner Wut zurück auf die heiße Herdplatte gestellt.

Das Gummi der Fahrradreifen schmatzt auf dem heißen Asphalt. Gummi. Hat das Schwein wenigstens einen Gummi benutzt? Jede Gelegenheit benutzt mein Gehirn, um mich zu foltern. Mit Antje habe ich keine Sekunde über Gummis nachgedacht. Ich kann mich bei bestimmten Frauen nicht daran gewöhnen, es ist so eine seltsame Form des Mißtrauens. Dabei habe ich selbst immer zwei Kondome in der Brieftasche dabei, und wenn ich mal eins benutzt habe, fülle ich meine Reserve sofort wieder auf, falls Claudia dahinterkommt. Kondome dabeizuhaben ist einfach eine Frage der Vorsicht und der Vernunft in der heutigen Zeit, aber einen Tag zwei und am nächsten nur noch eins zu haben ist ebenso unvorsichtig.

Als Theo außer Sichtweite ist, trotte ich auf der Straße zurück in Richtung Kloster. Ich gebe an. Vor mir selbst gebe ich an. Nur weil Theo vorbeigefahren ist. Ein einziges Mal nur habe ich ein Kondom aus meiner Reserve benutzt (Marisol nicht mitgezählt, sie hatte immer ihre eigenen), in Berlin, auf einer Tagung der Fastfoodketten. Eine Burger-King-Vertreterin mit Silikonbrüsten, die sich unangenehm wie Tennisbälle anfühlten und auf denen man nur höchst unbequem liegen konnte.

Meine Zukunft wird immer berechenbarer. Ich werde vielleicht nur noch dreiundzwanzig Kondome in meinem ganzen Leben brauchen, noch ungefähr zwölftausendmal meine eigenen Zähne putzen, wenn alles gut läuft, noch cirka achtundvierzigmal meinen Hausschlüssel verlegen, bevor man ihn mir endgültig abnimmt, neununddreißig Erkältungen überstehen und hundertsechsundfünfzig Strafzettel bekommen. Meine Gefühle werden sich abnutzen wie meine Gelenke, mein Sack wird immer länger werden und mir irgendwann in den Kniekehlen baumeln, und der Rest wird auch nicht mehr das machen, was ich will. *What goes up must come down,* singt Tom Petty. Den Satz habe ich hier bei den Buddhisten wiedergefunden: Was hoch war, wird niedrig werden, was viel war, wird wenig sein, was voll war, wird leer sein. Tolle Aussichten.

Ich habe Angst. Und die einzige, die mir diese Angst ab

und zu genommen hat, war Marisol. Vögeln ist das einzige, was hilft gegen den Tod. Vielleicht ist es so einfach.

Das Fahrrad auf der Straße sehe ich erst sehr spät, und noch später den Haufen, der neben dem Fahrrad liegt. Ich erkenne ihn an seinen roten Radlerhosen. Er hockt auf den Knien, die Stirn auf dem Asphalt wie im Gebet, und rührt sich nicht. Ich überlege, ob ich nicht umdrehen und weglaufen sollte, aber gleichzeitig bewegen sich meine Füße auf Theo zu.

Hey, Theo! rufe ich. Machst du jetzt Niederwerfungen mitten auf der Straße? Ich lache, aber meine Stimme klingt künstlich und unsicher. Ich höre meinen Atem, der unnatürlich laut klingt, ein, aus, ein, aus, noch ein Schritt und noch einer, und dann bin ich bei ihm und tippe ihm auf die Schulter, nur ganz leicht, aber da fällt er um wie ein Stück Holz, mit einem dumpfen Plopp fällt er mit angewinkelten Beinen auf die Seite und starrt mich mit weit offenen Augen erstaunt an.

*Mort,* sage ich zu dem LKW-Fahrer, *mort.* Immer wieder sage ich dieses eine Wort, *mort, mort, mort,* bis mir der junge Mann in einem schmierigen blauen Overall eine Zigarette gibt. Meine Hand, die die Zigarette hält, zittert. Es ist eine Gauloises, und sie schmeckt seltsam besonders. So wie noch nie eine Zigarette in meinem Leben geschmeckt hat. Gierig atme ich den Rauch ein.

Der junge Mann sieht mir drei Züge lang ruhig zu, dann macht er eine Kopfbewegung in Richtung Theo, geht zu ihm und faßt ihn an den Füßen.

Alles, was ich denke, geschieht mit Verzögerung, so als müßten meine Gedanken erst die Erde umrunden, bevor sie zu mir zurückkommen und ich sie verstehe. Ich packe Theo an den Händen, und zusammen tragen wir ihn auf den Grasstreifen. Theos Hände sind warm, sein Körper schwer wie ein Kartoffelsack. Ein kleines Büchlein fällt ihm aus der Windjacke. Ich bücke mich und hebe es auf. Vorsichtig lassen wir Theo ins Gras sinken, wohl wissend, daß sein Körper keine Vorsicht mehr braucht, aber wir sind zu ängstlich um unsere eigenen Körper besorgt, um uns das einzugestehen.

Der LKW-Fahrer holt über seinen Funk die Ambulanz.

Ich hocke neben Theo, der nicht mehr Theo ist. An dieses Gefühl kann ich mich erinnern. Ich war dabei, als mein Vater starb. Mein Vater war nicht mehr in dem Körper meines Vaters, sondern anderswo. Befreit, erlöst. Dieser Augenblick war im Grunde genommen ein schöner Augenblick. Für den Toten und für mich als Lebenden. Einen kurzen Moment lang war alle Schwerkraft, Zeit und Raum aufgehoben, es gab keine Vergangenheit und keine Zukunft mehr, einen winzigen Augenblick lang waren wir beide frei.

Auch jetzt, mitten in Frankreich, steht die Zeit still, die Zeit, die all das beinhaltet, wonach wir uns sehnen und wovor wir flüchten. Theo, die Zeit und ich rühren uns nicht von der Stelle, und die Wirklichkeit ist für einen Moment vom Leiden befreit.

Ich verstehe kein Wort. Der LKW-Fahrer spricht mit mir Französisch. Er hat schlechte Zähne und große Hände, mit denen er vor dem unnatürlich blauen Himmel gestikuliert. Er geht zu Theo, beugt sich zu ihm hinab und streicht ihm mit seiner großen Hand, die bestimmt nach Zigarettenrauch stinkt, kurz und energisch über die Augen.

Mein Gott, das hätte mir doch nun wirklich auch einfallen können. Ich schäme mich. Nichts, aber auch gar nichts beherrsche ich als normal menschlichen Reflex.

Der junge Mann geht zurück zu seinem LKW und schwingt sich in die Kabine. Er hält den Arm aus dem Fenster und winkt mir kurz zu, dann läßt er den Motor an und fährt davon. Verdutzt und eher zaghaft rufe ich ihm hinterher, er winkt noch einmal, dann ist er um die nächste Kurve verschwunden.

Ich betrachte Theo, der in der prallen Sonne liegt, der rote Wollfaden schneidet in seinen dicken Hals, das Segensbändchen, das auch Claudia trägt.

Wird sie heulen, zusammenbrechen? Ich ziehe mein T-Shirt aus und breite es über Theo. Ich würde jetzt gern mit Claudia telefonieren, aber nur, um mich von ihr trösten zu lassen, nicht, um mir vielleicht auch noch ihr Weinen anhören zu müssen.

Theo, sage ich, du blöder Hund. Ich wollte dich doch noch verprügeln. Und du wolltest doch noch meine Frau lieben und deine auch ein bißchen. Du kannst jetzt nicht einfach auschecken und mich mit den beiden allein lassen. Sie mögen mich nicht so wie dich. Ich kann ihnen nicht geben, was sie wollen. Was machst du mit den Frauen? Was kannst du, was ich nicht kann? Was konntest du, korrigiere ich mich. Was war das? Ich kann es auf jeden Fall nicht. Ich bin einsam und mache andere einsam. Du solltest Mitleid mit mir haben. Ich bin ein Arschloch.

Ich verstumme. Die Sonne brennt auf meine Schultern.

Ich sollte mein T-Shirt wieder anziehen, aber dann bekommt Theo einen Sonnenbrand, und das kommt mir makaber vor. Ich hole das kleine Buch aus der Tasche, das aus Theos Jacke gefallen ist, es sind Shakespeares Liebessonette.

*My mistress' eyes are nothing like the sun, Coral is far more red than her lips' red*, lese ich. *Such is my love, to thee I so belong, that for thy right myself will bear all wrong.* Hast du das Claudia vorgelesen? Wieso glaubst du so sehr an die Liebe, Theo? Aber bitte. Ich lasse mich ins Gras zurücksinken und lese Theo ein Sonett nach dem anderen vor, und nach dem sechsten kommt endlich die Ambulanz.

Ein dicker schwitzender Sanitäter redet auf mich ein und hält mir Formulare unter die Nase, die ich ausfüllen soll, in welchem Verhältnis stand ich zu dem Toten? *Ami*, sage ich, *un ami*, und komme mir großherzig vor.

Sie hieven Theo ins Auto und fordern mich auf mitzufahren, und das muß ich wohl, denn sonst weiß ja niemand, wo er ist.

Wir fahren so schnell um die Kurven, daß ich hin und her geworfen werde, der andere Sanitäter, ein blutjunges Kerlchen, deutet auf meine Schultern, die rot verbrannt sind. Sie haben Theo die Windjacke ausgezogen. Der kleine Sanitäter greift in die Taschen und gibt mir ein Handy, Theos Handy, und einen Schlüssel.

Reflexartig drücke ich auf dem Handy herum, ich gehe ins Menü, und bevor ich es weiß, habe ich die zuletzt gewählten Telefonnummern aufgerufen. Die allerletzte, heute nachmittag um 15 Uhr, kommt mir bekannt vor. Es ist meine eigene. Meine Telefonnummer in München.

Aber das könnte ein Irrtum sein, es ist nur eine Nummer. Ich drücke auf die Wähltaste, und da leuchtet das Display freudig auf: *Claudia calling,* meldet es, ganz genau wie meins.

Und da ist sie schon, hallo, sagt sie atemlos wie immer, als wäre sie gerade zur Tür reingekommen. Ich schalte das Handy ab, und gleich darauf würge ich. Kotzend sitze ich neben dem toten Liebhaber meiner Frau, während der junge Sanitäter mir routiniert eine grüne Plastiktüte unter die Nase hält.

## 26

Ein Herzinfarkt ohne Vorwarnung. Antje kann es nicht glauben. Sie lacht. Theo hat nie rotes Fleisch gegessen, sagt sie, hat immer Sport getrieben, ist früher jeden zweiten Tag geschwommen, dann radgefahren, er hat meditiert, nicht getrunken, nicht geraucht, das kann gar nicht sein.

Daß er von mir eine Zigarette geschnorrt und wohl nur in ihrer Anwesenheit nicht geraucht hat, sage ich nicht. Antje scheint im Schock zu sein, munter plappert sie vor sich hin, wir schweigen, da es schon spät ist und eigentlich Schweigegebot herrscht. Wie eine kleine Verschwörergruppe sitzen wir dichtgedrängt in unserer Zelle im Vollmondhaus, Norbert, Franka und ich – und Pelge – und hören Antje zu. Tubten Rinpoche hat verfügt, daß Pelge nicht von Antjes Seite weichen soll, und Norbert und ich wurden freundlich aufgefordert, in Antjes Zelt zu ziehen, während nun Pelge – und anscheinend auch Franka – in unserem Zimmer wohnen und auf Antje aufpassen werden.

Franka hat Antjes Rucksack aus dem Zelt geholt und Theos Kleider und Bücher ordentlich zusammengeräumt und in einer Ecke gestapelt, das Bett hat sie neu bezogen und einen kleinen Strauß Blumen neben die Matratze gestellt.

In Pelges Beisein wirkt meine Tochter erwachsen und

beneidenswert ausgeglichen. Ich dagegen bin ein Nervenbündel.

Du zitterst ja, sagt Antje mitleidig zu mir. Warum zitterst du? Unruhig sieht sie von einem zum anderen. Was guckt ihr so traurig? Er hat es jetzt besser, redet sie schnell und aufgedreht weiter, oh, mit Sicherheit hat er es jetzt besser. Er hat an der Welt gelitten. Er hat immer an seinem Leben gelitten, an mir. An mir besonders. Ein Lächeln huscht über ihr Gesicht wie ein nervöses Zucken. Sterben ist nicht schlimm, glaube ich. Oder? Ist doch nicht schlimm, nicht?

Sie greift nach Pelges Hand, der ruhig dasitzt und ihr zuhört, aber kein Wort versteht, da sie mit uns Deutsch spricht.

Ihr sagt doch immer, daß alles nur Veränderung ist, redet Antje aufgeregt weiter, und daß es keinen Anfang und kein Ende gibt.

Pelge sieht sie nur an und streichelt ihre Hand.

Also, ich denke mir das so, sagt Antje, es wird so sein, als ginge das Licht an, es wird hell, ganz, ganz hell, ein wunderbares strahlendes Licht, in das man hineingeht und in dem man sich auflöst. Das sagen doch auch immer die Leute, die fast gestorben sind, die diese… sie schnipst ungeduldig mit den Fingern, die diese Nahtoderlebnisse hatten. Und er sah doch zufrieden aus… hast du doch gesagt, Fred…

Ich nicke vorsichtig.

Hat er gelächelt?

Ich antwortete nicht wegen des Schweigegebots, das Franka und Pelge offensichtlich streng einhalten und das ich in dieser Situation richtig genieße, denn ich weiß nicht, was ich sagen könnte. Nie weiß ich, was ich sagen soll. Stumm und blöd bin ich wie ein Fisch. Vielleicht sollte ich lügen, sagen, daß Theo zufrieden aussah, dabei hatte er überhaupt keinen Ausdruck, der Tod hatte sein Gesicht leer gewischt wie eine Tafel. Da war nichts mehr, gar nichts.

Alles verändert sich, sagt doch Tubten Rinpoche immer, meint Antje, es ist jetzt einfach anders. Anders als vorher. Theo ist tot. Das ist anders. Also muß ich mich auch ändern, weil jetzt alles anders ist.

Sie kichert hilflos. Pelge gibt Norbert und mir ein Zeichen, daß wir jetzt gehen sollen. Wir gehorchen bereitwillig, verbeugen uns in der Tür nur flüchtig, wir fliehen.

Es ist eine sternenklare Nacht, die Zikaden sägen eifrig, alle anderen schlafen bereits. Auf der Terrasse dampft der riesige Wasserkocher einsam vor sich hin. Wir machen uns einen Hagebuttentee.

Theo hat sich immer abends das heiße Wasser für seine Thermoskanne geholt, sagt Norbert leise. Was heißt immer, denke ich, wir sind doch erst drei Tage hier.

Drei Tage so lang wie sonst dreißig. Zeit bekommt man hier umsonst. Wenn man keine Zeit hat, muß man offensichtlich nur anhalten und gar nichts mehr tun, schwupp, hat man Zeit im Überfluß.

Was machen wir jetzt? flüstert Norbert.

Ich bin erschöpft und gleichzeitig aufgewühlt. Mit zitternden Händen halte ich meine Tasse. Wir könnten ein bißchen meditieren, sage ich.

Norbert sieht mich an wie einen alten Alkoholiker, der ihm Gemüsesaft verkaufen will. Dann nickt er.

Wir setzen uns in den Wald, gleich hinters Zelt. Es ist pechschwarze Nacht, der Wind rauscht durch die Wipfel, die Äste knacken. Ich spüre mein Herz klopfen, aufgeregt und verwirrt. Ich möchte gern davonlaufen. Davonlaufen vor der Tatsache, daß man am Ende alles wieder hergeben muß, seine Haare, seine Zähne, seine Gesundheit, die Menschen, die man liebt, sein Leben, und auch noch meinen brandneuen I-Mac-Computer. Ich hätte heute genausogut da auf der Straße liegen können. Patsch, aus heiterem Himmel. Ich will nichts wieder hergeben, gar nichts, und das macht mich bald so lächerlich wie eine siebzigjährige Frau in Strapsen.

Mein Atem zittert, mein ganzer Körper, aber ich atme weiter, einfach weiter, so wie ich heute durch den Wald gegangen bin. Und irgendwann, ewige Zeit später, zittere ich nicht mehr, und der Wind scheint nicht mehr um mich herumzuwehen, sondern direkt durch mich hindurch, durch mein vielleicht schon heftig verkalktes Skelett, Freds Skelett. Der grüne Knochenmann aus der Schuhröntgenmaschine, da ist er wieder, nur er bleibt übrig, der grüne Knochenmann, aber zum ersten Mal ist er nicht unheimlich, sondern eigentlich ganz friedlich, und in diesem Augenblick gebe ich alles her, was ich habe, alles, und es ist gar nicht mal so schlimm. Ich gebe es gern her, weil ich, Fred, nicht nur aus Fleisch und Knochen zu bestehen scheine. Ich begreife, daß nicht nur ich die Welt sehe, sondern die Welt auch mich. Daß ich nur existiere, weil alles andere existiert. Die Gefängnistür geht mit einemmal auf.

Hey, sagt Norbert und schüttelt mich, alles in Ordnung?

Verwundert öffne ich die Augen und sehe nur seine dunklen Umrisse vor mir, rieche seine dreckigen Jeans, und ich höre mich schluchzen, ein Schluchzen ohne Tränen wie im Traum.

Alles okay? wiederholt Norbert, legt mir seine Hand auf die Schulter, und wie ein Dreijähriger schmeiße ich mich an seine knochige Brust.

Mannomann, sagt Norbert, und dann noch einmal, Mannomann.

Norberts Füße stinken bestialisch wie eh und je. Ich liege an genau derselben Stelle in Antjes kleinem, blauem Zelt, an der ich vor etwa zehn Stunden gelegen habe. Bleierne Müdigkeit breitet sich in meinem Körper aus wie tiefschwarzer Sirup. Schlafen, nur noch schlafen, nichts mehr denken. Nichts mehr fühlen und nicht mehr flennen, bitte. Frauen, die das ja ständig machen, führen ein verdammt anstrengendes Leben.

Ich habe schon mal Engel gesehen, sagt Norbert leise. O bitte nicht. Jetzt bitte nicht auch noch eine New-Age-Engelsgeschichte, das schaffe ich heute nicht mehr. Ich stöhne.

Nein, wirklich, sagt Norbert, auch wenn du es nicht glaubst. Die drei Kinder, die bei der Explosion in der Schule gestorben sind, sie waren Teenager, blaß, gepierct, mit schwarz gefärbten Haaren, sie sahen immer aus, als kämen sie direkt aus der Hölle …

So wie Franka, murmele ich.

Ja, sie sahen aus wie deine Tochter … ein Mädchen, zwei Jungen, die hab ich nach ihrem Tod wiedergesehen. Im Supermarkt, bei unserem Tengelmann. Ich biege mit meinem Einkaufswagen um die Ecke bei der Milch und dem Joghurt, da stehen sie alle drei. Sahen genauso aus wie vorher, nur freundlicher. Sie haben mich angelächelt. Engelsgleich gelächelt. Als sie noch am Leben waren, haben sie nie gelächelt, nie. Mich immer nur muffig angeglotzt wie Fische im Aquarium. Aber jetzt, als Engel, kam ihre wahre Natur zum Vorschein. Sie haben gestrahlt und schienen glücklich. Na ja, vielleicht nicht glücklich, aber zufrieden. Nichts hat ihnen gefehlt. Ich habe sie gebeten, bitte, bitte, ihren Eltern ebenso zu erscheinen. Es wäre ein solcher Trost. Aber sie haben nur gelächelt. Gesprochen haben sie nicht.

Hm, grunze ich.

Glaubst du nicht, was?

Doch, sage ich schlaftrunken mit geschlossenen Augen.

Meine Füße riechen ein bißchen, sagt Norbert. Meine Füße riechen, oder?

Nein, sage ich, kein bißchen. Mach dir keine Sorgen.

## 27

Fast genieße ich es an diesem Morgen, mit steifen Gliedern und halb im Schlaf in der ersten Morgenröte zum Meditationszelt zu schlurfen, um mich dort in den Fakirsitz zu begeben und eineinhalb Stunden lang meinen Gedanken zuzusehen wie einem nicht enden wollenden Wasserfall. Ich brauche nichts zu sagen, nichts zu tun. Fernsehen ohne Fernseher, das ist alles. Es gibt kurze, friedliche Passagen, dann wieder werde ich unerwartet von Gedanken mitgerissen, gerate in wilde Strudel, aus denen ich erschöpft und verwirrt wieder auftauche – meist retten mich meine schmerzenden Knie vor dem endgültigen Untergang –, und dennoch gibt es immer wieder Momente größten Friedens, wie ich ihn sonst kaum kenne. Ich möchte ewig hier sitzen bleiben, vor allem anderen fürchte ich mich. Claudia weiß immer noch nichts von Theos Tod, mein Handy habe ich abgeschaltet, und Antje weiß es eigentlich auch noch nicht.

Ihr Gehirn bewegt sich in den alten Bahnen und will von Veränderung nichts wissen. Wie träge unsere Gedanken und Gefühle doch sind, wenn sie sich an Veränderungen gewöhnen sollen. So wie wir noch hundertmal in die Schublade greifen, in der doch immer die Gemüsemesser lagen, wenn sie schon lange einen neuen Platz bekommen haben, wie wir den Hut auf dem Kopf noch spüren, obwohl wir ihn vor Minuten abgenommen haben, so bleiben die Toten quälend lang lebendig. Als ich die Augen öffne, sehe ich Theo im Meditationszelt plötzlich auf seinem Platz sitzen, vorne, in der sechsten Reihe, knapp zu meiner Rechten. Er trägt sein blaues T-Shirt, ich sehe ihn ganz genau.

Nach dem Duschen starre ich lange mein Gesicht im Spiegel an. Ich kann meinen Totenkopf unter der immer weicher werdenden Haut deutlich erkennen, die tiefen Höhlen, die markanten Backenknochen, die Kiefer und die Zähne mit reichlich Goldkronen. *This is the end, the very end my friend,* singe ich und kassiere prompt einen tadelnden Blick von einem jungen Typen mit blondem Stoppelhaar und muskulöser Brust. Bei dem sieht man das Skelett noch nicht, und er selbst sieht es am allerwenigsten. Ich flüchte aufs Klo, um allein zu sein, nirgends kann man hier allein sein, und starre deprimiert auf das Schild: *Brüder und Schwestern, werft kein Papier in den Abfluß: Verstopfungsgefahr.*

Sei glücklich, du Armleuchter, flüstere ich vor mich hin, aber es hilft nichts. Die Gefängnistür ist wieder zu.

Zur Totenwache in der winzigen Kapelle des Krankenhauses ist die gesamte Grashüpferfamilie erschienen. Maja in einem weißen Schlabberkleid, die häßlichen Zwillinge Renate und Ilse wie immer in Apfelgrün und Orange, der dünne Mönch Nhiem, das junge Pärchen, Giovanni und Ingeborg, die Yogalehrerin. Außerdem Franka, Pelge, Norbert mit Flöte und natürlich Antje. Sie hält einen Wiesenstrauß fest umklammert, als wollte sie sich an ihm festhalten. Ihre Augen sind riesig, ihre Haut straff gespannt und durchsichtig wie ein Tambourin. Die Trauer steht ihr.

Würde das auch irgendein Kerl über Claudia denken, wenn ich derjenige wäre, der da auf der eisgekühlten Stahlbahre läge wie jetzt Theo? Er trägt weiterhin seine roten Radlerhosen, die Antje nicht ausstehen kann, und obwohl er ungeschminkt ist, sieht er nicht tot aus, nur ungesund blaß.

Wir drängen uns in dem kleinen brütendheißen Raum. Antje tritt vor und legt Theo ihren Strauß auf die Brust. Sie sagt etwas zu ihm auf holländisch. Es klingt vorwurfsvoll und wütend, was sie ihm zu sagen hat. Sie wendet sich ab und kommt zu uns zurück.

Pelge liest in weichem Singsang auf tibetisch die Herzsutra vor, und Maja wiederholt sie auf deutsch:

Form ist Leere, Leere ist Form, Form ist nicht verschieden von Leere, und Leere ist nicht verschieden von Form. Weiter ist davon die Rede, daß nichts entsteht und nichts vergeht, nichts zunimmt und nichts abnimmt – *what goes up, must come down,* danke, Tom Petty, so verstehe ich's ein bißchen besser –, daß es kein Entstehen von Leid gibt und kein Vergehen von Leid, also eigentlich gar nichts, oder was?

Die Form ist wie die Welle und die Leere wie das Wasser, erklärt Pelge, die Welle ist gleichzeitig Wasser, und das Wasser ist gleichzeitig auch Welle. Die Welle wird wieder zu Wasser, so wie das Wasser zur Welle wird. Er sagt das in seinem immer heiter klingenden indischen Englisch, *wave is water, water is wave,* und es klingt so einfach.

Ich bilde mir ein, jetzt zu verstehen, was er meint, und

bin zum ersten Mal in meinem Leben getröstet. Ich, Fred, bin nicht nur Fred, die Welle, sondern gleichzeitig auch der Starnberger See und die Nordsee und das südchinesische Meer. Ich bin mehr als meine Form, mehr als meine Krampfader an der linken Wade, meine zu dünnen Oberarme und mein nur durchschnittlich großer Schwanz. Ich mache mir nur das Leben schwer, wenn ich meine Form als Fred ständig abgrenze, vergleiche und verteidige. Alles Blödsinn, denn gleichzeitig sind anscheinend meine Moleküle, wenn ich erst mal tot bin, auch in meinem Sofa, einem Gänseblümchen und in meiner Tochter vorhanden.

Was für mich gilt, muß dann ja wohl auch für den toten Theo gelten. Ich sehe nur seine Form, weil ich es so gelernt habe. Ich sehe ihn nicht als Blume, Baum, Giraffe, Ameise, Zigarette und Vanillepudding, was er laut Pelge ja wohl jetzt auch alles ist. Wenn man alles ist, dann ist tatsächlich alles halb so schlimm.

Ich seufze vor Erleichterung, und alle drehen sich nach mir um. Aber wenn Theo alles andere auch ist, ist er dann auch Fred? Ist Theo jetzt Teil von mir? Bin ich Theo? Moment mal, Pelge, alles, was recht ist, aber wie weit soll das gehen?

Eine Fliege umkreist Theos Nase und setzt sich schließlich auf seine Nasenspitze. Obwohl ich genau weiß, daß ihn diese Fliege auf seiner ehemaligen Nasenspitze herzlich wenig interessiert, denke ich dennoch, warum verscheucht er sie nicht? Warum wedelt er sie nicht mit einer kleinen Handbewegung davon, warum zuckt er nicht wenigstens mit der Nase, damit sie wieder auffliegt. Es ist quälend, mit anzusehen, wie die Fliege seelenruhig auf seiner Nase herumwandert und nichts geschieht. Ich spüre förmlich die Fliegenbeinchen auf meiner eigenen Nase und werde unruhig.

Wie war das noch mit der Form und der Leere? Theo ist gleichzeitig die Fliege auf seiner toten Nase? Eben gerade erhascht als Erkenntnis, schon verflogen.

Pelge singt auf tibetisch, und die Alterprobten wie Maja, Nhiem, die Zwillinge und Ingeborg singen lautstark mit. Mir wird in der Hitze mulmig, ich rieche das süße Deo von Renate und Ilse, den Schweißgeruch von Ingeborg, den seltsamen Geruch des Todes unter allen anderen Gerüchen.

Ich will hier raus, Leere und Form hin oder her, ich muß raus. Ich schiebe Norbert zur Seite und dränge mich an Antje vorbei zur Tür ins Freie.

Tief sauge ich den Rauch meiner Zigarette ein, im Krankenhausgarten blüht rosa der Oleander, auf den Bänken sitzen Menschen in Bademänteln mit Operationsstrümpfen an den Beinen und ihren Infusionsständern neben sich. Ihr Anblick ist trauriger als der vom toten Theo. Ihre Form leidet, ihre Form tut weh, ihre Form quält sie. Was sagt dann der Buddhist? Ich bin nicht diese Form? Ich bin ein Gänseblümchen? Wer gefangen bleibt in seiner kleinen blöden Vasenform als Mensch, dem tut alles doppelt weh, das ist mir sonnenklar, aber das ewige Transzendieren ist so anstrengend.

Eine dralle junge Frau in einem blauen Kittel schiebt einen alten Mann im Rollstuhl dicht an mir vorbei. Bei näherem Hinsehen ist der Mann gar nicht so alt, höchstens Mitte Fünfzig. Das geht mir jetzt oft so, daß ich denke, meine Güte, ist der oder die alt, und dann sind sie nur ein paar Jahre älter als ich.

Andersherum gibt es Menschen, die ich seit Jahren als alt empfunden habe und die jetzt zusehends jünger werden.

Die junge Frau lächelt mir zu, ich lächele unsicher zurück, sie geht vorbei, ihr Hintern schwingt wie eine Glocke in ihrem Kittel, und ich weiß, sie schwingt sie für mich.

Nach wenigen Minuten kommt sie ohne Rollstuhl zurück, und wieder lächelt sie mir zu und legt dabei leicht den Kopf schräg. Wie ein folgsames Hündchen gehe ich hinter ihr her, folge ihr über die sauber geharkten Wege vorbei an den unglücklich Kranken. Nur eins habe ich jetzt im Kopf, nur eins. Aufatmend bemerke ich, wie mich nur noch ein einziger Instinkt ausfüllt wie Helium einen Zeppelin, das Verlangen, die Begierde, hurra, nichts weiter. Es gibt nichts Schöneres für einen Mann, als überraschend Sex angeboten zu bekommen, so als würden an der Bushaltestelle plötzlich Häppchen gereicht. Sie biegt ab zur Kapelle, in der alle immer noch beim toten Theo wachen. Ich folge ihr, sie lächelt mir bezaubernd über die Schulter zu, schließt eine dicke Holztür auf, verschwindet in einem dunklen Raum und macht mir die Tür vor der Nase zu.

Was zum Teufel habe ich denn gedacht, was passieren würde?

Folgendes habe ich gedacht: Durch ein kleines Fenster fällt ein Sonnenstrahl wie ein Speer in den kühlen dunklen Raum. Bitte nicht denken, flehe ich mein Gehirn an, bitte nicht denken, und es tut mir den Gefallen. Von ferne höre ich den tibetischen Singsang von Pelge und richte mich nach seinem Rhythmus. Ja, ja, ja, das ist besser als Meditieren, besser als alles andere, es ist die Erlösung, ja, ja, ja! Und dann ist es schon wieder vorbei, wir sind kaum außer Atem geraten, sie bückt sich nach ihrer Unterhose, ein kurzes, höfliches Lächeln, sie streicht ihren Kittel glatt und geht wortlos aus der Tür.

Ja, so hatte ich mir das gedacht.

Ich komme zurück, als hätte ich nur mal eben austreten müssen. Norbert holt seine Flöte aus seiner Ledertasche und spielt ein *Ave Maria.* Gar nicht mal schlecht, ob's Theo gefallen hätte, weiß ich nicht. Antje fängt an zu weinen. Die Botschaft ist angekommen. Jetzt endlich fängt sie an zu weinen. Franka, meine kleine Franka, geht zu ihr und hält sie im Arm. Sie sieht dabei Pelge an, sein völlig entspanntes Gesicht, und läßt Antje weinen. Sie sagt nicht schtscht, sie bietet ihr kein Taschentuch an, sie hält sie nicht fest, sie läßt einfach geschehen, was geschieht.

Ich könnte das nicht, und deshalb kann ich nicht fassen, daß die ganze Zeit über in dem muffigen aggressiven Teenager, den ich in Erinnerung habe, dieses reife großartige Mädchen verborgen gewesen sein soll, wie in einem grauen Kokon ein Schmetterling. Ich schäme mich meiner Blindheit. Da ist sie wieder, die Form, auf die ich ständig hereinfalle. Aber andersherum fällt Franka auch auf meine Form herein, ihren Vater, auf den sie vielleicht nicht allzu große Stücke hält, aber von dem sie nie, niemals annehmen würde, daß er eben gerade am liebsten eine wildfremde Krankenschwester gevögelt hätte. Noch nie, so kommt es mir vor, war ich so unreif und so verwirrt. Selbst als Teenager hatte ich mein Leben besser im Griff als jetzt.

Wir sitzen mit allen anderen im Zelt. Tubten Rinpoche schweigt. Antje sitzt in der ersten Reihe. Vielleicht hat er mir ja was zu sagen, hat sie mit einem schüchternen Lächeln gemeint.

Ihre Augen sind zu schmalen Schlitzen zugeschwollen, sie wirkt jetzt durchsichtig und schwach. Ich werde sie nach Amsterdam fahren. Mutter Maja hat mich im Auftrag der Familie gefragt. Vor Mitgefühl hat ihre Unterlippe gebebt, und eigentlich habe ich nur schnell ja gesagt, um sie wieder loszuwerden.

Danach hat man mich behandelt wie einen Helden, mir x-mal Kraft und eine gute Reise gewünscht, als müsse ich wie Orpheus in die Unterwelt. Die Unterwelt ist die Gegenwart der Trauer und des Leids. Niemand ist gern mit jemandem zusammen, der trauert, und ich vielleicht am allerwenigsten. Aber mich hat es also erwischt. Ich werde so schnell fahren, wie ich kann. Bis zur Erschöpfung Auto fahren, und für Antje werde ich in der nächsten Apotheke Schlaftabletten besorgen. Ob ich Musik hören darf? Ab und zu mal lachen?

Rinpoche mustert uns alle, die wir da sitzen, dann räuspert er sich und sagt Theos Namen. Gleich dreimal hintereinander, dann schweigt er wieder. Hm, sagt er nach einer Pause, obwohl wir ständig Veränderung erfahren, glauben wir nicht dran. Wir halten stur daran fest, daß alles immer so bleibt, wie es ist.

Blöd, was? *Stupid, isn't it?*

Er lacht sein breites Clownslachen. Ich frage mich, ob er es wie ein guter Schauspieler einfach abrufen kann, um uns zu verunsichern, oder ob er tatsächlich alles so komisch findet.

Soll ich nett zu euch sein, oder wollt ihr die Wahrheit hören? fragt er.

Keiner rührt sich, es ist mucksmäuschenstill.

Also die Wahrheit. Er lacht dröhnend. Wir müssen eh alle sterben, na und? Aber ihr hier im Westen glaubt das nicht wirklich. Ihr haltet alles fest, euren Körper, eure Liebe, selbst euren Schmerz. Aber alles Leid kommt von diesem Festhalten. Wißt ihr, wie man einen Affen fängt? Man legt eine Banane in einen Käfig. Der Affe ist schlau. Er geht nicht in den Käfig. Er schnappt sich die Banane durch die Gitterstäbe. Aber er kann sie nicht rausholen, denn die Stäbe sind zu eng. Aber loslassen will er sie auch nicht, auf keinen Fall. So fängt man einen Affen. – Er seufzt und sieht in die Runde. Streckt mal den Arm aus, sagt er wie in einer Spielstunde im Kindergarten.

Er streckt einen dicken, nackten Arm aus seinem roten Umhang heraus, und alle vierhundert Menschen in dem Zelt machen es ihm nach. Mir widerstreben diese Gruppenübungen. Ich habe auch nie *We shall overcome* am Lagerfeuer gesungen, nie bei Konzerten Feuerzeuge hochgehalten, und auf Demos bin ich auch nie gegangen. Dennoch strecke ich jetzt schüchtern meinen Arm aus, obwohl ich denke, was soll der Scheiß? Ich weiß, was jetzt kommt. Antje hat es mir erst gestern gezeigt. Erst gestern!

Und jetzt macht eine Faust, kommentiert Rinpoche.

Alle machen eine Faust.

Fester, fester!

Er läßt uns mit ausgestrecktem Arm und geballter Faust da sitzen und grinst. Schön festhalten, sagt er. Nicht loslassen. Schön festhalten.

Nach wenigen Minuten fängt mein Arm an zu zittern.

Ganz schön schmerzhaft, was? Er gluckst wie ein kochender Wasserkessel. Und jetzt laßt los und macht die Hand auf. Aaah... viel besser, was? *Much better, no? Freedom. Remember. Remember*, wiederholt er zärtlich. Und dann noch einmal: *Remember.*

## 28

Zum Abschied steht die ganze Familie ums Auto herum. Antje wird von jedem lange mit geschlossenen Augen umarmt, dann versuchen sie es auch mit mir, aber ich halte dieses künstliche Geknutsche nicht aus, küsse nur Franka kurz und herzlich und setze mich schon mal hinters Steuer.

Franka kommt noch einmal ums Auto gelaufen und lehnt sich an die Fahrertür. Ich sehe nur ihren Mund.

Dad..., fängt sie an.

Ja?

Dadfred...

Mm...

Was würdest du sagen, wenn ich... wenn ich... ich wollte dich fragen, was wäre, wenn...

Frag halt.

Du sagst ja doch nein. Ich weiß genau, daß du nein sagst.

Versuch's doch.

Ich... ich wollte fragen...

Sie bricht ab und haut mit der Faust aufs Autodach.

Ich hole tief Luft und erlöse sie. Du mußt alle Impfungen machen und es Claudia selber erzählen, sage ich zum Fenster hinaus.

Ihr Mund formt sich zu einem perfekten O. Aber für dich wär's okay?

Ich nicke.

Franka beugt sich zu mir herunter und reißt ihre blauen Augen auf, diese Augen hat sie von mir. Auch wenn ich die Schule schmeißen würde?

Ich verlange nur, daß du alle Impfungen, die man nur irgendwie für Indien machen kann, machst und daß du...

Ich sag's Mama. Ich sag's ihr selbst. Versprochen. Oh, Dad!

Tränen treten ihr in die Augen, und sie knutscht mich ab, wie sie es zuletzt vielleicht mit zehn gemacht hat. Du bist einfach unglaublich!

Ich schüttle kokett den Kopf, obwohl ich finde, daß sie recht hat. Mama bringt dich um, sagt sie.

Zisch ab, sage ich, und grüß Pelge von mir.

Sie nickt. Ich fasse sie am Arm. Ist er eigentlich wirklich ein Mönch? Ich meine, habt ihr nie...

Oh, Dad, sagt Franka und verdreht die Augen, er ist kein Mönch, er ist ein Lama. Ein Gelehrter. Er darf alles.

Na, da bin ich ja beruhigt, sage ich.

Sie lacht. Ich mag sie nicht gehen lassen, möchte sie festhalten, so lange ich kann. Fünf wunderbare Dinge, sage ich.

Fünf wunderbare Dinge? fragt sie erstaunt.

Weißt du nicht mehr? Das haben wir früher doch so oft gespielt.

Sie nickt ein bißchen beschämt, wie alle Kinder, wenn Eltern mit feuchten Augen von Zeiten reden, wo sie noch klein waren.

Fünf wunderbare Dinge von heute? Sie zieht die Nase kraus. Heute ist schwierig.

Eben. Deshalb. Komm, hilf mir ein bißchen, bitte ich.

Okay, sie holt Luft. Eins, heute nacht gab's keine Mücken; zwei, ein Leberfleck auf Pelges Rücken, den ich noch nicht kannte; drei, die Fliege auf Theos Nase, da habe ich gemerkt, daß ich wirklich am Leben bin; vier, daß ich Salat abgekriegt habe; fünf... sie strahlt mich an, du.

Danke, du raffinierte kleine Motte.

Sie küßt mich zum Abschied auf die Nase, und dann geht sie davon, ganz gerade, wie ein Ausrufezeichen in ihrem schwarzen Rock und T-Shirt, kurz vor dem Küchengebäude dreht sie sich noch einmal zu mir um und winkt. Sie ist schon so weit entfernt, daß sich ihre Gesichtszüge verwischen und sie wirklich aussieht wie eine erwachsene Frau. Ich hebe die Hand, aber das kann sie durch die getönten Autoscheiben nicht sehen, und mein Herz wiegt plötzlich Tonnen.

Eine Musikkassette fliegt in meinen Schoß.

Norbert steckt den Kopf zum Fenster herein. Bob Dylan, sagt er, hilft immer.

Sag mir Bescheid, wenn dein Prozeß ist, sage ich. Vielleicht komme ich.

Er nickt. Vielleicht, sagt er.

Vielleicht.

Ich drücke seinen Arm. Wir wissen beide, daß wir uns nicht wiedersehen werden. Ich lasse den Motor an, Antje wird auf den Beifahrersitz gesetzt wie ein Gepäckstück, sie starrt geradeaus und rührt sich nicht. Ich parke aus und fahre an dem Schild *Freu dich an deinem Atem* vorbei hinaus auf die Straße.

Im Außenspiegel sehe ich unsere Familie gestaffelt dastehen wie eine chinesische Fotogruppe und synchron winken. *Objects may be closer than they appear,* steht wie eine Bildunterschrift auf meinem Spiegel. Ja, stimmt. Sie sind mir näher gekommen, als ich es je für möglich gehalten hätte, diese ganze seltsame Grashüpferfamilie.

Ich halte den Arm aus dem Fenster und wedele ungeschickt auf und ab, wir fahren auf die Asphaltstraße, und um Antje zu schonen, will ich rechts abbiegen und nicht links, weil wir sonst an Theos Todesstelle vorbeikämen, da sagt sie klar und deutlich: Fahr links.

Ich sehe sie zweifelnd von der Seite an. Sie ist blaß und wirkt sehr viel dünner als zuvor. Ihre Zöpfe stehen steif ab wie bei einer Sechsjährigen.

Bitte, sagt sie, also biege ich links ab. Mein Herz klopft wie ein Preßlufthammer, als wir uns der Unfallstelle nähern.

Eine schmale, dunkle Figur steht genau an der Stelle, an der ich Theo gefunden habe. Im Näherkommen erkenne ich die alte vietnamesische Nonne, die einmal bei unserer Familiendiskussion vorbeikam und für das Fernsehen plädiert hat. Sie trägt ihre braune Wollmütze auf dem geschorenen Kopf, obwohl es bereits heiß ist.

Ich fahre langsamer, bleibe stehen, wir steigen beide aus und verbeugen uns.

Die alte Nonne verbeugt sich ebenfalls, geht auf Antje zu, ganz klein und schrumplig steht sie vor Antje, sieht sie unverwandt und lächelnd an, dann holt sie aus und gibt Antje einen kräftigen Klaps auf die Wange. Nur ein Hauch mehr, und es wäre eine Ohrfeige gewesen, aber dies ist ein liebevoller Klaps, der mich mit einem Schlag in den gegenwärtigen Moment katapultiert.

Erstaunt reibt sich Antje die Backe.

Die Nonne sagt nichts, kein einziges Wort, sie lächelt, verbeugt sich abermals, und dann schwebt sie davon in Richtung Kloster, Schritt für Schritt, Atemzug für Atemzug.

## 29

In Bergerac möchte Antje zum Friseur. Ich frage sie nicht, warum. Und da ich keine Lust habe, auf sie zu warten, lasse ich mir auch gleich von einer mißmutigen Blondine in einem hellblauen Kittel die Haare waschen und schneiden.

Mit uns sitzen ein paar Rentnerinnen und ein älterer Herr in dem kleinen Friseursalon, als wäre der Friseurbesuch nur etwas für reifere Menschen. Es ist eine seltsame Rückkehr ins normale Leben, die fast absurd anmutende Pflege unserer Form. Es stinkt nach Blondiercreme, auf dem Boden liegen abgeschnittene Haare wie Entenflaum. Tote Materie wie Theos Körper, denke ich, nichts anderes.

Die Friseuse im hellblauen Kittel fragt mich unverständliche Dinge, wahrscheinlich, ob ich eine Pflegespülung haben möchte oder so was Ähnliches, ich nicke zu allem, und sie massiert mir etwas ins Haar, was angenehm nach Wassermelone riecht, sich dann aber als Farbmittel herausstellt, denn als meine Haare endlich puffig aufgefönt sind wie bei einem schwulen Modekönig, leuchten sie kastanienbraun, ohne eine Spur von Grau. Fast wie früher. Nur sieht es leider aus wie gefärbt, falsch und eitel. Wie Aschenbach in *Tod in Venedig* sehe ich aus und wundere mich, daß ausgerechnet er mir einfällt, denn zuletzt habe ich von ihm in der Schule gehört, den Film habe ich nie gesehen. Ganz genau erinnere ich mich an die Stelle, wo Aschenbach, in Liebe entflammt zu dem Jungen Tadzio, sich die Haare färben läßt und sich schminkt. Das hatte damals etwas faszinierend Obszönes für mich, denn als Jugendlicher wußte ich doch so genau wie Tadzio, daß die Alten alt sind, ganz gleich, wie sehr sie sich bemühen, jung zu sein.

Und jetzt bin ich selbst so einer, und die gefärbten Haare sind nur das I-Tüpfelchen, denn sind meine schwarzen Baggy pants, meine Bemühungen, zu wissen, wer Ace of Base und die Funky Diamonds sind, denn etwas anderes?

Traurig starre ich den Trottel im Spiegel an, ein seltsamer Typ, Falten überall, ein armer alter Mann. Das bin ich nicht. Auf gar keinen Fall. Ich bin ein Junge, der gerade einen Frosch gefangen, eben erst seinen ersten Kuß bekommen hat, ein junger Mann, der als guter Liebhaber gilt, ein vielversprechendes Talent an der Filmhochschule, ein frischgebackener Vater. Um jung zu bleiben, müßte ich den Spiegel zerschlagen, alle Spiegel zerschlagen.

Antje erkenne ich erst, als sie direkt vor mir steht. Sie hat sich den Kopf rasieren lassen und sieht jetzt aus wie ein nackter Vogel, der aus dem Nest gefallen ist. Ihre Kopfhaut ist zart rosa, ihr Gesicht braungebrannt, was so wirkt, als trüge sie eine helle Badekappe. Die Friseuse tauscht einen entschuldigenden Blick mit mir, als könne sie nichts dafür.

Mich befällt Neid. Antje ist klar und radikal, ich bin nur ein alter Betrüger, auch wenn die Haarfärbeaktion nicht meine Idee war. Ich fahre mit der Hand durch mein knisterndes, lächerlich braunes Haar, wende mich an Antjes Friseuse und sage: *Moi aussi, s'il vous plaît, la même chose comme madame,* und da lächelt Antje, und ihr Lächeln wandert über ihre zarte Kopfhaut wie eine kleine Welle übers Wasser.

Eine leichte Brise berührt meinen nackten Kopf wie der erste Lufthauch ein neugeborenes Baby. Ich fühle mich auf erschreckende Art neu. So habe ich seit fünfundvierzig Jahren nicht mehr ausgesehen. Wie Mönch und Nonne sitzen wir in einem kleinen Bistro am Straßenrand. Stumm zeigt sie auf *Salade Niçoise* auf der Speisekarte, und ich bestelle für sie. Als unser Essen serviert wird, verbeugt sie sich vor ihrem Teller wie im Kloster, ißt konzentriert und langsam alles auf und verbeugt sich am Ende abermals. Sie will sich nur auf die Gegenwart konzentrieren. Der Klaps der Nonne: Sei hier und jetzt! Es wird nicht klappen, wir sind nur Laien, wir haben nicht genug geübt.

Ich werde sie in Ruhe lassen, keine Fragen stellen, ich bin nur der Chauffeur. Ich bestelle einen doppelten Espresso, denn ich will heute nacht durchfahren, dann müßten wir bei Morgengrauen in Belgien sein und um die Mittagszeit herum in Amsterdam. Aber als die Sonne untergeht über der Autobahn, sagt Antje wieder nur ein Wort: Schlafen, und meint damit wohl, ich solle irgendwo Station machen.

Gehorsam fahre ich von der Autobahn ab, auf die Landstraße, wir durchqueren verschlafene kleine Orte, aber nirgendwo gibt es ein Hotel oder eine Pension. Es wird dunkel, und ich habe immer noch nichts gefunden.

Wir können jetzt weiter suchen oder einfach irgendwo

im Auto schlafen, sage ich. Sie sieht mich ernst an und nickt. Ihre weiße Glatze leuchtet im Dunkeln.

Im Auto schlafen? Sie nickt abermals.

Ich fahre von der Landstraße auf einen Feldweg, der uns durch Sonnenblumenfelder bis zu einem kleinen Fluß bringt. Direkt am Flußufer parke ich das Auto. Es ist fast Vollmond, wir können aus dem Auto heraus die Reflexe des Mondlichts auf dem Wasser beobachten.

Okay?

Sie nickt. Ich bewege ihren Sitz in Liegeposition, sie wickelt sich in ihre Jacke und schließt die Augen. Ich bin versucht, ihr über ihren nackten Kopf zu streicheln. Weit aufgerissen und wund muß sich ihr Inneres anfühlen, wie verwirrend muß das alles für sie sein. Einen Moment lang schwebt meine Hand über ihrem Kopf, dann nehme ich sie entschlossen weg und drehe mich ebenfalls um.

Lange kann ich nicht einschlafen. Ich denke nach über das Glück, wie zickig und unzuverlässig es ist, wie es uns im Stich läßt, einfach so, ohne Vorwarnung und ohne Erklärung, und dennoch denke ich, daß ich nur deshalb so selten glücklich bin, weil ich in meinem Leben zu viel Glück gehabt habe. Kein Flugzeugabsturz, kein Tumor, kein Selbstmord, kein Unfall in meiner Familie, nichts Tragisches ist mir je zugestoßen, ich hatte es mein ganzes Leben zu gut (meine Rede, sagt meine Mutter, das ist ja meine Rede), um das Glück durch das Unglück wirklich zu erkennen. In einer Zeitungsstatistik darüber, welches Volk der Erde am glücklichsten ist, waren die Deutschen an zweiundfünfzigster Stelle und die Menschen von Bangladesh an der ersten. Kann man zu blöd sein fürs Glück?

Fünf wunderbare Dinge von heute versuche ich mir aufzuzählen: Erstens, die Morgenröte; zweitens, Frankas Strahlen, als ich ihr erlaubt habe, nach Indien zu fahren; drittens, der Klaps der Nonne; viertens... Mehr will mir nicht einfallen, und darüber bin ich wohl eingedöst, denn ich wache davon auf, daß Antje mich schüttelt. Erschrocken reiße ich die Augen auf, mein Herz schaltet in seinen schnellsten Gang, was ist los? rufe ich laut, was ist passiert?

Hör mir zu, ja? sagt sie bestimmt, hör mir nur ein bißchen zu!

Ich reibe mir verwirrt die Augen, unterdrücke ein Gähnen, fahre mir über den Kopf und stelle erstaunt fest, daß meine Haare nicht mehr da sind. Antje spricht von Theo, schnell und atemlos erzählt sie von ihm, als könne sie ihn dadurch wieder zum Leben erwecken.

Er war ganz dünn, als wir uns kennenlernten, sagt sie, ein ganz dünner Mann mit blonden Locken. Schüchtern. Er ging nicht viel aus. Lebte allein in einer kleinen Wohnung unter unserer Wohngemeinschaft und studierte Geschichte und Kommunikationswissenschaften. Manchmal kam er rauf und beschwerte sich über die laute Musik. Mein Fahrrad hat er aufgepumpt, da haben wir uns das erste Mal richtig angesehen. Er wollte nach zwei Wochen schon heiraten. Niemand heiratete damals, aber er wollte es unbedingt. Ich war geschmeichelt, aber ich wußte nicht, ob ich wirklich mit einem einzigen Mann mein ganzes Leben verbringen wollte. Nach fünf Jahren haben wir dann in Chilpanzingo in Mexiko geheiratet. Ein Indiomädchen hat auf dem Klavier ein Schubertlied gespielt, und der Pfarrer hat die Ehe mit einem Auto verglichen. Erst fährt es prima, aber irgendwann gehen die Reparaturen los, und wenn man sich nicht drum kümmert, dann geht es kaputt, und wenn man nicht aufpaßt, fährt man gegen die Wand. Nach der Zeremonie haben wir mit dem Pfarrer und seiner Familie getrunken, und Theo war am Ende so blau, daß er auf meinem Schoß eingeschlafen ist.

Sie lacht ein winziges Lachen, das, kaum ist es ihr entschlüpft, schon platzt wie eine Seifenblase.

Er schlief in meinem Schoß wie ein Baby, und das ist er immer geblieben, mein Baby. Ich habe mich um ihn gekümmert, und er hat geglaubt, daß er sich in Wirklichkeit um mich kümmert.

Wir haben deshalb keine Kinder, sagt sie leise. Er hätte das nicht ertragen. Er mußte der Einzige sein. Hätte ich ein Kind gekriegt, hätte ich ihn verloren. Alle unsere Freunde sind inzwischen geschieden oder getrennt. Wir nicht. Wir als einzige nicht. Aber natürlich ging unser Auto auch kaputt. Aber es ging kaputt, ohne daß wir es richtig gemerkt haben. Es fuhr eigentlich noch ganz gut.

Antje schweigt. Ihre Augen glänzen in der Dunkelheit, aber sie weint nicht. Ich bewundere ihre Fassung. Sie kommt mir vor wie eine schlanke Vase, sehr zerbrechlich, aber vollkommen intakt, solange man nicht unachtsam mit ihr umgeht.

Theo hatte Depressionen, fährt sie fort. Anfangs war das fast romantisch, der arme, leidende Theo, aber es wurde schnell langweilig, weil er langweilig war, wenn er sie hatte. Dann sah er nur noch fern und rührte sich nicht mehr von der Stelle. Es gab nichts mit ihm zu reden, nichts zu tun, keinen Sex, seine Arbeit litt. Er ist Nachrichtenredakteur beim Fernsehen…

Wir hören beide den Fehler. Er *war*, er *war*…

Antje atmet tief ein, verbessert sich nicht. Es fiel mir immer schwerer, mich ›liebend zurückzuziehen‹, wie es mir meine Therapeutin geraten hat. Ich war wütend. Ich fand, es war eine solche Zeitverschwendung! Ich habe über Trennung nachgedacht. Aber dann entdeckte er durch einen Freund das Buch von Tubten Rinpoche.

*Wie man glücklich sein kann, wenn man es nicht ist,* sage ich.

Sie nickt. Er fing an zu meditieren, es geschah ein Wunder, es ging ihm besser. Also ging es mir besser. Ich dachte nicht mehr über Trennung nach, ich war neu in ihn verliebt. Das Auto fuhr wieder. Dann ging er Ostern ins Kloster. Wollte, daß ich mitkomme, aber ich dachte, das ist seine Angelegenheit, das soll er schön allein machen.

Sie schweigt. Ich sehe Theo und Claudia vor mir, wie sie sich wie in einem Videospiel aus zwei verschiedenen Richtungen auf denselben Punkt zubewegen, bis zur Explosion.

Als er wiederkam, war er verliebt, sagt Antje nüchtern. Wir haben versucht, es zu sehen wie einen kleinen Unfall, der unser Auto ganz schön ramponiert hatte, aber kein Totalschaden war. Er war entsetzt, weil ihm das passiert war. Er wollte es nicht. Vielleicht war aus unserer Ehe nach all den Jahren einfach die Luft raus, wie aus einem Reifen, der ein ganz kleines Loch hat und mit dem man noch ziemlich lange fahren kann, bis er auf einmal platt ist. Und genau in dem Augenblick, wo wir erstaunt vor unserem Platten standen, kam diese Frau…

Weiß sie wirklich nicht, von welcher Frau die Rede ist? Hat er niemals ihren Namen gesagt? Nie beschrieben, wie sie aussieht, woher sie kommt?

Es gibt einen Knall, ich zucke zusammen. Antje schlägt mit der Faust von unten an den Autohimmel. Ich habe immer nur den weichen, freundlichen, sanften deprimierten Theo gekriegt und sie den leidenschaftlichen, wilden! Sie hat den Mann gekriegt, den ich immer haben wollte, und ich weiß nicht, warum!

Mit wutverzerrtem Gesicht trommelt sie mit beiden Fäusten ans Autodach, das in tiefen Tönen wummert. *God verdomme,* schreit Antje, *God verdomme!*

Der wilde, leidenschaftliche Theo also. Mir wird flau. Ich öffne das Fenster, hänge den Kopf raus und versuche, mich meines Hasses auf einen Toten zu schämen. Ich höre Antje weinen.

Scheiße, schluchzt sie, so eine Scheiße. Das auch noch.

Ich drehe mich zu ihr um, sie deutet hilflos auf einen großen dunklen Fleck auf den Innenseiten ihrer hellen Hosen. Ich habe nicht dran gedacht, weint sie, ich hab's vergessen. Ich hab's völlig vergessen. Und Tampons habe ich auch keine dabei.

Ich nehme sie in die Arme, für diesen kleineren Kummer läßt sie sich in die Arme nehmen, für den großen nicht.

Sie will nicht mitkommen ins Dorf, zur nächsten Apotheke, und als ich davonfahre, sehe ich sie wie eine Indiofrau in eine Decke gehüllt am glitzernden Fluß sitzen.

In den nächsten drei Orten gibt es keine Apotheke, im vierten finde ich eine, die jedoch keinen Nachtdienst hat, im fünften reicht mir eine alte unfreundliche Frau im Pyjama und mit speckig glänzendem Gesicht mißbilligend eine Packung o.b. durch die Nachtluke. Ich sehe, was sie denkt. Da spielt sich einer auf, will einen guten Eindruck machen, rennt mitten in der Nacht los, nur um Tampons zu holen, wahrscheinlich hat die Dame welche im Schrank. Durch ihre Mißbilligung fühle ich mich mit einemmal jung, ganz jung, so als kaufte ich zum ersten Mal in meinem Leben Tampons für eine Frau und als wäre das ein Zeichen des Vertrauens und der Liebe, ein Versprechen auf eine gemeinsame Zukunft. Fast bin ich glücklich in diesem seltsamen Augenblick.

*Bonne nuit*, sage ich freundlich.

Die Frau im Pyjama erwidert nichts, knallt die Luke zu, geht durch die Apotheke zurück in ihre Wohnung und löscht das Licht.

Ich finde unsere Stelle am Fluß nicht mehr, und während ich umherirre und jeden Feldweg für ›unseren‹ halte und ihn durch Schlaglöcher entlangbrettere, bis ein Weidenzaun oder ein unvermitteltes Ende mich zum Umkehren zwingen, habe ich, wie so oft, das Gefühl, daß dies nicht mein eigentliches, wirkliches Leben ist, daß ich hier mitten in der Nacht unterwegs bin mit einer Schachtel Tampons in der Tasche für die Witwe des Mannes, der sich unsterblich in meine Frau verliebt hatte, sondern daß dies nur eins meiner möglichen Leben ist. Eine Verkettung von Umständen und Zufällen hat gerade zu diesem geführt, aber parallel dazu finden alle meine anderen Leben statt, zu denen ich jedoch keine Querverbindung finde. Irgendwann, in der Unendlichkeit, werden sie sich nach dem Parallelengesetz finden, und es wird sich vielleicht herausstellen, daß die anderen Leben sehr viel glücklicher und erfüllter waren, weil ich dort etwas richtig gemacht habe, was ich hier ständig falsch mache.

Ich finde unsere Stelle nicht. Es ist wie verhext. Jeder Weg fängt vielversprechend an, um sich dann als der falsche zu erweisen. Antje wird nervös sein, vielleicht schon verzweifelt, ausgerechnet jetzt, wo sie Beistand bitter nötig hat, lasse ich sie sitzen.

Warum bin ich nicht dazu imstande, verantwortungsvoll und verläßlich zu handeln? Wieso habe ich mir nicht gemerkt, wo dieser verdammte Weg abgeht? Wieso habe ich geglaubt, daß ich das alles im Griff hätte? Woher kommt diese verfluchte Mischung aus Arroganz und Versagen? Zum x-ten Mal fahre ich die Straße zwischen dem ersten und dem zweiten Dorf ab. Hier muß es doch irgendwo sein.

Die Scheinwerfer suchen die grünen Weiden rechts und links von der Straße ab, nirgendwo eine Öffnung, ein Weg. So als hätte, wie im Märchen, die Natur dichtgemacht, als wären Dornenhecken gewachsen, um den Weg zu versperren und den Ritter mit den Tampons nicht zurückkommen zu lassen.

Wie immer, wenn ich verzweifelt bin, denke ich an Claudia. Ich weiß, das ist nicht fair. Ich möchte sie anrufen und um Rat fragen. Sie würde den Weg finden. Sie hätte sich die Kilometer gemerkt, ganz einfach und praktisch. Sie versucht ständig, mich davor zu bewahren, daß ich mich verirre, und ich belohne sie mit Zorn und Betrug, weil ich nicht bewahrt werden will. Das verstößt gegen die Ritterehre. Ein Ritter möchte von seiner Angebeteten keine Blasenpflaster, Stadtpläne und Müsliriegel mit auf den Weg bekommen.

Warum versteht das keine Frau? Wenn wir wieder zu Hause angekommen sind, dann erst dürfen die Pflaster, das Bier und das Steak rausgeholt werden. Ist das wirklich so schwer zu verstehen? Bitte keine guten Ratschläge. Claudia, wo bin ich? Wo, zum Teufel, bin ich hier?

Wenn die Ehe wie ein Auto ist, ist unsere ein alter, verbeulter Kombi, praktisch, aber nicht schön, um den ich mich nicht gut gekümmert habe, ich habe ihn verrotten lassen, keine Inspektionen eingehalten, ihn fast nie durch die Waschanlage gefahren, nicht poliert und nicht gepflegt. Claudia sitzt am Steuer, sie weiß, wo es langgeht, sie bringt uns unablässig voran, und genau deshalb klappt es nicht mehr mit uns, weil ich sie dafür büßen lasse, daß sie die Stärkere von uns beiden ist. Von Anfang an. Deshalb wollte ich bei ihr bleiben, deshalb wollte ich sie heiraten.

Aber der Verlierer haßt den Gewinner. Immer. Claudia hat eine Kraft in sich, die ich nie gehabt habe und wahrscheinlich auch nie erlangen werde, einen Kern, der sie immer wieder zentriert wie ein Kreisel, sie nie vollkommen aus der Bahn wirft, sie immer wieder aufrichtet. Ich bin neidisch auf diese Kraft und bilde mir ein, daß sie mir mein bißchen Stärke auch noch abgezogen hat. Wie Theo bin ich schwach und gebe mich als der Stärkere aus, Männerehre, und das ist das eigentlich Erbärmliche an mir.

Weit und breit kein Feldweg in Sicht.

Claudia, was würdest du tun? Sag es mir, was würdest du jetzt tun?

Ich habe angehalten, lege den Kopf aufs Lenkrad, schließe die Augen, wünsche, ich hätte nie eingewilligt, Antje nach Amsterdam zu fahren, wäre nie in das verdammte Kloster gefahren, säße zu Hause und sähe einen prima Unterwasserfilm im Fernsehen. Du mußt hupen, sagt Claudia.

Natürlich! Ich steige aus, greife durchs Fenster und hupe. Dreimal lang, dreimal kurz. Mit bangem Herzen lausche ich, und nach dem dritten Mal höre ich ein schwaches »Hier! Hier!«.

Ich folge der Stimme, die richtige Abzweigung ist bei Dunkelheit wirklich nicht wiederzuerkennen, so zugewachsen ist der Weg. Ich rumpele auf die dünne Stimme zu, und dann leuchtet Antje in meinem Scheinwerferlicht auf wie ein verirrtes Wesen von einem anderen Stern. Stumm nimmt sie die Tampons entgegen, die ich ihr reiche wie einen mühsam erbeuteten Schatz.

Die ganze Nacht über hockt sie im Mondlicht am Fluß und rührt sich nicht. Stoisch erträgt sie ihren Kummer. Ich sitze im Auto, nicke ab und an ein, und jedesmal wieder, wenn ich die Augen aufmache, sitzt sie immer noch so da. Zwischen meinen kurzen Träumen weiß ich nicht mehr genau, wo und wann wir uns genau befinden. Wir könnten auch in einem Western sein, am Fuß des Colorado. Wir müßten noch weit reiten, aber dann würden wir auf einer Ranch leben, und ich würde ihr ein Kleid und ein paar rote Schuhe kaufen, und alles wäre für immer gut.

Nichts ist gut.

Im Morgengrauen steht sie auf und kommt, am ganzen Leib zitternd vor Kälte, ins Auto. Ich reibe sie warm. Wir sprechen nicht. Sie wirkt klein und knochig unter meinen Händen, empfindlich und wund wie ein frisch operierter Patient. Wir stehen inmitten von Sonnenblumenfeldern. Die Sonnenblumen recken ihre Köpfe begierig der Sonne entgegen, die sich wie eine bedrohlich große Apfelsine über den Horizont schiebt. Erschöpft lehnt sich Antje ans Fenster.

Theos Lieblingsblumen, sagt sie langsam. Auf italienisch heißen sie *girasole,* die, die sich nach der Sonne drehen. So, hat Theo gemeint, soll man versuchen zu leben. Sich immer nach der Sonne drehen…

Das sieht ihm ähnlich, denke ich boshaft, so eine blöde Platitüde.

Aber er hat nie so recht gewußt, wo die Sonne gerade steht, fährt Antje leise fort, als spräche sie mit sich selbst. Das mußte ich ihm immer sagen. Jeden Sommer hat er Sonnenblumen in unsere Balkonkästen gepflanzt, und ich habe sie genau beobachtet: Sie drehen sich nämlich gar nicht mit der Sonne, sondern schauen stur nach Südosten, wo jeden Tag die Sonne vorbeikommt. Und wenn sie abends untergeht, schauen sie immer noch nach Südosten und warten auf den nächsten Tag. Das ist etwas völlig anderes, als sich mitzudrehen. Gestritten haben wir uns darüber. Immer wieder. Das ist ein großer Unterschied: Entweder suche ich das Glück und drehe und wende mich, oder ich warte einfach ab, bis es vorbeikommt.

Sie verstummt und sieht traurig über die jetzt in der Sonne gelb leuchtenden Sonnenblumen, und ich fahre los, weil ich sonst nichts weiß, was ich für sie tun könnte.

## 30

Im Halbschlaf steuere ich das Auto auf der grauen Autobahnschlange immer in Richtung Paris. Bei Lyon fängt es an zu regnen. Mir nur recht, es paßt besser zu unserer Stimmung. Antje ist in eine Art Stupor gefallen, aus der ich sie nicht herauszuholen wage.

Sie reagiert nicht, als ich sie frage, ob sie etwas zu essen oder zu trinken haben möchte, also lasse ich sie im Auto sitzen, während ich an einer Autobahnraststätte Bifiwürste esse und Automatenkaffee trinke.

Mit mir an einem kleinen Stehtisch stehen drei französische LKW-Fahrer mit müden Augen. Sie riechen nach Benzin und schwarzen Zigaretten. Vor einem blökenden Fernseher sitzt eine Reisegruppe Taubstummer, Männer und Frauen mittleren Alters, die sich angeregt mit den Händen unterhalten. Deutsche Touristen auf dem Heimweg mit ihren braungebrannten Kindern durchkämmen die Regale des Tankstellenmarkts auf der Suche nach einem letzten Mitbringsel, einem letzten Totem aus dem Süden. Dicke Frauen mit breiten Hüften in Blümchenkleidern strömen aus einem Bus aufs Klo.

Alle Menschen wollen glücklich sein und Leiden vermeiden. Manche dieser buddhistischen Sätze haben sich an mir festgesetzt wie Kletten. Wenn ich diesen Satz auf jeden

Menschen anwende, den ich sehe, wird er erschreckend privat, als würde mit einemmal das Innere nach außen gestülpt wie bei einem Handschuh und als käme das empfindliche zarte Innenfutter zutage im Gegensatz zur abgewetzten, verhärteten Außenhaut.

Selbst der unangenehmste, unfreundlichste, brutalste Mensch handelt offensichtlich auch nur, um glücklich zu sein und Leiden zu vermeiden.

Durch die Scheibe der Raststätte sehe ich mein Auto in der brütenden Hitze stehen. Antje kann ich nicht erkennen, aber ich weiß, daß sie dort in dem Metallgefängnis sitzt, in der Folterkammer ihrer Gefühle. Mir fällt nichts, aber auch gar nichts ein, um ihr Leiden zu verringern, und weil ich deshalb selbst leide, würde ich gern türmen. So wie ich immer getürmt bin. Mich versteckt habe. Hat nur nicht so recht funktioniert. Glücklich bin ich dadurch nicht geworden. Mir wird unter all meinen glücksuchenden Kollegen eng und heiß in dieser blöden Raststätte. Auf dem Klo spritze ich mir Wasser ins Gesicht, und dann rufe ich endlich Claudia an, um mich wenigstens vor ihr nicht länger zu verstecken. Außerdem fehlt sie mir.

Ich sage meinen Namen, was seltsam offiziell und ungewohnt klingt.

Ach, du, sagt sie.

Ja.

Sie schnauft.

Entschuldige, sage ich, aber ich konnte nicht anrufen, weil etwas passiert ist, was...

Ich weiß es schon.

Ach so.

Franka hat mich angerufen.

Klingt es wirklich vorwurfsvoll, oder bilde ich es mir nur ein? In fast jedem Satz, den sie sagt, steckt ein Vorwurf. Manchmal offen, manchmal versteckt wie in einem Suchbild: Such den Vorwurf. Er ist immer da. Immer.

Du hast ihr erlaubt, nach Indien zu fahren.

Ja.

Bist du verrückt?

Theo ist tot.

Das weiß ich.

Ich fahre seine Frau nach Amsterdam, nach Hause.

Weiß ich auch.

Schweigen. Unsere Telefonate sind wie Minenfelder. Wenn wir auf alle Minen getreten sind, legen wir auf.

Wegen Theo…

Ja?

Ich wollte dich was fragen.

Wegen Theo?

Ja.

Und?

Wie gut… wie gut habt ihr euch eigentlich gekannt?

Ohne Zögern kommt die Replik. Was soll das heißen?

Ich will einfach wissen, wie gut ihr euch gekannt habt, nichts weiter.

Ganz gut.

Ganz gut.

Ja. Reicht dir das nicht?

Nein, es reicht mir nicht, aber ich stelle die Frage nicht, die mich quält. Ich stelle sie nicht, um nicht noch schwächer zu erscheinen, als ich sowieso schon bin.

Es ist mir eigentlich ziemlich egal, wie gut ihr euch gekannt habt, sage ich statt dessen und bin mir bewußt, daß ich alles vermassele.

Warum fragst du dann?

Ich wollte vielleicht wissen, ob du traurig bist.

Oh.

Ja.

Ja, bin ich.

Tut mir leid.

Dir tut das leid?

Ja, stell dir vor.

Sie atmet laut ein und aus, wahrscheinlich, um nicht aus der Haut zu fahren.

Danke, sagt sie knapp.

Er hatte einen Herzinfarkt, aber das weißt du ja wahrscheinlich auch schon.

Franka wird nicht nach Indien fahren, sagt sie streng.

Wenn du das sagst…

Du mußt wahnsinnig geworden sein, ihr das zu erlauben.

Ich wollte sie glücklich machen.

Du wolltest sie glücklich machen?

Ja, stell dir vor.

Seit wann denkst du über das Glück anderer Menschen nach?

Jeder Mensch möchte glücklich sein und Leiden vermeiden.

Ist ja toll! Ihre Stimme wird hoch und dünn vor Wut. Diesen einen Satz hast du gelernt und daraufhin beschlossen, deine Tochter nach Indien zu schicken, damit sie sich dort Denguefieber oder die Cholera holt und vor die Hunde geht...

Ich schicke sie nicht nach Indien.

Hast du völlig vergessen, weshalb du überhaupt losgefahren bist?

Ja.

Was heißt das jetzt wieder?

Ich weiß es nicht mehr.

Fred, sagt sie und stöhnt, du bist... du bist einfach...

Ein Arschloch, ergänze ich.

Sie schweigt. Ich könnte heulen. Einfach losflennen und hier stehen bleiben, bis mich irgend jemand mitnimmt. Ich fahre mir über die Glatze.

Ich habe mir den Kopf rasieren lassen.

Das ist nicht dein Ernst.

Doch.

Ich glaube dir kein Wort. Das ist doch lächerlich!

Ich hab's getan.

Ach, Blödsinn. Willst du aussehen wie ein Raver? Warum erzählst du mir so was?

Nur so.

Ach Fred, seufzt sie. Können wir nie mehr eine normale Unterhaltung haben?

Mit bleischweren Füßen gehe ich zurück zum Auto. Antje ist ausgestiegen und hat sich auf ein kleines Stückchen Rasen am Parkplatz gelegt. Es riecht nach verfaulten Bananen und Pisse. Als sie mich kommen sieht, steht sie sofort auf und geht zurück zum Auto. Kurz bevor wir das Auto erreichen, nimmt sie meine Hand und drückt sie. Einfach so.

Der zu Tröstende tröstet den Tröster. Dankbar halte ich ihre Hand. Ich könnte auch bei ihr bleiben. Mir in Amsterdam einen Job suchen, ein neues Leben beginnen, was sich fast anfühlen würde wie mein altes, fast. Aber mein altes Leben würde ich hinter mir herzerren wie eine Gefängniskugel am Bein, und außerdem liebe ich Antje nicht.

Und was liebe ich noch an Claudia außer unseren Erinnerungen? Ich liebe uns als die Familie, die wir waren. Ich liebe Momente von uns dreien in der Vergangenheit, die ich wie Juwelen in einer kleinen Schatzkiste mit mir herumtrage.

Ich sehe uns zusammen im Bett liegen am Sonntagvormittag, und im Fernsehen gab's *Die Sendung mit der Maus.*

Ich sehe Franka als Prinzessin verkleidet mit Feenhut und langem Schleier vor uns hertrippeln. Claudia und ich tragen lachend ihren Schleier, wir gehen zusammen in unsere Lieblingspizzeria, erst kommt Franka, dann der Schleier, dann lange, lange gar nichts, und dann wir.

Ich sehe uns auf einem grünen Hügel mit Franka im roten Regenmäntelchen im Regen stehen. Claudia, die in einem Ruderboot auf dem Starnberger See den wenige Tage alten Säugling stillt, und stolz rudere ich meine Familie über den See. Das Glück von damals spüre ich jetzt noch wie Brausepulver auf der Zunge.

Ich hatte das Gefühl, angekommen zu sein. Und gleichzeitig wollte ich nicht endgültig ankommen, nicht komplett in Claudias Pläne passen, in ihr alltägliches Leben, das sie so gut meistert und ich nicht.

Ich meutere gegen jeden Tag und seine Beschwernisse, während sie nach dem Nike-Motto verfährt: *Just do it.* Das ist, wie ich inzwischen gelernt habe, buddhistisch: jeden Moment das Leben so zu nehmen, wie es ist. Nichts weiter.

Meine Mutter war nicht anders. Alles Zen-Meisterinnen. Den Schrecken des Lebens dadurch überwinden, daß man es einfach jeden Augenblick lebt, ohne sich zu fürchten.

Das war mir alles viel zu einfach, weil ich keine Ahnung hatte. Ich habe mich statt dessen in einen ständigen Antagonismus zu meinem eigenen Leben hineinmanövriert, den ich für intellektuell und künstlerisch gehalten habe – und jetzt stehe ich mit leeren Händen da. Richtig blöd stehe ich jetzt da.

In der Abenddämmerung erreichen wir die gelb erleuchtete Autobahn durch Belgien, die man selbst vom Mond aus noch sehen kann. Der Mann im Mond sieht uns über die belgische Autobahn fahren und denkt sich seinen Teil. Antje, die seit der Früh kein Wort mehr von sich gegeben hat, bittet mich leise, einen Umweg über Antwerpen zu fahren.

Natürlich, sage ich, kein Problem. Sie nickt und schweigt. Mit einem Mal wirkt sie fremd, als hätte ich noch nie ein Wort mit ihr gewechselt. Eine Witwe, denke ich und versuche, dieses seltsame Wort mit der Frau neben mir zu verbinden, aber es will einfach nicht passen.

Durch die breiten leeren Alleen von Antwerpen lotst sie mich zielsicher bis zum Bahnhof, wo wir vor einem schäbigen Hotel namens ›Florida‹ halten.

Sie bittet den Portier um das Zimmer dreiundzwanzig, und lächelnd überreicht er ihr den Schlüssel, als kennten sie sich. Ich bin nicht sicher, was sie vorhat, aber sie winkt mir, ihr zu folgen. Ich steige eine muffig riechende Holztreppe hinauf, der Teppichboden wirft auf, und der Lack vom Geländer ist abgeblättert.

Antje schließt die Tür auf, und wir betreten ein Zimmer wie aus einem amerikanischen Film. Das leuchtendrote Neonlicht der Hotelreklame ›Florida‹ flackert vor dem Fenster im Sekundentakt auf, zwei schmale Betten mit löchrigen Laken stehen vor einem riesigen, bedrohlich wirkenden Eichenschrank mit Spiegel, es fehlen nur der Detektiv und seine Whiskyflasche.

Antje schließt die Tür, macht jedoch das Licht nicht an. Alle zwei Sekunden versinkt sie im Dunkeln, um gleich darauf im roten Licht der Neonreklame wieder aufzutauchen. Sie setzt sich auf das eine Bett, ich mich auf das andere. In der nächsten roten Rotphase scheint sie zu lächeln.

Im Dunkeln sagt sie: Wir haben hier mal einen Hochzeitstag verbracht, da wollten wir eigentlich nach Brügge, aber unser Hotelzimmer war versehentlich vergeben worden. Und hier war's dann eigentlich viel schöner.

Das rote Licht springt wieder an. Also sind wir dann jeden Hochzeitstag hierher gekommen, sagt Antje in Rot. Das letzte Mal vor drei Monaten.

Wir lassen den Lichterzirkus ein paar Runden über uns ergehen, dann steht sie auf und setzt sich neben mich, legt ihren Kopf an meine Schulter.

Ich nehme ihre Hand und halte sie im Schoß. Ich höre mich summen, in der Dunkelheit fange ich an zu singen: *Row, row, row your boat gently down the stream, merrily, merrily, merrily, merrily, life is but a dream.*

Als das rote Licht wieder anspringt, ist das Lied vorbei.

Noch mal, flüstert sie, und so singe ich noch mal, und als ich wieder fertig bin, sagt sie wieder noch mal und noch mal und noch mal, und ich singe so lange, bis ich glaube zu träumen. Der Schrank bewegt sich leicht im Takt, Antjes Körper besteht aus warmer Luft, ich selbst bin eine puddingartige Masse, die sich mit jedem Atemzug vergrößert und verkleinert und ihre Farbe verändert. Rot, Schwarz, Rot, Schwarz, Rot.

Danke, sagt Antje schließlich, danke. Sie steht auf, holt Theos blaues T-Shirt aus ihrer Tasche, hängt es in den gewaltigen Wandschrank, verbeugt sich wie im Kloster dreimal, und als das nächste Mal das Licht wieder angeht, ist sie aus dem Zimmer ihrer Hochzeitstage verschwunden.

# 31

In der Morgendämmerung kommen wir in Amsterdam an. Kühl und gefaßt dirigiert mich Antje durch die Stadt, bis wir in der Prinsengracht halten. Antje schlägt die Hände vors Gesicht.

Ich kann nicht, sagt sie jämmerlich. Ich kann nicht in die Wohnung gehen. Ich kann es nicht.

Ich versuche mir vorzustellen, wie es wäre, wenn ich allein in unsere Wohnung zurückkehren sollte und Claudia ein paar Tage später im Sarg angeliefert würde. Ich schließe unsere Haustür auf, und als erstes sehe ich ihren gelben Post-it-Zettel an der Wand hängen: Schlüssel? Anrufbeantworter? Geld? Rechts fällt mein Blick ins Bad, auf ihre Armee von Kosmetika, ihre bunten afrikanischen Ketten, ihren japanischen Waschschwamm und das Weleda-Roßkastanienshampoo, an das sie mit fast religiösem Eifer glaubt. Ihre Schuhe, die unordentlich übereinandergestapelt unterm Schrank stehen, ihre Handtasche auf dem Stuhl, all diese Gegenstände, die sehnsüchtig ihre Rückkehr erwarten und die ohne ihre Gegenwart ihr Leben verlieren.

Alles wird nach ihm riechen, sagt Antje verzweifelt.

Können wir nicht zuerst woandershin fahren? Zu deiner Familie? schlage ich vor.

Sie sieht mich aus verschwollenen Augen an.

Meine Mutter? sagt sie in fragendem Ton.

Ja, fahren wir zu deiner Mutter.

Wir fahren quer durch die Stadt, die langsam erwacht, in einen Vorort in der Nähe des Flughafens. Vor einem großen Backsteingebäude, über dessen Eingang in goldenen Lettern etwas steht, was ich nicht verstehe, läßt mich Antje halten.

Kommst du mit?

Das Backsteingebäude stellt sich als Alterswohnheim heraus, und Antjes Mutter weiß noch nichts. Sie sitzt im Nachthemd in einem riesigen grünen Sessel in einem kleinen Zimmer, bürstet sich lange, graue Haare und scheint nicht sonderlich überrascht, als wir in der Tür stehen. Antje läuft auf sie zu, kniet sich neben den Sessel und legt schluchzend ihren kahlen Kopf in den Schoß ihrer Mutter. Die tätschelt Antjes Kopf und sieht mich mißtrauisch an, als sei ich der Grund für Antjes Kummer. Antjes Körper wird von Schluchzern geschüttelt, als hätte ein Riese sie gepackt. Sie weint, wie sie die ganze Zeit nicht geweint hat. Sie verliert die Fassung. Endlich, denke ich. Endlich erlaubt sie dem Schmerz, die Überhand zu gewinnen.

Ich schließe die Tür und warte auf einer unbequemen Bank am Eingang. Jetzt bin ich also wieder in Amsterdam, und wieder kann ich nichts tun als warten. Mit dem Kopf an die kalten Kacheln hinter mir gelehnt, schlafe ich ein. Claudia steht unter einem korallroten Lichtkegel wie in einer Diskothek und erklärt mir, was mit uns nicht stimmt, aber alle paar Sekunden geht das rote Licht aus und damit auch der Ton, und ich kann sie nicht mehr hören. Immer wieder fragt sie mich, ob ich das jetzt auch wirklich verstanden habe, und ich nicke verzweifelt und habe keine Ahnung.

Es war nämlich das letzte Mal, das allerletzte Mal, daß ich es dir erkläre, verstehst du? sagt sie in der roten Phase, und ich weiß, daß sie, wenn das nächste Mal das Licht angeht, für immer verschwunden sein wird, wenn ich es nicht begriffen habe.

Warte, rufe ich verzweifelt, ich muß dir was erklären! Warte doch!

Das Licht geht aus, und sie ist fort. Für immer. Diese beiden Wörter, für immer, breiten sich in meinem Körper aus wie Gift. Nein, schreie ich, nein!

Eine Frau in einem blauen Kittel schüttelt mich und redet auf holländisch auf mich ein. Ich fühle mich, als hätte man mich verprügelt. Mein ganzer Körper tut mir weh, und mein Nacken ist so steif, daß ich kaum noch den Kopf wenden kann. Ich habe Hunger und Durst. Verwundert starre ich auf meine Uhr, ich habe fast drei Stunden geschlafen.

Die Frau in dem blauen Kittel weist mir den Weg zu den Klos, wo ich mir das Gesicht wasche. Ich sehe verwahrlost und zerknittert aus, wie ein Hippieüberbleibsel aus lang vergangenen Kiffertagen in Amsterdam, dem die Haare ausgegangen sind.

Vorsichtig klopfe ich an der Tür von Antjes Mutter. Eine junge Frau, die Antje verblüffend ähnlich sieht und ihre Augen hat, öffnet. Ein zweijähriges blondes Kind schaut mich zwischen ihren Beinen mißtrauisch an. In dem grünen Sessel sitzt jetzt ein kompetent wirkender Mann Mitte

Dreißig, der neugierig aufsieht und mich anstarrt. Antje liegt im Bett und schläft, ihre Mutter sitzt auf der Bettkante und hält Antjes Hand. Sie trägt jetzt ein graues Kostüm und eine weiße Bluse, ihre langen Haare sind sorgfältig frisiert. Sie nickt mir zu, vorsichtig legt sie Antjes Hand auf die Bettdecke wie einen zerbrechlichen Gegenstand, steht auf, schiebt die junge Frau zur Seite und sieht mich mit den Honigaugen ihrer beiden Töchter an.

Vielen Dank, sagt sie auf deutsch, vielen Dank. Sie hält mir die Hand hin, die ich im ersten Augenblick gar nicht sehe, weil ich so fasziniert bin von diesen Augen, die ich kenne. Ich ergreife ihre dünne, aber kräftige Hand, und dann bin ich entlassen.

Wie in einem Fernsehfilm, wenn die Tür zugeht, stehe ich auf dem Flur und zucke etwas hilflos die Achseln. Ein alter Mann kommt vorbeigeschuffelt und redet mit sich selbst. Er geht vorbei, ohne mich anzusehen, so als wäre ich unsichtbar, und so fühle ich mich auch. Ich habe keinen Job mehr, ich werde nicht mehr gebraucht, jetzt muß ich mir selber überlegen, wie es weitergeht.

Ziellos fahre ich durch die Stadt, weiß nicht, in welche Richtung ich mich wenden soll, und lasse mich von den Autos treiben wie von einer fremden Herde, die mich herdenloses Tier in ihre Mitte genommen hat. In den Wagen um mich herum sitzen entschlossen wirkende Menschen mit einem klaren Ziel vor Augen. Ein kleiner Junge mit schokoladenverschmiertem Mund winkt mir zu. Die Frau am Steuer neben ihm toupiert sich, an einer Ampel in den Rückspiegel sehend, die Haare. Ein Mann in Anzug und

Krawatte redet in einem Mercedes ärgerlich in sein Telefon. Ich komme mir völlig verloren vor, aber die Herde bringt mich zielstrebig an einen Ort, an den ich allein nicht gegangen wäre. Sie schleust mich durch die Potterstraat, bis ich die Schilder zum Vincent-van-Gogh-Museum sehe. Sonnenblumen. Klar. Theos Lieblingsblumen.

Ich biege auf den Parkplatz ein, steige aus, schließe das Auto ab und gehe zielstrebig auf das Museum zu. Und natürlich ist heute nicht Montag und nicht geschlossen, wie es mir garantiert passiert wäre, wenn ich ganz allein diesen Plan gehabt hätte, und wie durch ein Wunder läßt mich die nette Kassiererin auch noch in Francs bezahlen, obwohl es klar ist, daß sie diese Münzen nicht wird umtauschen können. Jeder scheint bemüht, mich an mein Ziel zu bringen, also eile ich schnurstracks an dem düsteren Bild *Die Kartoffelesser,* dem gelben Haus, dem Stilleben mit Bibel vorbei geradewegs zu den Sonnenblumen.

Ja. Das hat Vincent wirklich gut gemacht. Er hat ihre Essenz erfaßt. Nur die Frage, ob sie sich nun mit der Sonne mitdrehen oder warten, bis sie vorbeikommt, beantwortet auch er nicht.

Ich bin ein wenig enttäuscht, und da mich die anderen Bilder nicht sonderlich interessieren, wende ich mich zum Gehen, komme aber auf dem Weg nach draußen an einer Vitrine mit Briefen von Vincent an seinen Bruder Theo vorbei.

Theo also. Überraschender Namensvetter. Theo und die Sonnenblumen.

*Lieber Theo, ich schreibe in großer Eile, ich bin mit dem Enthusiasmus eines Marseillaners, wenn er eine Bouilla-*

*baisse ißt, an der Arbeit, und das wird Dich nicht weiter erstaunen, wenn Du hörst, daß ich jetzt Sonnenblumen male. Ich arbeite jeden Morgen von Sonnenaufgang an, denn die Blumen verwelken so schnell, und ich muß das Ganze in einem Rutsch machen... Ich würde sie gern so malen, daß jeder – wenigstens jeder, der Augen hat – sehen würde. Ein Händedruck, ich muß zurück an die Arbeit, immer Dein Vincent.*

Diese Begeisterung, diese Selbstverständlichkeit, mit der er wußte, was er zu tun hatte! Neid gerät mir quer in die Kehle, daß ich schlucke.

Wie sehr ich mich danach sehne, zu wissen, wo meine Sonne steht. Ich schließe die Augen, und wenn ich gehofft haben sollte, jetzt im Dunkeln von irgendwoher einen Schein zu sehen, eine Lichtquelle, die mir den Weg weist, die mir zeigt, wie mein Leben weitergehen soll, wird diese dämliche Hoffnung natürlich nicht erfüllt. Es ist rabenschwarze Nacht und sonst gar nichts.

Ich verlasse das Museum, latsche müde und entmutigt über den Parkplatz, setze mich in mein Auto und rühre mich lange nicht von der Stelle.

Von Minute zu Minute werde ich schwerer und schwerer, und kurz bevor ich implodiere wie ein schwarzes Loch, öffne ich die Tür und fange an zu laufen, wie ich vor gut einem halben Jahr schon durch diese Stadt gelaufen bin.

Laufe durch all die hübschen Straßen, die mir ein bißchen zu hübsch und putzig sind, vorbei an den Grachten, über die Brücken, ich laufe und laufe, und wieder tun mir bald die Lungen weh wie damals, meine Kondition ist auch nicht besser geworden. Durch Zufall finde ich den kleinen

Park wieder, abermals setze ich mich auf die Bank und warte auf das Eichhörnchen, was prompt kommt, sich mit erhobenen Vorderpfoten vor mir aufbaut und mich geduldig betrachtet. Aber eigentlich warte ich auf die afrikanische Wahrsagerin, die nicht kommt. Heute wüßte ich genau, was ich sie fragen würde. Ganz genau. Wohin soll ich mich wenden?

Ich warte. Starre auf die Ameisen zwischen meinen Füßen. Das Eichhörnchen springt enttäuscht davon. Franka hatte als Kind einmal eine Ameisenfarm, die bestand aus ein wenig zwischen zwei Glasscheiben gepreßter Erde und dünnen Plastikkanälen, die um die Glasscheiben herumliefen, so daß das Ganze aussah wie eine Miniversion des Flughafens Charles de Gaulle in Paris. Franka interessierte sich schon nach wenigen Tagen nicht mehr für ihre Ameisen, aber ich sah ihnen wochenlang fasziniert dabei zu, wie sie mit größtem Eifer Tunnel gruben, Brotkrümel hin und her schleppten oder, was mich am meisten faszinierte, vollkommen sinnlose, aber hübsch anzusehende Türme bauten. Sie schienen sich etwas in den Kopf zu setzen, und dann taten sie es einfach. Krümchen für Krümchen schleppten sie durch die langen Plastikkanäle die Erde herbei und bauten einen Turm. Einfach so. Und wenn er fertig war, ließen sie von ihm ab und widmeten sich der nächsten Aufgabe. Ich sah ihnen zu und kam mir nicht nur faul vor, sondern auch so völlig ohne Ziel. Ich hätte gern einen sinnlosen Turm gebaut, wenn ich nur den inneren Antrieb gehabt hätte. Immer habe ich alle Besessenen beneidet. Vincent van Gogh und seine Sonnenblumen, aber auch jeden Filmhochschüler, der mit glühendem Eifer irgendein bizarres Filmchen drehte. Die Ameisen, van Gogh und die Filmhochschüler. Woher nehmen sie bloß die Energie, ihre Sicherheit, dieses Durchhaltevermögen?

Mit einem Stöckchen bringe ich die Ameisen zwischen meinen Füßen von ihrer eingeschlagenen Richtung ab, aber sie lassen sich nicht lange beirren, nach kurzem Nachdenken machen sie einen Umweg und ackern unbeirrt weiter. Ich beschwöre die Afrikanerin, *row, row, row your boat,* singe ich, um sie anzulocken, aber sie weigert sich, kommt nicht. Sie läßt mich in meinem Saft schmoren, will mir nicht helfen. Nach vier Stunden knurrt mir der Magen, daß mir fast übel wird. Wann habe ich eigentlich zuletzt etwas gegessen?

In einem teuren indonesischen Restaurant, wo ich mit Kreditkarte zahlen kann, weil ich keine Gulden habe, sitze ich unter lauter jungen schicken Menschen, die ganz genau zu wissen scheinen, wie sie leben wollen. Die Männer tragen dunkle Designeranzüge, Ziegenbärtchen und Brillen mit gelben Gläsern, die Frauen fast ausnahmslos die gleichen pastellfarbenen, leicht transparenten langen Kleider, als hätten sie alle in demselben Laden eingekauft. Auf jedem Tisch liegen mehrere Handys verschiedener Fabrikate wie früher Zigarettenschachteln.

Eine junge Frau am Nebentisch, die blonden Haare zu einem präzisen Bubikopf geschnitten, sieht immer wieder zu mir herüber, und ich versuche zu sehen, was sie sieht: einen unrasierten, glatzköpfigen, ungewaschenen Mann Mitte Vierzig in schwarzen Jeans und schwarzem T-Shirt, der einsam wirkt, aber sich mühevoll den Anschein gibt, als kümmere ihn das nicht. Er ißt zu schnell und wirft zweimal fast sein Glas um. Ein Mann allein. Nicht romantisch, sondern ziemlich erbärmlich.

Die Blondine zwirbelt nachdenklich an ihren Haarspitzen und wendet sich dann wieder ihrer Freundin zu, einer molligen Person, die ihren Busen in einen zu engen BH gequetscht hat, so daß ihr Dekolleté aussieht wie ein Babypopo. Sie mustert mich jetzt ebenfalls, schüttelt dann den Kopf, kichert, schließlich steht der blonde Bubikopf auf und kommt an meinen Tisch.

Ich würde gern fliehen, aber das geht schlecht, denn ich habe noch nicht bezahlt.

Sie fragt mich etwas auf holländisch, und als ich auf englisch erkläre, daß ich kein Holländisch verstehe, wirkt sie enttäuscht.

Was wollten Sie mich denn fragen?

Wir dachten, Sie sind ein Mann aus dem Fernsehen, sagt sie auf englisch, aus dem holländischen Fernsehen.

Tut mir leid.

Sie zuckt die Schultern und wendet sich wieder zum Gehen, aber bevor sie sich ganz umdreht, fragt sie mich noch, woher ich komme, und ich sage aus unerfindlichen Gründen: aus Saigon, und als nächstes sitze ich bei ihnen am Tisch und erzähle ihnen von Saigon, als hätte ich dort mein halbes Leben verbracht.

Mit offenen Lippenstiftmündern hören sie mir zu, und je länger ich rede, um so mehr verabscheue ich mich. Ich habe immer schon geflunkert, um mich zu schützen. Ich nenne es flunkern und nicht lügen, aber am Ende hat es mich nie geschützt, sondern nur belastet, weil ich in meinen

Geschichten immer besser, schlauer, interessanter bin als in Wahrheit.

Selbst Claudia habe ich belogen, habe ihr erzählt, ich hätte meinen Abschlußfilm an der Filmhochschule gemacht und sogar einen Preis dafür bekommen, wo ich in Wirklichkeit ohne Diplom und ohne Abschlußfilm irgendwann stillschweigend das Weite gesucht habe.

Das Schönste ist für mich in Vietnam das Frühstück, erzähle ich, die heiße Nudelsuppe am Morgen. Sie heißt Pho, aber ich kann es bis heute nicht richtig aussprechen, bei mir klingt es so, als würde ich statt Suppe Hauptbahnhof sagen…

Die beiden lachen höflich.

Es gehört Ingwer hinein, Muskat und Anis. Am frühen Morgen riecht die ganze Stadt nach Anis…

Und die Frauen? fragt die Mollige, wie sind die Frauen?

Sie sind die schönsten der Welt, erwidere ich wie aus der Pistole geschossen, wie Schmetterlinge sehen sie aus in ihren traditionellen Ao Dais mit den weiten Hosen und hauchdünnen, an den Seiten geschlitzten Oberteilen. Sie sind einfach überirdisch schön, wie Engel. Das bekümmert die beiden sichtlich, und so füge ich eilig hinzu, mich interessierten asiatische Frauen aber gar nicht.

Das ist rassistisch, sagt der blonde Bubikopf, und die Dicke nickt.

Es entsteht eine Pause. Die beiden kontrollieren gleichzeitig ihre im gleichen Ton hellblau angemalten Fingernägel.

Meine Frau hat mich verlassen, sage ich entschuldigend. Sie sehen mich abwartend an. Könnte ich bei euch vielleicht duschen?

## 32

Das Badezimmer ist vollgestopft mit Kosmetika, und es riecht nach den verschiedenen Parfüms der beiden. Besonders sauber ist es nicht. Haare verstopfen den Abfluß (›Brüder und Schwestern, bitte nehmt eure Haare aus dem Abfluß‹), die Fliesen in der Dusche haben einen schmutziggrauen Schleier, und der Badezimmerteppich ist voller Flecken.

Bewegungslos stehe ich unter der Dusche und lasse die Erlebnisse der vergangenen Tage an mir ablaufen. Alles soll fortgespült werden, am Ende soll ein neuer, tatkräftiger Mann aus dieser Dusche steigen, der nach Hause reitet, seine Ehe in Ordnung bringt und seine Farm aufräumt.

Das heiße Wasser betäubt mich angenehm. Nebulös vermisse ich Franka und Antje und Claudia, selbst das Kloster. Diese seltsame Sicherheit, in der man sich dort wiegt, daß alles schon in Ordnung gebracht werden wird durch die Weisheit des Lamas. Kein Wunder, daß die Leute in Massen zu ihm strömen. *Wie du glücklich sein kannst, wenn du es nicht bist.* Jetzt kommt es mir so vor, als sei ich im Kloster glücklich gewesen, obwohl ich, während ich dort war, fast nur gemeutert habe, aber ich war zumindest in meinem eigenen Leben anwesend, während es mir jetzt wieder wie Wasser durch die Finger rinnt. An fast jeden Augenblick im

Kloster kann ich mich ganz genau erinnern. Saigon, was für ein Blödsinn!

Ich stelle die Dusche aus, wickle mir das Mickymaus-Handtuch, das Connie und Yvonne mir hingelegt haben, um die Hüften, und schwebe versuchsweise ein paar Schritte über den ekligen Badezimmerteppich. Sieben Schritte hin und sieben zurück. Einatmen und ausatmen. An nichts weiter denken. Bakterien im Teppich. Claudia, blaß, verheult, trauert um Theo. Antje im Bett ihrer Mutter, weint ebenfalls um Theo. Franka in den Armen von Pelge. Ich in den Armen von niemandem. Die schöne Nonne. Rotes Neonlicht. Sonnenblumen. Wohin mich drehen? Es funktioniert nicht. Mein Gehirn plappert mir die Ohren voll.

Enttäuscht setze ich mich auf den Badewannenrand. Mickymaus lacht mir vom Badetuch entgegen, dieser widerliche Optimist, der durch nichts umzubringen ist. Wie macht er das nur? Warum hat der nie Angst?

Connie, der blonde Bubikopf, und die dicke Yvonne glotzen mich unbewegt an wie Fische im Aquarium. Angst? wiederholt Connie verständnislos.

Bekommt ihr keine Angst, wenn ihr euch bei eurem Leben zuschaut?

Bei unserem eigenen Leben zuschauen? wiederholt Yvonne und mustert mich mißtrauisch, und entweder ruft sie jetzt gleich einen Krankenwagen, oder sie schließt sich mit Connie im Nebenzimmer ein, um sich vor diesem Verrückten in Sicherheit zu bringen.

Ne, sagt Connie, wieso sollte ich mir dabei zuschauen?

Yvonne lacht anzüglich. Dafür haben wir ja 'nen Spiegel

an der Decke, kichert sie. Wir sehen alle drei nach oben in den Spiegel, der über der Couch an der Decke hängt.

Woher wißt ihr denn so genau, wie ihr leben sollt? insistiere ich.

Sie seufzen wie Erwachsene, die ein Kind mit Fragen quält.

Und wo sind eigentlich eure Kerle? frage ich ihre Spiegelbilder.

Wir haben mit Männern nichts zu tun, sagt Yvonne indigniert und legt ihren Arm um Connie.

Ich muß Tomaten auf den Augen gehabt haben. Ich war der felsenfesten Annahme, daß die beiden mich nur mitgenommen hätten, um zu fortgeschrittener Stunde einen flotten Dreier mit mir zu versuchen, den ich, nur um etwas zu tun zu haben, nicht unbedingt abgelehnt hätte. Die Frage nach den Kerlen sollte eigentlich nur endgültig klarstellen, daß wirklich kein anderer im Gebüsch lauert, um mir später einen Baseballschläger über den Kopf zu ziehen.

Hätte ja sein können, sage ich bedrippelt, und die beiden lächeln milde.

Und was macht ihr sonst so? frage ich lahm, denn eigentlich weiß ich jetzt nicht mehr, was ich hier soll.

Och, sagt Connie und arrangiert ihr Dekolleté neu, wir gehen jeden Tag in die Arbeit und wieder zurück nach Hause und wieder in die Arbeit, und am Wochenende fahren wir ans Meer.

Sie kichern wie hysterische Schulmädchen.

Und das reicht euch? frage ich.

Sie sehen mich nachdenklich an, als wüßten sie nicht, wie sie mir den springenden Punkt erklären könnten.

Wieso nicht? Wir haben keine Geldsorgen, und wir sind nicht krank, sagt dann Yvonne trotzig.

Ich bin ein Arschloch. Ich kann mir einfach nicht vorstellen, daß zwei Mädels wie die beiden hier, mit einer gewissen Dankbarkeit, daß sie noch nicht an Brustkrebs erkrankt sind, keine chronischen Allergien, Bluthochdruck, Rheuma oder sonst irgend etwas haben, jeden Morgen aufwachen, sich fröhlich ihren Kaffee kochen und sich zum Abschied küssen, bevor sie zur Arbeit gehen.

Ich beneide euch, stöhne ich.

Sie geben mir ein Bier, wie zur Beruhigung. Sie selbst trinken Tee und erzählen mir, daß sie nicht nur immer ans holländische Meer fahren, sondern jedes Jahr mit einer Frauengruppe eine Trecking Tour durch Nepal machen. Und nach der Arbeit geht Yvonne zweimal in der Woche zum Tai Chi, und Connie macht Feldenkrais, weil sie Rückenschmerzen vom vielen Sitzen hat. Beide sind Controller in einem Lebensmittelkonzern, dort haben sie sich vor vier Jahren kennengelernt. Seit zwei Jahren wohnen sie zusammen, und in einem Jahr wollen sie ein Kind adoptieren.

Ihr wißt immer ganz genau, wie's weitergehen soll? frage ich.

Nö, erwidern sie fröhlich, aber wenn wir's nicht wissen, fragen wir die Steine.

Welche Steine?

Yvonne springt kichernd auf, so daß ihr großer Busen hüpft, geht zum Bücherregal, in dem ansonsten nur Kochbücher stehen, und kommt mit einem schwarzen Samtsäckchen und einem blauen Buch wieder. Sie schüttet den

Inhalt des Samtsäckchens auf den Teppich. Es sind Runen. Ich runzele die Stirn.

Wißt ihr, daß die Nazis Runen benutzt haben?

Sie sehen mich mit großen Augen mißtrauisch an, als wollte ich ihnen absichtlich etwas miesmachen.

Hitler hat die Runen benutzt? fragt Yvonne kopfschüttelnd. Davon steht hier gar nichts.

Bist du einer?

Ein was?

Ein Nazi. Yvonne nimmt Connies Hand und flicht ihre Finger um ihre.

Nein, natürlich nicht, rufe ich ein wenig zu laut. Schweigen. Wegen meiner Glatze?

Könnte ja sein, sagt Connie schüchtern. Deutscher mit Glatze...

Ganz bestimmt nicht. So ein Quatsch! Dafür bin ich viel zu alt. Ich war in einem Kloster.

In Vietnam?

Gebt mal her, sage ich, ohne auf ihre Frage einzugehen. Ich nehme ihnen wie ein Oberlehrer das Buch aus der Hand und blättere darin herum. Es kommt aus Amerika. Hitler wird mit keinem Wort erwähnt. Es erklärt den skandinavischen Ursprung der Runen und ihre Erwähnung in der *Edda*, alles politisch korrekt, und dennoch finde ich es unangenehm, ausgerechnet in Holland vor einem Beutelchen mit Runen zu sitzen.

Du stellst dir eine Frage, und dann greifst du in den Beutel und holst einen Stein heraus, erklärt Yvonne.

Du bekommst immer eine Antwort, sagt Connie, immer.

Sie sehen sich glücklich an und küssen sich lang und innig, und ich sehe ihnen dabei zu, als stünde ich mitten im Winter vor einer hell erleuchteten Schaufensterauslage und drückte mir an der Scheibe die Nase platt.

Als sie endlich fertig sind mit Küssen, sehen sie mich ein wenig mitleidig an und fordern mich auf, in den Beutel zu langen.

Du siehst aus, als könntest du's gebrauchen, sagt Connie, und ich frage mich, was ich eigentlich jetzt wirklich gebrauchen könnte. Komm, versuch's, fordert Yvonne mich auf. Kann doch nichts passieren.

Ich schüttle den Kopf.

Komm schon. Connie steht auf, setzt sich neben mich. Du wirst erstaunt sein, wirklich. Sie schüttelt den Beutel, die Steine klicken. Die Antwort ist hier drin, lockt sie mich.

Auf meine Frage gibt es keine Antwort.

Es gibt immer eine Antwort, drängt Yvonne, jetzt mach schon. Sei kein Frosch.

Sei kein Frosch, wiederholt Connie und kneift mich in die Seite.

In dieser Sekunde habe ich das Gefühl, die beiden schon ewig zu kennen. Ein seltsamer Moment, wie ein Blitz, der die Erkenntnis freigibt, daß die beiden auch nicht anders sind als ich selbst, gewöhnliche Menschen mit einem gewöhnlichen Leben, das dunkel und hell und dann wieder dunkel sein wird. Vielleicht wird einer von uns Selbstmord begehen oder tot vom Fahrrad fallen wie Theo, aber wahrscheinlich werden wir wie die große Mehrheit langsam von einer Krankheit verschlungen werden oder, wenn wir großes Glück haben, einfach von der Zeit, und das einzige, was uns trösten kann, sind diese Augenblicke, die sich plötzlich vor uns öffnen wie aufblühende Blumen und in denen wir glauben, ganz und gar und für immer glücklich zu sein. Ich schließe also die Augen und stelle mir die Frage: Was soll ich tun?, und stecke meine rechte Hand in den kleinen Samtbeutel.

Ich fühle die kühlen, ovalen Steine, aber einer drängt sich in den Vordergrund, will heraus, ans Licht. Ich zögere nicht lange und hole ihn heraus. Langsam öffne ich meine Hand und glotze auf einen weißen, leeren Stein. Ich drehe ihn um, aber auf der anderen Seite ist auch nichts zu sehen. Keine Rune, gar nichts. Ein leerer Stein. Er bedeutet wahrscheinlich Untergang, Vernichtung, Desaster.

Die beiden schnappen nach Luft. Odin, flüstert Connie ehrfurchtsvoll und blättert hektisch im blauen Büchlein. Den haben wir noch nie gezogen, sagt Yvonne.

*Odin, das Unbekannte,* liest Connie vor: *Das Ende ist leer wie der Anfang. Dies ist die Rune des totalen Vertrauens und sollte als aufregendes Zeichen dafür gesehen werden, daß du in direktem Kontakt mit deiner wahren Natur stehst, die immer wieder wie ein Phönix aus der Asche aufersteht. Kontrolle aufgeben ist die größte Aufgabe für den spirituellen Krieger...*

Yvonne und Connie wechseln einen bedeutungsvollen Blick, ich gähne verstohlen. Dämliches Blabla. Spiritueller Krieger zu sein, das hat Hitler wahrscheinlich auch von sich geglaubt. Nur: Alle Kontrolle aufzugeben, den Teil hat er überlesen...

*Die leere Rune zu ziehen bringt deine tiefsten Ängste an die Oberfläche: Werde ich versagen?* fährt Connie fort, *werde ich verlassen werden? Wird mir alles weggenommen werden? Die leere Rune fordert dich auf, allen Mut zusammenzunehmen und ins Leere zu springen. Sei kein Angsthase, und lasse zu, was auch immer geschieht. Und nun spring!*

Connie läßt das Buch sinken. Beide sehen mich erwartungsvoll an, also stehe ich auf, steige auf die Futoncouch und springe. Der Holzboden bebt.

Nein, nein, nein, sagt Yvonne streng, du mußt ins Leere springen. Du darfst kein Angsthase sein.

Könnte es sein, daß du ein Angsthase bist? fragt Connie.

Die beiden kichern albern.

Ich glaube nicht an dieses Zeug, sage ich entschieden.

Connie zuckt die Schultern. Mußt du ja auch nicht, sagt sie beschwichtigend, steckt den Stein zurück ins Samtsäckchen und legt Buch und Runen zurück ins Regal, wir dachten nur, es hilft dir vielleicht, weil dich doch …

… deine Frau verlassen hat, ergänzt Yvonne.

Danke, sage ich.

Sie nickt, und ohne Vorwarnung zieht sie sich den Reißverschluß ihres Kleides auf und läßt es fallen. Sie steht in BH und Slip da, ein praller Körper wie frisch gebacken, der mir gefallen könnte. Sie dreht sich einmal im Kreis wie bei einem Schönheitswettbewerb, Yvonne setzt sich neben mich und nimmt meine Hand. Du gefällst uns, sagt sie. Also doch, denke ich.

Hast du irgendwelche Krankheiten?

Nein, stottere ich, habe ich nicht, und außerdem gibt es ja Kondome, oder?

Hm, sagt Connie und setzt sich auf meine andere Seite

und nimmt meine linke Hand, wir wollten dich eigentlich was anderes fragen...

Adoptieren ist schwierig, sagt Yvonne, und da wollten wir dich fragen...

Wir wollten dich fragen, echot Connie und knetet meine Hand wie einen Teig, ob du vielleicht...

Wir bräuchten ein bißchen Sperma, sagt Yvonne in einem Ton, als würde sie ihren Nachbarn um ein bißchen Zucker bitten.

Und du gefällst uns, schnurrt Connie.

Ja, sagt Yvonne schüchtern.

Weil ich aussehe wie ein holländischer Fernsehansager...

Das ist nur ein Trick, winkt Yvonne ab, das sagen wir immer, wenn uns einer gefällt.

Aha. Und dann laßt ihr ihn eine Rune ziehen?

Nein, das hat sich nur so ergeben. Das machen wir sonst nur für uns.

*Sei kein Angsthase und lasse zu, was immer geschieht,* zitiert Connie, paßt doch.

Sie sehen mich erwartungsvoll an wie zwei Kinder den Weihnachtsmann.

Tut mir leid, sage ich, ich... ich habe zwar keine ansteckende Krankheit, aber einen vererbbaren Herzklappenfehler. Ja, den hatte schon mein Vater... und auch mein Großvater. Der ist dran gestorben, und mein Vater auch. Er ist eines Morgens auf sein Fahrrad gestiegen, losgefahren, als wenn nichts wäre, drei Minuten später ist er tot vom Fahrrad gefallen. Ich muß mir keine weitere Mühe geben.

War ja nur 'ne Frage, sagt Yvonne, steht auf, nimmt die leere Bierflasche, Connie die Teetassen, sie bringen beides in die Küche, und als sie wiederkommen, tragen sie beide lange Nachthemden mit aufgedruckten Bären.

Ich sollte mich jetzt wohl verabschieden, aber der Gedanke an die dunkle, leere Stadt und mein einsames Auto auf dem Parkplatz des Rijksmuseums flößt mir Angst ein.

Connie macht eine Handbewegung, ich stehe von der Couch auf, und mit wenigen Griffen verwandeln sie die Couch in ein breites Bett.

Sie kriechen unter die Decke, sehen mich freundlich an und klopfen dann auf den Platz zwischen sich, und dort liege ich dann auf dem Rücken, die Hände an der Hosennaht, um nicht zuviel Platz einzunehmen, und lausche den gleichmäßigen Atemzügen der beiden.

Was zum Teufel mache ich hier? Aber was zum Teufel mache ich anderswo? Warum habe ich mich so angestellt? Herzklappenfehler, tot vom Fahrrad gefallen, Theo, verzeih mir. Ein bißchen Sperma, wäre das so schlimm gewesen? *Sei kein Angsthase und lasse zu, was auch immer geschieht. Und nun spring!* Aber springen ist doch ein aktiver Akt. Da lasse ich doch nicht zu, was mir geschieht, sondern unternehme etwas. Ich mag nicht springen, habe Sprungbretter schon immer gehaßt. Selbst beim Fahrtenschwimmer hab ich gemogelt und bin nicht vom Dreimeterbrett gesprungen.

Leise krieche ich aus dem Bett und ziehe mich an.

## 33

Bei Oberhausen wird es Tag, die Sonne ist nicht zu sehen, ein eisengrauer Himmel weicht einem mausgrauen. Grauer, trauriger Norden. Jetzt strömen jede Menge Autos auf die Autobahn, in ihnen sitzen frisch geduschte und energische Menschen auf dem Weg zur Arbeit. Wie ein schwarzes Schaf bewege ich mich unter ihnen. Ich tanke und kaufe mir Zigaretten. Seit ich aus dem Kloster abgefahren bin, rauche ich wieder wie ein Schlot, mein Hals kratzt, und meine Lungen fühlen sich wund an.

Mein Mund schmeckt nach Asche, und der Tankstellenkaffee brennt mir ein Loch in den Magen. Ich bin der einsamste Mensch unter der Sonne, und niemand kann mir helfen. Ich zerfließe vor Selbstmitleid. Einen riesigen, fettigen Fleck würde ich auf dem Boden der Tankstelle hinterlassen, nur meine Sonnenbrille, immerhin eine Oakley, mir von Franka als cool empfohlen, würde in dem Fleck zurückbleiben. Das einzige, was hier hilft, ist Bewegung, also setze ich mich wieder ins Auto, und schon fliegt der Mittelstreifen wieder an mir vorbei. Manche Menschen joggen, um sich selbst loszuwerden, ich fahre Auto.

Kurz hinter Bonn, wo es wieder leerer wird und die Autobahn über Berge führt und gefährliche Kurven macht, fährt ein roter Toyota, gleiches Modell wie meiner, stur vor mir auf der linken Seite und läßt mich nicht vorbei. Ich blinke ihn an, hupe, nichts. Der Fahrer ist allein im Auto, breite Schultern, feister Nacken, vielleicht ein Mann, der aus Prinzip jeden Morgen ein bißchen andere Autofahrer ärgert und mich dazu verführen will, ihn rechts zu überholen, um mich dann anzuzeigen.

Bald rauche ich vor Wut, hätte ich ein Gewehr, würde ich ihm die Reifen zerballern. Idiot. Sekundenlang presse ich den Daumen auf die Hupe, der Ton begleitet mich wie eine Fahne, die ich aus dem Fenster halte. Das gibt's doch überhaupt nicht, der muß doch endlich die Spur freigeben! Nichts.

Ich fahre ihm so dicht auf, daß er es eigentlich mit der Angst bekommen müßte, aber er reagiert nicht. Es geht bergab, er wird schneller. Ich bleibe ihm auf den Fersen, will, daß er endlich verschwindet. Wieder fahre ich dicht auf, und da sehe ich, wie der Kopf des Fahrers in einer ruckartigen Bewegung zur Seite kippt. Vielleicht hat er einen steifen Hals und macht Gymnastik. Aber der Kopf bleibt dort auf der Seite liegen, und es dauert ewig, bevor ich endlich kapiere: Der Mann ist ohnmächtig. Oder tot.

Nicht schon wieder ein Toter! Im nachhinein glaube ich, daß das der Gedanke war, der mich agieren ließ: nicht schon wieder ein Toter! Theo reicht. Nicht noch einmal ein steifer, bewegungsloser Körper, der mir Angst einjagt. Nicht noch einmal.

Erstaunt sehe ich mir zu, wie ich plötzlich genau zu wissen scheine, was zu tun ist, ausgerechnet ich! Gezielt versuche ich, dem Vordermann jetzt tatsächlich hintendrauf zu fahren, aber gerade nur so viel, daß er nicht ins

Schleudern gerät. Ich touchiere seine Stoßstange, es gibt einen dumpfen Knall, ich werde nach vorne geschleudert, der Kopf des Fahrers vor mir sackt ebenfalls nach vorn.

Durch den Aufprall wird sein Wagen langsamer, aber er verliert auch die Richtung, schrappt an der Leitplanke entlang, droht auf die gegenüberliegende Fahrbahn zu geraten. Ich muß ihm wieder auffahren, leicht von links, wie eine Billardkugel muß ich ihn anstoßen, damit er seine Richtung wieder verändert. Erneuter Aufprall, meine Kühlerhaube schiebt sich zusammen wie Wellblech, zu stark war der Stoß, jetzt bricht er nach rechts aus. Zum Glück ist rechts gerade frei, im Rückspiegel sehe ich allerdings LKWs herandonnern wie fauchende Drachen.

Wieder ramme ich ihn leicht von links. Unter meiner Kühlerhaube fängt es an zu qualmen. Wir fahren immer noch beide fast hundert Stundenkilometer. Bei jedem Aufprall schwankt der Körper des Fahrers wie ein Dummy von der einen zur anderen Seite. Einen kurzen Moment lang fühle ich mich wie beim Boxautofahren auf dem Frühlingsfest. Die Mädchen kreischten, und wir Jungens versuchten uns zu rammen, erst spaßhaft, dann mit immer mehr Aggression, am Ende als potentielle Killer. Später erzählten mir gleich mehrere Frauen, sie hätten dieses Spiel gehaßt.

Ich fahre zu hart auf, mein Lenkrad bohrt sich schmerzhaft in meinen Bauch, wenn sich jetzt mein Airbag aufbläst, ist jede Chance, das andere Auto noch zu stoppen, vorbei.

Sachte, sage ich laut, ganz sachte. Und präzise, wie ein Stuntfahrer, schubse ich meinen Vordermann wieder auf die richtige Spur. Wir fahren in eine Senke, und bergauf verlieren wir endlich gründlich an Tempo. Nur noch sechzig, dann fünfzig Stundenkilometer. Ich brauche ein freies Feld, auf das ich ihn drängen kann, aber hier fällt die Autobahn steil ab in ein kleines Wäldchen. Wir kriechen den Berg hinauf. Links überholen uns jetzt wütende LKW-Fahrer, die wir durch unsere Langsamkeit auf der rechten Spur in Gefahr gebracht haben und die gerade noch rechtzeitig reagieren konnten.

Sie hupen empört und rasen vorbei. Wir erklimmen den Berg, immer noch mit Tempo dreißig, ich muß ihn von der Straße abdrängen, bevor er wieder bergab an Geschwindigkeit gewinnt. Meine Hände sind ums Lenkrad gekrallt, ich spüre sie kaum. Mein Mund schmeckt metallisch nach Blut, ich kann nur noch schwer sehen, weil der Qualm aus meiner Kühlerhaube immer dichter wird, aber mein Kopf ist klar, vollkommen klar. Ich ziehe mein Auto nach links, erwische ihn auf der Kuppe des Berges nicht richtig, er driftet mir wieder ab, ich sehe bereits, wie der nächste LKW uns erwischen und von der Fahrbahn fegen, zermalmen wird wie ein Elefant eine Maus, er wird langsamer, langsamer, aber ich bin nicht rechtzeitig zur Stelle, die Straße fällt ab, und da gewinnt er bereits wieder an Tempo.

Mein Motor röhrt, ich ramme seinen linken Kotflügel, dränge ihn wieder nach rechts, schneller und schneller rollt er bergab, mein Motor jault auf in der Verfolgungsjagd und erstirbt Sekunden später in einem mächtigen Knall. Ich weiß, daß ich hier mein Leben riskiere, aber gleichzeitig ist dieser Gedanke abstrakt und völlig unwichtig. Ich kann jetzt ebenfalls nur noch rollen, und in kleinen Abständen fahre ich dem anderen immer wieder auf, bremse ihn in kleinen Stößen immer weiter ab, bis sich ein wogendes Weizenfeld zu meiner Rechten auftut, in das ich meinen Vordermann hineintreibe, indem ich auf gleiche Höhe ziehe und ihn dann nach rechts abdränge.

Die Ähren schlagen wie Peitschen an die Fenster, wie Pferde im Rodeo springen die Autos über das Feld, weit, weit zieht sich unsere Spur hinein, bis endlich der rote Fleck vor mir zum Stehen kommt und ich in einem letzten Aufprall nach vorn geschleudert werde. Ich bin völlig außer Atem, obwohl ich doch selbst keinerlei physische Anstrengung unternommen habe, keuchend sitze ich da, bis mir aufgeht, daß wir beide in Lebensgefahr schweben – sollte mein Vordermann überhaupt noch am Leben sein –, falls die Autos Feuer fangen.

Meine Tür läßt sich nicht mehr öffnen. Ich winde mich durch das Fenster hinaus, laufe auf wackligen Beinen zu dem roten Toyota. Angeschnallt und bewegungslos sitzt ein dicker, bärtiger Mann hinter dem Steuer, sein Gesicht ist blau angelaufen. Seine Tür geht zum Glück auf, durchs Fenster würde er nicht passen. Ich zerre ihn heraus wie einen Sack, unangenehm erinnere ich mich an Theos toten Körper, ich habe keine Ahnung, ob der Mann hier noch lebt.

Ächzend schleppe ich den Bärtigen in das Feld hinein, kralle mich in seine Strickjacke, zerre an seinen Armen. Außer Atem und erschöpft stürze ich über ihn, falle auf ihn. Ich liege auf seinem weichen, dicken Bauch, lausche auf seinen Herzschlag, höre nichts. Ich schlage ihm auf die blauen Backen, unbewegt läßt er es geschehen, sein Kopf fällt von der einen auf die andere Seite und wieder zurück.

Komm schon! brülle ich ihn an. Er läßt mich brüllen.

Ich hocke mich neben ihn, halte ihm die Nase zu und drücke meinen Mund in das schwarze Gestrüpp seines Barts auf blaue, kalte Lippen. Hundertmal habe ich das im Fernsehen gesehen, und ich hoffe und bete, daß all diese Schauspieler wenigstens etwas richtig gemacht haben, daß irgendein Sanitäter den Trottel von Regisseur beraten hat und ich jetzt nicht völligen Blödsinn anstelle.

Einatmen und ausatmen, ein und aus, ein und aus. Ich atme für mich und für diesen wildfremden Mann, der ein paar Jährchen jünger sein dürfte als ich, ein und aus, ein und aus, aber es tut sich nichts. Faul, dick und tot liegt er da. An seinem Ringfinger ein Ehering. Heute früh hat er wahrscheinlich noch seine Frau geküßt. Sein Mund riecht nach Cornflakes und Kaffee, seinem letzten Frühstück, sein Hals nach einem billigen After-Shave, seiner letzten Rasur.

Alles ist vergänglich, nur glauben wir das nicht, höre ich den Lama kichern.

Wütend beatme ich den Mann weiter. Ich erinnere mich daran, daß gleichzeitig in all diesen Krankenhausfernsehserien immer der Brustkorb massiert wird, ich sehe ganz genau die Einstellung vor mir: Hände über Kreuz und Druck. Und wieder atmen. Und Druck. Alles, was ich übers Leben weiß, weiß ich aus dem Fernsehen: In der Serie *Emergency Room* würde jetzt nach dem Defibrillator geschrien werden, der dem Patienten auf die Brust gehalten wird, Stromschlag, der Patient springt in die Höhe wie eine Forelle im Wasser, nein, noch einmal und noch einmal, endlich – das Herz schlägt wieder, alle Krankenschwestern applaudieren, Musik, Titel, Ende.

Aber mein Patient liegt stoisch unter mir und regt sich nicht. Und atmen und Druck, gebe ich mir Befehle wie ein Bademeister, und atmen und Druck. Mit aller Kraft stemme ich mich auf sein hellblau gestreiftes, makellos gebügeltes Hemd und atme und drücke und atme, sanft wehen die Ähren um uns herum im Wind, ich sauge die Luft ein und puste sie dem fremden Mann unter mir in den Körper, einatmen, ausatmen, nichts weiter.

Weitermachen, weitermachen, nicht aufgeben. Schweiß läuft mir stechend in die Augen, mein Herz klopft wie ein vw-Motor.

Ein verrücktes Glücksgefühl durchströmt mich mit einemmal, weil mein eigenes Herz so brav seine Arbeit tut. Ich bin am Leben. Ich lebe. Ich lebe tatsächlich. Von Augenblick zu Augenblick bin ich am Leben. Das fällt mir jetzt auf, während ich auf der Brust eines Toten hocke. Danke, flüstere ich atemlos meinem Herzen zu, während ich das stumme Herz des Fremden massiere, danke übrigens. Gern geschehen, sagt mein Herz, du bist zwar blöd, aber ich schlage gern für dich. Ich werde mich bessern, flüstere ich und bin mit einemmal glücklich, ich Armleuchter, ich bin tatsächlich glücklich. Ich grinse vor mich hin, und als ich wieder nach unten blicke, hat der Bärtige die Augen aufgeklappt.

Während Feuerwehrleute mein Auto löschen und orangerote Sanitäter geschäftig durch das Kornfeld stapfen, liege ich, in eine silbrige Aludecke gehüllt, ein wenig abseits und heule in mein Handy.

Scht, sagt Claudia, scht, alles ist gut.

Ja, heule ich, ja, das stimmt.

## 34

Dreimal spuckt mir Claudia über die Schulter. Ich sehe dich dann auf der Bühne, flüstert sie mir ins Ohr, schon werde ich vom Aufnahmeleiter abgeführt und sehe gerade noch, wie Claudia sich noch einmal umdreht und ihre gedrückten Daumen hochhält.

Na, Herr Kaufmann, aufgeregt? fragt mich der Aufnahmeleiter, ein kleiner Mann mit Bierbauch, Glatze und Goldringen in beiden Ohren.

Nö, sage ich, aber mein Magen grummelt, und meine Hände sind schweißnaß. Er führt mich einen öden grünen Flur entlang, öffnet eine Tür und schiebt mich in ein gleißend helles Zimmer mit einem riesigen Spiegel.

So, sagt der Aufnahmeleiter, hier haben wir Herrn... (meinen Namen hat er bereits wieder vergessen), er ist ein ›Held des Jahres‹, und in sieben Minuten geht's los.

Er drückt mich auf einen Frisierstuhl mit Nackenlehne, eine Rothaarige mit Mundgeruch beugt sich dicht über mich, hängt mir ein Papierlätzchen um und meckert: Den hättest du mir auch früher bringen können.

Stell dich nicht an, Gabilein, sagt der Aufnahmeleiter, der braucht doch nichts.

Sind Sie der mit der Hundepension? fragt mich die Rothaarige.

Ich schüttle den Kopf. Stillhalten, sagt sie und tupft mir mit dem Zeigefinger eine beige Paste unter die Augen. Jetzt machen wir erst mal diese gräßlichen Augenringe weg...

Mach hin, sagt der Aufnahmeleiter.

Jetzt hetz mich nicht, sagt Gabilein.

Sie lächelt mich mit gelben Raucherzähnen an. Was hätten Sie denn gern in die Haare?

Oooch, stottere ich.

Der Aufnahmeleiter zupft mich an der Schulter.

Ist ja gut, sagt Gabilein und nimmt mir das Lätzchen ab. So, schöner werden Sie heute nicht mehr.

Danke, stammle ich, da zerrt mich der Aufnahmeleiter bereits aus dem Stuhl.

Tschüschen, ruft er, schiebt mich aus dem Raum und wieder endlose grüne Flure entlang, bis er eine schwere Stahltür öffnet, die in ein schwarzes Loch führt. Er schubst mich hinein. Blind setze ich vorsichtig einen Fuß vor den anderen.

Noch zwei Minuten, flüstert der Aufnahmeleiter in mein Ohr, dann geht hier die Tür auf, und Sie gehen schön langsam die Treppe runter. Nicht stolpern, das ist sonst ein garantierter Lacher.

Meine Augen gewöhnen sich nur langsam an die Dunkelheit, ich erkenne junge dünne Mädchen mit Zetteln in der Hand, die leise in kleine Mikrofone reden, die ihnen vorm Mund hängen, auf einem Klappstuhl sitzt der Moderator, Herr Brockmann, der mich vor einer Stunde, als uns Käsehäppchen im Aufenthaltsraum gereicht wurden, kurz begrüßt und mich gefragt hat, ob ich denn inzwischen schon ein neues Auto bekommen hätte.

Nein, von wem auch? habe ich ihn gefragt, ich habe es ja selbst und mit voller Absicht zu Schrott gefahren. Das hat er sich aufgeschrieben.

Mit tiefen Zügen raucht er jetzt eilig eine Zigarette, und erst als die Erkennungsmelodie zur Sendung erklingt, drückt er die Kippe aus, steht auf, reckt sich, Brust raus, Bauch rein, lächelt sein breites bekanntes Lächeln ins Dunkel, steht so zwei, drei Sekunden da, dann klappt eine Tür auf, und eine Stimme brüllt: Uuuuuund hiiiiiiier kommmmmmmmmt Brockmann!!!!!!!!! Lächelnd stürmt er hinaus in eine Woge von frenetischem Applaus wie ein Fußballspieler aufs Feld. Ich muß verrückt geworden sein, daß ich mich auf diesen Schwachsinn eingelassen habe.

Der Aufnahmeleiter knufft mich: Sie sind der nächste.

Ich sollte jetzt sofort fliehen, aber statt dessen mache ich es wie Brockmann, bringe mich in Position, recke mich, lächle, der Aufnahmeleiter zählt mich aus wie im Boxring, dreißig, zwanzig, zehn, ich höre Brockmann etwas in ernstem Ton erzählen, was ich nicht verstehe, dann schreit er: Ein Held, ein Held des Jahres, Fred Kaufmann!

Die Tür geht auf, Applaus prasselt auf mich nieder wie ein Hagelschwall, erschrocken weiche ich ein wenig zurück, aber die Tür geht bereits hinter mir zu, erwartungsvoll starrt mich ein riesiges Publikum an, es gibt kein Zurück. Unter mir sehe ich eine goldene Treppe, und vorsichtig, ganz vorsichtig, setze ich einen Fuß vor den anderen und schwebe die Treppe hinab. Auf der Bühne steht mein armer, völlig verbeulter silbriger Toyota.

Brockmann empfängt mich, schüttelt mir so lange die schweißnasse Hand, daß ich mich frage, ob er seinen Text vergessen hat, dann drückt er mich schließlich in einen roten Sessel und grinst mich an. Ich sehe die Schweißperlen in seinem Haaransatz, verschmiertes Make-up auf seinem Hemdkragen.

Ein Held, sagt Brockmann und zeigt mit dem Finger auf mich, ein echter Held, ein Held des Jahres.

Wieder wird applaudiert, ich suche die erste Reihe nach Claudia ab, finde sie aber nicht, überhöre Brockmanns Frage, er muß sie wiederholen: Wie fühlen Sie sich?

Gut.

Ahhh ja, sagt Brockmann, unser Held fühlt sich gut. Sie werden sich gleich noch besser fühlen, denn wir haben eine Überraschung für Sie.

Er legt mir die Hand vertraulich auf den Arm und dreht sich um, also drehe ich mich auch um, Tusch, die Tür öffnet sich, und heraus kommt der Bärtige.

Mein Patient. Klaus Peter Grünler. Die Überraschung ist natürlich keine, denn damit haben sie mich geködert: wie sehr Grünler sich freuen würde, mir öffentlich danken zu können. Das dürfe ich ihm nicht vermasseln. Wieder trägt Grünler ein hellblau gestreiftes Hemd, er wirkt dicker, als ich ihn in Erinnerung hatte, unsicher sieht er sich um, Brockmann winkt ihn die goldene Treppe herab, bedeutet mir gleichzeitig, ich solle aufstehen, er nimmt Grünler in Empfang, schüttelt ihm emphatisch die Hand, dann breitet er die Arme aus und ruft: Der Retter und der Gerettete... auffordernd sieht er uns an, blickt von einem zum andern, aber wir stehen bewegungslos da wie Ochsen auf der Weide, glotzen ins Publikum und rühren uns nicht, bis er uns an den Händen nimmt und zusammenführt. Also schütteln wir uns die Hände, Applaus, und dann dürfen wir uns setzen.

Ich habe Grünler nur noch einmal an demselben Tag im Krankenhaus gesehen, auf der Intensivstation, ein paar Wochen später rief mich ein netter Polizist an und berichtete, Grünler sei wohlauf und schon wieder an seinem Arbeitsplatz. Er erzählte mir auch, wo, Grünler arbeitet als Vertreter einer Maschinenfabrik in Olpe. Er war, als er seinen Herzinfarkt bekam, auf dem Weg zu einem Kunden.

Grünler sieht auf seine Schuhspitzen und knetet nervös seine fleischigen Hände. Ich versuche mir vorzustellen, daß ich auf der Brust dieses Mannes gehockt, meine Lippen auf seine gepreßt und meinen Atem in seinen riesigen Körper geblasen habe, aber es gelingt mir nicht. Brockmann betrachtet uns stolz wie ein Vater seine Söhne, springt dann von der Bühne, geht elastisch den Mittelgang empor ins Publikum und hält einer teigigen Frau mit blonder Dauerwelle das Mikrofon unter die Nase. Sind Sie denn froh, Frau Grünler, daß Sie Ihren Mann wiederhaben?

Frau Grünler zuckt schüchtern die Schultern. Frau Grünler ist glücklich, interpretiert Brockmann, und ihr? fragt er die drei ebenso teigigen, blonden Grünler-Kinder.

Joooo, sagt der Älteste.

Alle sind überglücklich, ruft Brockmann und saust zurück auf die Bühne. Herr Grünler, möchten Sie Ihrem Retter etwas sagen?

Schweigen. Ich finde Claudia nicht. Sie muß doch in der ersten Reihe sitzen. Aber da ist sie nicht. Wieder und wieder suche ich die Gesichter ab, ein Blick von ihr würde mich mit diesem ganzen Schwachsinn hier versöhnen.

Herr Grünler, möchten Sie nichts sagen?

Schweigen.

Herr Grünler, Herr Kaufmann hat Ihnen das Leben gerettet, haben Sie ihm gar nichts zu sagen?

Grünler hebt den schweren Kopf und starrt Brockmann dumpf an.

Vielleicht, schlägt Brockmann vor, möchten Sie sich bei ihm bedanken...

Jetzt starre ich auf meine Schuhe, immer noch meine teuren englischen Schuhe, die mich so treu und verläßlich durch all die letzten Monate getragen haben.

Herr Grünler, ermahnt Brockmann.

Das Publikum sieht ihn erwartungsvoll an. Verzweifelt suche ich Claudia, ist sie bereits geflohen? Warum habe ich mich nur auf diesen Blödsinn hier eingelassen? Letzten Endes doch nur aus Eitelkeit, reiner Eitelkeit, und das ist jetzt die Strafe.

Grünler schnauft und stiert bockig vor sich hin. Brockmann lacht nervös. Herr Grünler, haben Sie Ihrem Retter denn gar nichts zu sagen?

Ich möchte mich am liebsten in Luft auflösen, das Publikum scharrt ungeduldig, fängt an zu flüstern. Langsam dämmert mir die Erkenntnis, daß mein Geretteter kein sonderlich sympathischer Mann ist. Vielleicht sogar ein richtiger Widerling, jemand, mit dem ich noch nicht einmal ein Bier trinken würde. Kurz bevor ich richtig wütend werde auf diesen unfreundlichen, ungehobelten Kerl, fällt mir ein, daß er im Grunde genommen mich gerettet hat. Mir klargemacht hat, daß mein Herz noch schlägt, und allein deshalb jeder Augenblick verdammt noch mal der schönste Augenblick meines Lebens ist. Jeder. Also auch dieser hier. Ich lache laut auf. Brockmann läuft der Schweiß in kleinen Bächen aus den Haaren an den Ohren vorbei in den Kragen. Fragend sieht er mich an.

Dies, sage ich grinsend, dies ist der schönste Moment meines Lebens.

Das Publikum lacht. Brockmann schüttelt unwillig den Kopf und wendet sich wieder an Grünler.

Denken Sie doch mal nach, Herr Grünler, insistiert Brockmann, irgend etwas werden Sie Ihrem Retter doch zu sagen haben...

Grünler sieht mich dumpf an, atmet laut, pumpt wie ein Frosch, dann preßt er heraus: Also, danke auch.

Brockmann springt jubelnd auf, klatscht frenetisch, zögernd klatscht das Publikum mit. Mein alter Toyota wird weggeschoben, ein roter Golf wird auf die Bühne gerollt, mir wird ein Autoschlüssel in die Hand gedrückt.

Grünler sieht sich enttäuscht um, wieso kriegt er kein Auto?

Brockmann schüttelt uns beiden eilig abermals die Hand, da kommt bereits der kleine Aufnahmeleiter mit den Ohrringen und scheucht uns von der Bühne.

Brav dackeln Grünler und ich hinter ihm her, und im letzten Moment, gerade bevor wir wieder im schwarzen Loch hinter der Bühne verschwinden, drehe ich mich noch einmal zu Grünler um, packe seine dicke Tatze und drücke ihm den Autoschlüssel vom roten Golf hinein.

Ich danke *Ihnen*, sage ich.

Verwirrt sieht er mich an, seine dicken Lippen im Bartgestrüpp, an deren überraschende Weichheit ich mich noch gut erinnern kann, öffnen sich lautlos und schließen sich wieder, bis der Aufnahmeleiter uns mit sich fortzerrt.

Wir taumeln von der hellen Bühne ins Dunkel, ich stolpere, falle taumelnd ins Schwarze, falle, falle, im letzten Moment werde ich aufgefangen von warmen Armen, lange weiche Haare streifen mein Gesicht, ich atme ihn tief ein, diesen Geruch, den ich kenne.

Ich bin zu Hause.

Hallo, mein Held, sagt meine Frau. Was machen wir jetzt?